怎样读唐宋词

沈义芙　著

商务印书馆国际有限公司

图书在版编目（CIP）数据

怎样读唐宋词 / 沈义芙著 . -- 北京 : 商务印书馆国际有限公司，2020.8

ISBN 978-7-5176-0728-1

Ⅰ . ①怎… Ⅱ . ①沈… Ⅲ . ①唐宋词—鉴赏 Ⅳ . ① I207.23

中国版本图书馆 CIP 数据核字 (2020) 第 094398 号

怎样读唐宋词

著　　者　沈义芙

出版发行　商务印书馆国际有限公司

地　　址　北京市朝阳区吉庆里 14 号楼
　　　　　佳汇国际中心 A 座 12 层

邮　　编　100020

电　　话　010-65592876（编校部）
　　　　　010-65598498（市场营销部）

网　　址　www.cpi1993.com

经　　销　全国新华书店

印　　刷　三河市紫恒印装有限公司

开　　本　880mm × 1230mm　1/32

字　　数　186 千字

印　　张　8.5

版　　次　2020 年 8 月第 1 版第 1 次印刷

书　　号　ISBN 978-7-5176-0728-1

定　　价　35.00 元

目　录

上篇　题材内容

第一章　爱情词

唐宋词是我国爱情诗歌的渊薮，爱情词在词的各种题材中占压倒优势。唐宋词人对这一永恒主题的歌咏运用了独特的方式，并赋予了独特的时代内容。要读懂唐宋爱情词必先对这两个问题有所了解。

一、爱情词的多种类型

早期的爱情诗大多是作者的自我表现，如《诗经》、汉乐府、南北朝民歌里的爱请诗。魏晋以后文人的爱情诗作逐渐出现了第三人称和代言体，还有托意、咏物、描写爱情故事、泛咏相思离别等多种类型，但总数仍旧不多，而且是逐渐繁衍、零星散见的，时代、人物、环境、主题及表现方式，都较明晰。唐宋词的情况就不同了，同一作家的词作里有多种类型的爱情词，如果不加辨别，则不得其情，不明其理，势必造成淆乱。如将代言体和自叙体当作词人的亲身感受；或不知托意，不明典故；又有咏物兼咏爱情的，将物理与爱情不分、赞美与批判颠倒的，种种情形在读者中时有出现。因此，对爱情词的鉴赏，必先从划分不同类型开始。

（一）自叙体

自叙体用的是第一人称，有的是写词人的亲身感受，不排除在亲身感受的基础上作某种艺术概括；有的是写某种典型的爱情感受，不可因词中用了第一人称而将这两种不同类型混同。区别的方法有多种。

悼亡词，具有严肃性，应断为词人亲受。如苏轼《江城子》“十年生死”、贺铸《鹧鸪天》“重过阊门”、吴文英《莺啼序》“残寒正欺”，都是哀悼妻妾，孙道绚《醉思仙》“晚霞红”则是悼念亡夫的。词题有说明，或词中有名姓、身份、特征、经历的，也可断为词人身受，如僧挥《南柯子》回忆绿杨堤畔、荷花塘边一个酒家的女子，有题为《忆旧》；周邦彦《少年游》回忆与艺妓的一次欢会，有题为《感旧》；吕本中《清平乐》回忆与一画楼女子荡舟，有题为《柳塘书事》；辛弃疾《念奴娇》怀念一位曾与他“曲岸持觞，垂杨系马”的女子，有题为《题东流村壁》。这些词作都应看作是写实，不应为作者遮掩，说成是比兴手法，何况词中抒写的是人生一种美好真纯的感情。晏几道《临江仙》“梦后楼台”，怀念沈廉叔、陈君龙家的歌妓小苹，[1] 姜夔多

① 彊村丛书本《小山词自序》：“始时，沈十二廉叔、陈十君龙家，有莲、鸿、苹、云，品清讴娱客，每得一解，即以草授诸儿。吾三人持酒听之，为一笑乐而已。”

首词中怀念的是一位合肥女子，[1]吴文英词中怀念的是苏、杭二妾，[2]都是真实的。韦庄的《女冠子》“四月十七”开篇就点明了别离的伤心时节，秦观《水龙吟》“小楼连苑横空”“玉佩丁东别后”，据信为都下一妓姓楼、名婉、字东玉的而作；[3]李清照《一剪梅》“红藕香残”写在锦帕上，送赵明诚上太学读书，[4]陆游《钗头凤》“红酥手”写在沈园墙上，答谢唐婉送酒菜的深情。[5]这些都有本事可考，都属写实，或基本上属写实。

除上述情形以外的自叙体，一般只应看作是以第一人称描写某种典型化了的爱情感受，它可以包含词人的某种自身感受，但不应看死了。有人将婚内的爱情看作写实，将婚前与婚外的看作非写实，这未必妥当。如将欧阳修《踏莎行》“候馆梅残”看作写实，将《生查子》“去年元夜时”看作非写实，因为前者写的是已婚男子远游思家，妻子盼丈夫归来；后者写的是未婚男女约会一方失约。柳永《八声甘州》“对潇潇暮雨”被看作是写实，《雨霖铃》“寒蝉凄切”则有人看作写实，也有人看作非写实，原

① 见姜夔《鹧鸪天》“肥水东流”、《踏莎行》“燕燕轻盈”、《淡黄柳》“空城晓角”等词和序。

② 据夏承焘先生《吴梦窗系年》及《梦窗词集后笺》考证，吴词怀人之作，一为怀念苏州离去的爱妾，一为悲悼杭州所欢的亡逝。

③ 《艇斋诗话》：“少游词：‘小楼连苑横空’，为都下一妓姓楼，名琬，字东玉。词中欲藏‘楼琬’二字。”

④ 《琅嬛记》卷中：“赵明诚、易安（李清照号）结褵未久，明诚即负笈远游，易安殊不忍别，觅锦帕，书《一剪梅》词以寄之。”

⑤ 《耆旧续闻》卷十：“余弱冠客会稽，游许氏园，见壁间有陆放翁题词，笔势飘逸，书于沈氏园……务观（陆游字）一日至园中，去妇闻之，遣遗黄封酒果馔，通殷勤。公感其情，为赋此词。”

因是前者写的是“望故乡”“想佳人”，按情理推知属婚后，后者因相爱双方的身份未明，有人以为是柳永自身恋妓之作，归为写实，也有人作为非写实，用以提高词的品格。秦观的爱情名篇《满庭芳》“山抹微云”与柳永《雨霖铃》情形相同。这种作法包含有封建礼法观念的影响，以为婚后的爱情名正言顺，婚前与婚外的爱情有伤大雅与风化，因而除柳永、周邦彦等人因出入歌楼妓馆人所共知，不妨将他们这类词作论定为写实外，其余如欧阳修、苏轼等较严肃、有品位者的此类词作就不敢断为写实了。

自叙体的写实与非写实两种艺术处理各有不同的特色。写实要求具体而有个性特点，非写实的要求高度概括而又真实可感。以下面两词为例：

> 缭墙重院，时闻有啼莺到。绣被掩余寒，画幕明新晓。朱槛连空阔，飞絮无多少！径莎平，池水渺。日长风静，花影闲相照。　　尘香拂马，逢谢女城南道。秀艳过施粉，多媚生轻笑。斗色鲜衣薄，碾玉双蝉小。欢难偶，春过了。琵琶流怨，都入相思调。
>
> ——张先《谢池春慢》

> 凌波不过横塘路，但目送芳尘去。锦瑟华年谁与度？月台花榭，琐窗朱户，只有春知处。　　碧云冉冉蘅皋暮，彩笔新题断肠句。试问闲愁都几许？一川烟草，满城风絮，梅子黄时雨。
>
> ——贺铸《青玉案》

两词均写一见钟情。张词有名有姓有事实，属写实；贺词中的横塘虽属贺铸晚年苏州别墅的真地名，可是作词时词人已年过半百，不应有一见钟情之事，而是借以表现理想愿望的失落。张词将一见的过程写得很具体，上片写清晨起来室内外的所见所闻所感，下片从未见闻香写到容貌、言笑、衣着、梳妆，一一落到实处。贺词一见之后所引发的不是苦苦的追求，而是无穷的懊丧，因为词人已过了青春年华，没有培育爱情的土壤了。贺词将一见钟情作了高度的艺术概括，除透过横塘水波看见女子的波光尘影外，其余一切都在想象之中，然而仅此朦胧的一见，却引发了无边无际的相思。从这两首词的比较中，可以看出自叙体中自我写实与纯属虚构两类的不同写法。

晏殊的词，“风流蕴藉，一时莫及”[①]。因为内蕴丰美，竟至有的词像《蝶恋花》“槛菊愁烟兰泣露”，抒情主人公是男性还是女性很难分别；有的词像《木兰花》（或作《玉楼春》）“绿杨芳草长亭路”，是否属爱情题材还有争议。然而真正反映他个人爱情生活的词仍旧能看出明显的印记。据《道山清话》载，晏殊侍妾善歌，很得晏殊欢心，却遭夫人嫉妒，被迫遣送后，经张先疏通，又请回来了。今玩味《玉楼春》词，就能发现有几首歌咏了这件事。如“闻琴解佩神仙侣，挽断罗衣留不住”，应指伊人受王夫人之气，决意离去的情形；如“玉楼朱阁横金锁，寒食清明春欲破”“窗间斜月两眉愁，帘外落花双泪堕”，指伊人去后，词人对着她已经闭锁的往日住房深深怀想的情形。像这些地方已不

① 见王灼《碧鸡漫志》卷二。

可作两可的泛泛理解了。再看下面这一首：

> 朱帘半下香销印，二月东风催柳信。琵琶旁畔且寻思，鹦鹉前头休借问。　　惊鸿去后生离恨，红日长时添酒困。不知心在阿谁边，满眼珠泪言不尽。

词写伊人去后，朱帘没人卷，炉香没人点，无言独对东风，相思伴随柳叶滋生，于是暂且待在往日伊人弹奏的琵琶边，追寻旧欢；面对往日伊人调弄的鹦鹉再不忍发问，因为鹦鹉也因不见主人而伤心。回想她往日翩翩起舞，如今像受惊之鸿，一旦飞去，离恨无穷，只有借酒浇愁，打发漫长的白昼。可当想到她不知是否已变心嫁人时，又不禁泪落如珠。观晏殊的爱情与婚姻，也和张先等人一样是矛盾的。

综上所述，泛写爱情的自叙体词可以没有特殊的印记，可作多种理解，意蕴较广；写个人独特的爱情感受的自叙体词，一般有特殊的印记，不可作宽泛的理解，但不排除它可以揭示深刻的社会内涵。反过来说，有个人生活特殊印记的自叙体爱情词，一般应看作词人的自身感受；没有特殊印记的，一般应看作是对爱情特质的艺术概括，当然不排除词人融入自身的感受。

（二）代言体

如前所说，代言体的爱情诗最迟在魏晋时期就已产生了，到唐宋因歌舞盛行促进了歌词的创作，而歌唱者绝大多数是女性。若以女性歌男性词则隔一层，不如以女性歌女性词能够深入角色，毕现语调神情，如歌者径直作自我抒情，效果也许还更好。然而作词与歌唱双方尚有其他考虑，作者需要抒发自己的感情和某种典型的爱情体验。专作女性代言体词则有所限制，为某歌者作词则效用甚低，且歌者个人的题材有限，也不便自言，只有以女性歌女性词又能融入词人自己的感情体验的属最佳方案。因此，唐宋词中以男性词人代女性言情的词占很大比重，其中没有确代的又居多数，专为某歌女而作的词居少数。还有一种以男性词人代男性言情的，属极少数。至于以女性词人代男性言情的，尚未见到。

以下略举例说明。

冯延巳的词多代言体，他能将自己的情感恰到好处地融入女性抒情词中。因为他对国家的忧虑和一个地位不稳固的女子对丈夫的忧虑相接近，他在朝中既受宠幸又遭猜疑的处境与一个贵族女子在家庭中的处境也相仿佛，而且也有难言之隐。下面这首《鹊踏枝》词可见一斑：

> 谁道闲情抛掷久，每到春来，惆怅还依旧。日日花前常病酒，不辞镜里朱颜瘦。　　河畔青芜堤上柳，为问新愁，何事年年有？独立小桥风满袖，平林新月人归后。

《鹊踏枝》十四首，大部分抒情主人公明显属女性，只有少数几首缺乏明显的女性特征，观作意应都属代女性言情的代言体。“谁道闲情抛掷久”描写女子对爱情的执着追求；“日日花前常病酒，不辞镜里朱颜瘦”表现了珍惜美好的爱情，愿为它做出牺牲的坚定意志；“独立小桥风满袖，平林新月人归后”，描绘了刻意追求却一无所获的寂寞凄苦心境。词中言情只用“闲情”“惆怅”“新愁”等字面，可以看作是伤春怨离，也可看作是爱情的失落，实际上也融合了词人忠君忧国之心。延巳当南唐国势岌岌之秋，身为宰辅，不能有所匡救，常危苦烦乱，于是发而为词，“其旨隐，其词微，类劳人、思妇、羁臣、屏子郁伊怆怳之所为”。[①] 全词包含多侧面多层次，意境丰美，可歌可读，仁者见仁，智者见智，为爱情词的上乘。

晏殊的代言体词代表的是太平安乐时期人们追求爱情、青春与幸福的一致性。如《玉楼春》：

> 绿杨芳草长亭路，年少抛人容易去。楼头残梦五更钟，花底离愁三月雨。　　无情不似多情苦，一寸还成千万缕。天涯地角有穷时，只有相思无尽处。

《苕溪渔隐丛话》记载了晏殊子晏几道与蒲传正的一次论争，蒲认为此词属代言体的爱情词，小晏则认为是对青春年少的追怀。实际上是合二为一。“楼头残梦五更钟，花底离愁三月雨”，是词中的警句。试想，女子躺在清幽的楼头，又是五更天，梦境定是美的。可是梦已残，天已亮，晨钟已敲响，多么懊恨！透过花丛和三月的烟雨驰想远方，又是多么迷茫！理解为伤春怀人固然不错，借作对美好时光、理想幸福的追寻也未尝不可，与冯延巳《鹊踏枝》同属词中上乘。

---

① 见四印斋刻本冯煦《阳春集序》。

欧阳修的《蝶恋花》也许并未融入词人切身的感情体验，而是刻画了一个上层社会无法掌握自己命运的少妇形象。她丈夫成天在外寻花问柳，而自己却被幽闭在深宅大院之中，精神极度苦闷，只有与风雨中的落花相互哀怜。“泪眼问花花不语，乱红飞过秋千去”，既深深揭示了女子内心世界的悲苦，也是对冷酷现实的控诉。它的社会意义与艺术感染力不是那些代女子抒相思离别的泛泛之作可比。

柳永的某些代言体词表现了歌妓对过正常的爱情生活的向往，也有其积极意义。然而当时有人指出“针线慵拈伴伊坐”格调不高；至于描写女子的撒娇作态及房帏之事，如《锦堂春》“坠髻慵梳”，虽然声容俱现，真实生动，却未免庸俗了些。欧阳修《临江仙》“柳外轻雷池上雨”据说是为所亲妓失钗而作；苏轼《贺新郎》“乳燕飞华屋”据说是为艺妓秀兰而作，也有说是为名叫榴花的妾而作，都是有确代的代言体词。欧词令名士击节称赏，苏词使府僚停嗔息怒，当场效果均佳。[①]然而即事即景，

① 明蒋一葵《尧山堂外纪》：“欧阳永叔任河南推官，亲一妓。时钱文僖为西京留守，梅圣俞、尹师鲁同在幕下。一日，宴于后园，客集而欧与妓俱不至。移时方来。钱责妓云：‘未至，何也？’妓云：‘中暑，往凉堂睡觉，失金钗，犹未见。’钱曰：‘若得欧推官一词，当为偿汝。’欧即席云：‘柳外轻雷池上雨’云云。坐皆击节，令妓满斟送欧，而令公库偿钗。”又苏轼《贺新郎》在《宋六十名家词》中题作：“余倅杭日，府僚湖中高会。群妓毕集，唯秀兰不来。营将督之再三，乃来……时府僚有属意于兰者，见其不来，恚恨不已，云：‘必有私事。’秀兰含泪力辩，而余亦从旁冷语，阴为之解。府僚终不释然也。适榴花开盛，秀兰以一枝藉手献坐中，府僚愈怒，责其不恭。秀兰进退无据，但低首垂泪而已。仆乃作一曲名《贺新凉》（即《贺新郎》），令秀兰歌以侑觞。声容妙绝，府僚大悦，剧饮而罢。”

后世难以理解，而且意蕴有限，故《苕溪渔隐丛话》特申辩苏《贺新郎》不是为一人而写，是“托意高远”，《项氏家说》更认定“兴寄最深，有《离骚经》之遗法”。这说明有确代的代言体词一般不足取。至于内容不健康的确代词又等而下之了。如柳永的《昼夜乐》“秀香家住桃花径”，《柳腰轻》“英英妙舞腰肢软”及《木兰花》调“心娘”“佳娘”“虫娘”“酥娘”数首，均有名姓，虽作第三人称，想象当年应由这些歌妓自歌。其中不少打情卖俏，甚至公开叫卖的庸俗低级趣味，如“无限狂心乘酒兴，这欢愉、渐入佳景”“王孙若拟赠千金，只在画楼东畔住”等。

有确代的爱情词所代对象大多数是歌妓。也有例外的，苏轼的《少年游·润州作，代人寄远》是代某一女子寄给久出未归的丈夫，辛弃疾《鹧鸪天》“扑面征尘”是代某一男性表示对某一曾交往过的女性的思念。这些词扩大了代言体爱情词的应用范围，使它从青楼妓馆走向了广阔社会。从专为女性代言到也为男性代言。这种趋势已和词与乐的脱离渐次作为纯案头文学出现有直接关系。

（三）托意及其他

因为爱情是人人都有的美好感受，词人在表现爱情的同时，也往往将其社会政治生活的某种感受并入其中。有的明显，有的不明显。在读这些词的时候，要注意爱情仍旧是艺术表现的中心，只能从爱情描写中生发出托意，而不能将托意强行注入爱情描写中。作者这样，读者也应是这样，以秦观《踏莎行》为例。

雾失楼台，月迷津渡。桃源望断无寻处。可堪孤馆闭春寒，杜鹃声里斜阳暮！　　驿寄梅花，鱼传尺素。砌成此恨无重数。郴江幸自绕郴山，为谁流下潇湘去?

词人作为一个被放逐者，暂居郴州旅舍，面对的是桃源地面。桃园在传说中是仙境，因而词人将桃园仙女当作他追求的对象，将自己政治上的失意并入对仙女茫茫然的追求与无穷的苦恼之中。尽管词人要表现的可能主要是他政治上的失意，然而这首词的成功仍旧在对爱情描写的真实性与生动性上。那若隐若现的楼台，那迷迷蒙蒙的渡口，恰到好处地表现了爱的对象的确实存在、极其美好而又幽渺难寻的特点。那春寒料峭的孤馆，那斜阳影里悲啼的杜鹃，那带着悲声流向潇湘的郴江，刻画因爱情的失落而产生的凄苦和哀怨又是多么真切感人。它通篇只说爱情，政治上的失意是从桃源女子的虚构性上看出来的。一旦揭示出来后，再深入体会它的情感表征，又是那样的一致，尽管它们的质不同。至于托意并不明显的词，不可舍本逐末，脱离爱情描写而寻觅它的托意。

再看辛弃疾的《青玉案·元夕》“东风夜放”，人们认为表现了词人孤芳自赏、不肯同流合污的精神品质。词写的是男性在热闹欢腾的人群中，寻找他的心上人，而找到的却是在灯火阑珊处寂寞的心灵。乍看似乎不合求爱的逻辑，然而它正体现了爱情的心路历程：少男少女为追求美好的爱情，或在东方的星汉浮槎上遨游，或在西方伊甸园中追寻，经过不倦地执着求索，最后和所爱的对象认同，达到心灵的默契，这是对爱情心理的深刻剖析，在此基础上所透发出来的某种精神品质和理性的思索，也就具有它应有的感发力了。

有些爱情词是咏叹历史故事或神话故事的，也不可不知。如赵令畤《蝶恋花》十二首即是咏叹张生与莺莺的恋爱故事，秦观《调笑令》十首咏叹十位历史美人的爱情故事，苏轼《洞仙歌》是咏叹蜀主孟昶与花蕊夫人的爱情生活，李存勖《忆仙姿》是咏叹刘晨、阮肇入天台遇二仙女事。赵、秦、苏的词都有序、诗配合，易为人知，李词则不然，首句虽点明“桃源仙洞”，可是“桃源洞”既可作“刘阮洞”的别名，也可作陶渊明的桃源洞，如秦观“桃源望断无寻处”的桃源。因此，可看作是泛指与所爱欢会的场所，像蓬莱、蓬山之类，所以还须对刘、阮入天台事有所了解才不致误解。

有些词泛写男女相思，既没有事实，不宜确断抒情主人公是男性还是女性，可看作自叙，也可看作代言。如范仲淹的《御街行》，结拍“都来此事，眉间心上，无计相回避”。李清照作为女性词人，在《一剪梅》中化作“此情无计可消除，才下眉头，却上心头”。

有些爱情词很难归类，如冯延巳《鹊踏枝》“谁道闲情抛掷久”“萧索清秋珠泪坠”等首，究竟属自叙或代言、写自身爱情感受或有所寄托，只能据情理推测，终难确断，也不必确断，在鉴赏时可仁者见仁，智者见智。五代宋初有不少这一类的词作。如冯延巳、韦庄、欧阳炯、晏殊、欧阳修等人，均属朝廷重臣，胸襟、视野较为广阔，政治生活与爱情婚姻的感受往往糅杂在一起。他们时常正襟危坐，偶尔也作儿女态，这些都是造成难以分辨的原因。

爱情词还有体现阶层、职业、地域特色的，如采莲曲、渔歌、织女词、商妇怨、南国恋、水乡情等。晏殊、欧阳修都有多首《渔家傲》写采莲女的相思爱恋之情，与荷花的开谢、荷花荡的风光相生相映。欧阳炯《南乡子》多首，写南国绮丽风光中少男少女的绵绵情思相当动人。无名氏《九张机》九首写织女的情思，丝丝织入锦中。

二、爱情词的几种独特内容

封建社会的制度、礼法、门第观念、等级观念、尊卑观念等，处处都扼杀着美好纯真的爱情，禁绝男女的交往，使真诚相爱的人离散，令素不相识的人结为婚姻。但爱情冲破重重的阻力，仍顽强地表现出来，这就造成了它的被扭曲的状态和特殊的光彩。

（一）一见钟情的爱情

像苏轼与王朝云、李清照与赵明诚、陆游与唐婉这样相互知心、志同道合的爱情，在唐宋社会寥若晨星，光焰也不长久。而像张先《谢池春慢》、贺铸《青玉案》一类一见钟情的爱情倒是随处可见的，是爱情词中常见的题材。即使被人认为短于言情的苏轼，也有这类作品。如名篇《蝶恋花》：

> 花褪残红青杏小，燕子飞时，绿水人家绕。枝上柳绵吹又少，天涯何处无芳草。　　墙里秋千墙外道。墙外行人，墙里佳人笑。笑渐不闻声渐悄，多情却被无情恼。

词写的是墙头马上的爱情。抒情主人公隔着绿水、院墙以及落英、柳绵，观望正在秋千上晃漾的少女，所见必较贺铸横塘别墅门外所见更加朦胧隐约，比较清晰的倒是她的笑声，可以说是一听倾心了。这类爱情诗无论古代、现代，也无论中国、外国，都不乏其例，也永远不会丧失它的艺术魅力。

显然，一见钟情的爱情描写以古代为多，这是因为封建礼法限制男女接触，一般不可能产生相互深入了解的自由恋爱。男女接触一般只有类似王实甫笔下的佛殿相逢或白居易笔下的墙头马上的情形。像贺铸写的，一个有身份的年青美貌的少女独自在横塘路上凌波微步，这已带有几分浪漫想象了。

一般认为婚前的爱情较婚后更为动人，而在古代婚前的爱情只有或主要是这一见的瞬间。像前面说的苏轼、陆游、李清照等所表现的爱情除了那一见、一听的瞬间外，大体上都属婚后。像晏几道、姜夔这样注定要夭折的爱情虽然有过一段不寻常的接触，却不是出以平等的地位和合法的场合，还是那倾心的一见最动人，所以词人争相表现。晏几道就深深怀念“记得小苹初见”

的第一印象。

描写一见倾心的爱情词的大量出现，还有其作为文学作品的审美需求。我国古代画山以“山色有无中”为美，画美人不画正面，又隐约其形，意在留给观赏者想象的余地，按自己的审美要求进行观赏创造。今天称之为朦胧美。苏轼的《续丽人行》诗用风趣的语言激赏杜甫的《丽人行》：“杜陵饥客眼长寒，蹇驴破帽随金鞍。隔花临水时一见，只许腰肢背后看。”意在赞美杜甫描写美人不描写正面，又故意隔花隔水造成朦胧美的艺术见地。其实杜诗只有两句描写美人的背面：“背后何所见？珠压腰衱稳称身。”至于隔花临水偶尔一见，是苏轼体会出来的。苏轼自己的《蝶恋花》词就鲜明地体现了他的审美观。他描写的是隔花临水时一见那墙内正在荡秋千的女子。婚前的爱情本来具有朦胧隐约的特点，一见倾心的爱情尤其突出。隔花临水，朦朦胧胧，是引而未发的爱情触动的最好时机，朦胧的花和水等物又正是爱情萌发的最好的土壤，情人的形影可以通过它来按自己的意愿加以充分的想象。现实的美总是有限的，想象中的美则是无限的。一见之下，特别是朦胧隐约的一见之下，最能引发和包容想象中的美。描写情人的一见钟情正符合这种审美要求。

（二）婚外爱情

爱情和婚姻本是相互联结的，可是在封建社会，爱情往往并不导致婚姻，婚姻也往往不包含爱情。这样，婚外的爱情就成了对不合理婚姻的补偿。唐宋爱情词中多数是歌咏婚外的爱情，名家如温庭筠、韦庄、晏几道、柳永、秦观、姜夔，都以写婚外爱情出色。如晏几道《临江仙》记录着他和歌妓小苹相爱的情景：

> 梦后楼台高锁，酒醒帘幕低垂。去年春恨却来时。落花人独立，微雨燕双飞。　　记得小苹初见，两重心字罗衣。琵琶弦上说相思。当时明月在，曾照彩云归。

词人从当前的孤寂回想到去年乍别的相思，再追忆到初相识时的相互倾心，写来一往情深。后来小苹被歌儿酒使的命运捉弄，不得不流转于人间，只有她的丰容、慧心与秉月夜归的动人情景，“如幻、如电、如昨梦、前尘”不时地在他的心底涌现，词人只有“掩卷怃然，感光阴之易迁，叹境缘之无实”（《小山词自序》）了！在“易迁”与“无实”、“梦后”与“酒醒”之中包含着多少人生的悲哀！

姜夔的《淡黄柳》《长亭怨慢》《踏莎行》等阕，记录着他和合肥女子的爱情，“燕燕轻盈，莺莺娇软”，伊人的体态、举止和声情多么令人心醉！“韦郎去也，怎忘得、玉环分付，第一是早早归来，怕红萼无人为主。”社会选择哪管得弱女子临别的深情嘱咐，只留得“别后书辞，别时针线”和凄凉的“小桥宅”，令词人无限伤感，要相见除非是在华胥梦里。“淮南皓月冷千山，冥冥归去无人管。”写的是倩女离魂似的梦幻，暗示的却是伊人所经受的冷酷的社会遭遇，其中包含着词人对社会的诅咒，对伊人的关心、同情，与痛悔、赎罪心理。

晏几道、姜夔的婚外爱情是被社会扼杀和扭曲了的，是一种纯情感、纯理念的柏拉图式的爱情。它不但同样具有真纯的情感和高尚的道德，而且有对社会历史更多的认识价值。它让我们懂得过去，理解我们父祖心酸的心路历程，从而正确对待现实。爱情的发展史本来就是人类文明史的一个重要侧面，读者要能从史的角度加以透视，才能对这种被扭曲的凝聚着血和泪的词作有更深刻的理解，受到更多的教益。即使像柳永等流连坊曲，词中反映出与艺妓灵与肉的结合，也有它反封建的意义和情感的光辉。

（三）词人艺妓的爱情

艺妓对爱情的热烈追求是男女不平等的阶级社会普遍的社会现象。在唐宋词中，因歌妓担负着歌唱的角色，表现就尤其突出了。我国封建社会，女子婚前只能听从父母之命及媒妁之言，婚后则要求顺从丈夫的意志，以“举案齐眉”为最高美德，一生中被剥夺了表现爱情甚至表现个人品质和优点的机会。就连李清照这样的名门闺秀描写她的婚后爱情，也遭到攻击和非难。只有那些地位低下又聪慧过人的歌儿舞女有一定的行动自由和在公众场合展现自己风韵和才艺的机会，渴望得到一点婚外的爱情，有幸也许会被所爱的人收纳为姬妾。她们的爱情虽然是被扭曲的、发育不全的，但在封建时代上层社会这块爱情的荒漠中，却能独放异彩。宋代著名词人的爱情词作几乎没有例外地都有以歌妓为对象的，而且很多是名篇。上述男性词人的婚外爱情也多以艺妓为对象。

我们还注意到这些歌儿舞女出众的才艺、姿容与其卑微的社会地位形成了尖锐的矛盾，为获得爱情，她们需排除障碍、冲破阻力，必须更加讲究方式，发挥其魅力。这就有助于充分体现爱情的复杂性、曲折性，也有利充分显示爱情的美好和它的巨大力量。这也是古今中外的诗歌、戏剧、小说喜用艺妓作为爱情题材的重要原因。张先为歌妓谢媚卿倾倒就是一个生动的事例。据《绿窗新话》载："张子野往玉仙观，中路遇谢媚卿……一见慕悦，目色相授。张领其意，缓辔久之而去。因作《谢池春慢》。"这首词为我们记录了一个歌女怎样通过她野外的自由活动，以她的美色、才艺、风韵撩动了一个过了青春年华的才子的心。像这样的事在上层社会的少女中自然是不大可能发生的，她们只有上巳踏青、清明斗草，才能与同性结伴而行。即令她们偶然获得这样的机会，也不会如此迅捷，如此成功。

如果说张先的《谢池春慢》还只是描写词人与歌妓一见动情的爱情萌动状态，那么晏几道的《鹧鸪天》按一般的说法，则是描写抒情主人公与歌妓备尝过爱情的甜蜜与苦涩，历经沧桑风雨的至深感情了。词的结拍令人深思："今宵剩把银釭照，犹恐相逢是梦中。"本是从杜诗《羌村三首》"夜阑更秉烛，相对如梦寐"化出的，杜诗表现的是遭乱后夫妻难得的团圆，这已是极深厚的感情、极感人的场面了。晏词又更进一层，分明是比喻夫妻又超过夫妻了。

被称为宋金十大曲的柳永《雨霖铃》也是描写词人与歌妓的痛苦分离的，词情缠绵悱恻，至深至厚。词的结拍写道："便纵有千种风情，更与何人说！"这里道出了一个公开的秘密：词人的爱情和婚姻是不一致的，他的爱不在自己的妻室，而在伊人身上。

在封建社会，歌妓的爱情不仅是最难得的、最动人的，而且也是最值得同情的。爱情都是以结为婚姻、延续后代为其最终归宿，可是要达到这一目的对于歌妓来说，是多么不易！她们多数是一无所获，少数幸运儿暂时得到多情才子的垂怜，也多半被中途轻易抛弃。因为对有地位的男子来说，他不但不负道义上的责任，而是一种补过的功德，顶多受点良心上的责备。也可用"青楼薄幸"一语轻轻掩过，或洒上一掬同情的泪水。而留给她的则是斑斑的血泪。极个别的可以获得一个姬妾的地位，也多半结局不佳。如张先和陆游都曾纳歌女为妾而被正室所驱赶，吴文英的苏、杭二歌妓都不得善终。只有苏轼的杭州歌女王朝云相守苏轼终老，也只活到中年，有子夭折。在生时并无花好月圆之感，曾为歌《蝶恋花》而"泪满衣襟"，因为她唱到"枝上柳绵吹又少，人间何处无芳草"而想到自己的容华难驻，怕苏老夫子也有墙头马上的奇遇。①生时固然惴惴，临终时历史又给她开了个揶揄的玩笑，让她念着苏轼教给她的佛家超脱尘缘的偈颂而辞去人世。②

① 《琅嬛记》卷中引《林下词谈》："子瞻在惠州，与朝云闲坐。时青女（霜）初至，落木萧萧，悽然有悲秋之意，命朝云把大白（酒），唱'花褪残红'，朝云歌喉将啭，泪满衣襟。子瞻诘其故，答曰：'奴所不能歌，是"枝上柳绵吹又少，天涯何处无芳草"也。'子瞻翻然笑曰：'是吾正悲秋，而汝又伤春矣。'"

② 《燕石斋补》："朝云病且死，诵《金刚经》四句偈而绝。"苏轼《悼朝云》诗云："驻景恨无千岁药，赠行唯有小乘禅。"意谓四句偈（小乘禅）是他所教。

综观歌妓的遭遇，不过是封建社会爱情圣坛的祭品。这乃是历史的安排，政治制度、社会文明不是任何强者或所谓海枯石烂不变心的感情可以改变的。词人用他洞彻的心灵将这些悲剧式的人物的情感历程载入词作，并寄予深厚的同情，无疑是有着积极意义的。

应当指出，某些词人的某些篇章对这些被命运捉弄的悲剧式人物，采取轻薄调笑的态度，那是极不应该的。这种情况就是在比较严肃地对待这一主题的词人作品中，也不同程度地有所发现。这是当时占统治地位的社会意识形态所决定的。

第二章　友情、乡情词

一、友情词

友情和爱情一样，是人类最美好的感情。我国自古以来就十分珍惜友情。《易经·系辞》云:“同心之言，其臭如兰。”“二人同心，其利断金。”《毛诗·伐木》序云:“自天子至于庶人，未有不须友以成者。”在读书人中还有一种说法:“独学而无友，则孤陋而寡闻。”(《礼记·学记》)“君子以文会友，以友辅仁。”(《论语·颜渊》)因此，历代诗人均不乏歌咏友情之作。名篇如李陵《与苏武诗》、陶潜《停云》、王勃《送杜少府之任蜀川》、孟浩然《过故人庄》、王维《渭城曲》、李白《赠汪伦》、杜甫《天末怀李白》、白居易《赋得古原草送别》，等等。综观前代友情诗的内容，不外如下几个方面。其一，被人误解、遭遇不幸时的相互知心、相互同情。如苏武和李陵，苏武出使被扣留，为汉朝尽节。李陵兵败被俘，被视为叛国，苏武理解李陵，李陵感激涕零。其二，遇到艰难险阻时，互相劝慰。如杜少府赴蜀川任，地方僻远，又多风险，王勃以“海内存知己，天涯若比邻。无为在歧路，儿女共沾巾”(《送杜少府之任蜀川》)相劝慰。其三，是相聚时的欢欣与分离时的思念，以及由此而引起的人生感慨。如杜甫和李白，欢聚时，“醉眠秋共被，携手日同行”（杜甫《与李十二白同寻范十隐居》）；分离时，“三夜频梦君，情亲见君意”（《梦李白二首》其二）；又因“江南瘴疠地”（《梦李白二首》其一），加之“江湖多风波”（《梦李白二首》其二），而感叹“死别已吞声，生别常恻恻”（《梦李白二首》其一）。

宋代文士多，学术讨论空气活跃，文人重师承关系，而新旧党争与和战之争贯穿两宋，这就促使文人在共同的政治观点下凝聚起来。“以文会友，以友辅仁”的活动大大加强。随着词在题材上的拓展，友情词得到长足的发展。前代的友情诗，一般说来内容较为单纯。宋人的友情词除了通常相聚的欢乐、别时的惆怅与别后的思念等内容外，常与朝章国策、人间沧桑、宦海风波、世态炎凉、人生忧惧等相联结，从多层次多侧面中显示出深度与厚度。在理解时既要围绕友情的中心分剖不同的侧面，又要注意不同社会阶段的不同特色。一般说来和平发展时期，多动人生悲感，如宋初晏殊、欧阳修等人的词。社会矛盾尖锐，上层社会斗争激烈的阶段，多叹宦海风波与世态炎凉，如元祐诸人的词。强寇压境，国家危亡的阶段，多致慨于朝章国策与人间沧桑，如辛派爱国词人与宋末词人的词。

晏殊、欧阳修这类词大体抒写朋友欢会与生命、环境的冲突而产生的悲感。如晏殊的《浣溪沙》，开篇“一向年光有限身，等闲离别易销魂”，即指出年光易逝、生命有限是离别销魂的重要原因。下阕“满目山河空念远，落花风雨更伤春”补充的是环境的因素：满目山河本是与朋友游赏之地，却两地遥隔；落花风雨属好景不长，却不但不能让人尽情流连，反而使人无限感伤。面临生命与环境这两个无法解决的问题，词人只有抓住眼前，频频地举杯，尽情地怜爱眼前尚未分离的人。这种无可奈何的心境类似项羽与虞姬的垓下悲歌，李陵与苏武的河梁送别，虽无二者惨烈，却因具有最大的普遍性而觉得有摇荡心魄之力。

这种人生悲剧挖掘越深越细，表现的友情就越发动人。欧阳修《浪淘沙》先写短暂聚会的欢欣“垂杨紫陌洛城东，总是当时携手处，游遍芳丛”；接写别后的销魂“今年花胜去年红。可惜明年花更好，知与谁同？”词人从当年到今年，再到明年，细数人生有限的里程，而同时展现大自然的无限风光，以有限对无限，显示人生的悲哀。

晏、欧这些词都属小令短章，缺少情节，也没有词题，人们往往只注意它感叹人生的内容，而忽视它歌咏友情的中心。还是欧阳修一语道破：“人生自是有情痴，此恨不关风与月。”（《玉楼春》）风雨花草所以为词人关注，并不只是因为人生有限，而在于人生有情，无情的人生再短也不会令人痛惜。

通过宦海风波与世情炎凉表达和加深友情的词，显示出同病相怜、风雨同舟与坚贞不二的品质。秦观的《千秋岁》可作代表：

水边沙外，城郭春寒退。花影乱，莺声碎。飘零疏酒盏，离别宽衣带。人不见，碧云暮合空相对。　忆昔西池会，鹓鹭同飞盖。携手处，今谁在？日边清梦断，镜里朱颜改。春去也，飞红万点愁如海。

作者先是描写春景的绝美绝艳“花影乱，莺声碎”，随后又将它化为最凄最苦“春去也，飞红万点愁如海”，正形象地体现了政治的剧变在人们心灵上的投影，因此同仁诸君于秦观去世后相继和作，并都在结句上画龙点睛。孔毅甫云：“仙山杳杳空云海。”苏东坡云：“乘桴且恁浮于海。”黄山谷云：“波涛万顷珠沉海。”孔说理想境界渺茫，苏说意志愿望落空，黄说终归葬身宦海风波之中。这三者恰好构成了秦少游的愁海。志同道合的词人们正是在这愁海中互相提醒，互相呼唤，互相同情，用以表达他们的友情。他们有时还相劝在愁海中捞住一块舢板，随遇而安；有时又勉励寻找一小块陆地栖息下来。苏轼《满庭芳》云：“三十三年，飘流江海，万里烟浪云帆。故人惊怪，憔悴老青衫。”这无异说，大半生饱尝宦海风波之苦。“我自疏狂异趣，君何事奔走尘凡。”意谓我已厌倦在宦海中竞帆，你为何尚未接受教训？“流年尽，穷途坐守，船尾冻相衔。”是说两人都无力竞进。“巉巉，淮浦外，层楼翠壁，古寺空岩。步携手林间，笑挽扦扦。莫上孤峰尽处，萦望眼云海相搀。”意谓山外有山，必须跳离苦海，寻找汪洋大海中的安全小岛，暂得喘息，不要再贪图云海的壮观而陷入险境。“家何在？因君问我，归梦绕松杉。”最后指明应该把一叶扁舟摇回出发的小水湾，才是人生的归宿。类似的词作如寄参寥子的《八声甘州》：“有情风万里卷潮来，无情送潮归。”就守地钱塘江潮起兴，中寓宦海风波。词作于元祐六年三月三日，这年诏为翰林学士承旨，这是“有情风万里卷潮来”了，时隔三载，绍圣元年即落职远贬，由定州转英州，再转惠州，后又转琼州，这又是“无情送潮归”了。东坡斯言，远取则于谢公，近应验于自身，是诤友肺腑之言。

上述词作有的并无朋友欢聚悲离的描写，读者往往不觉为友情词，须透过诙谐的、哲理性的语言，窥见词人一颗热烈的爱友之心。又有满纸欢聚悲离却没有一字说到人生和世情的，也不应轻了。如周邦彦《兰陵王》，一片写多次送别的悲慨，二片写这次送别的依恋，三片写别后的凄凉并追忆往昔的欢聚。细心的读者会问是何种原因妨碍了亲密的朋友“月榭携手，露桥闻笛”呢？又是何种原因令他们年去岁来折尽柔条呢？原来周邦彦处在新旧党争的夹缝中，常被推来挤去，成为两派斗争的无辜受祸者。当时有多少像周邦彦那样非新非旧被两边推挤的人，他们正是基于这一共同的命运互相悲悯而增进了友谊。这词写客中送客，用意也在于此。

致慨于朝章国策与人世沧桑的词，多表现为志同道合、同仇敌忾，更显出友谊的分量。如张元幹《贺新郎》“梦绕神州路”词将爱国之情与友情融为一体。“天意从来高难问，况人情老易悲难诉！更南浦，送君去！”君王莫测高深，朝中显贵已忘怀国仇家恨，只有这一知心好友，却又遭贬，离我而去。这就将两颗心联结在爱国之情上。既然目标高远，心胸自然豪迈：“目尽青天怀今古，肯儿曹恩怨相尔汝！举大白，听金缕。”这种浩然正气已经远远压过了朋友别离的悲哀，竟要高举酒杯，听唱金缕，同消心中块垒。词人有意将朋友私情化开去，但友情的分量反而加重，原因是友情建筑在爱国之情上。作者竟甘为这首词与朋友同罪，足见友情的坚贞。理解这类词作不能脱离朋友交往的过程和心态。这词以梦境开篇，假若径直说是作者爱国感情的反映，就和友情无关，而且无根无蒂，突如其来。应知后阕“回首对床夜语”，补充说明了好友相逢，对床语至深夜，谈的都是双方共同关心的北方沦陷区的情形，所以入眠后形成梦境。写的是梦，刻画的是两颗同时跳动的心。在友情中生发的爱国之情，二者兼而有之，而且真实动人，因为作者抒发的本来就是友情。辛弃疾《破阵子》，题为《为陈同甫赋壮词以寄之》，显然是从朋友的角度，表示同情、支持和赞许的，它的内容与《同父见和，再用韵答之》的另一首《贺新郎》基本一致。读者多忘记它是朋友赠答，不从朋友情谊上去理解，作为辛弃疾的自我抒情，既不见友情，也令词人有自我标榜之嫌。邓剡和文天祥同时兵败被俘，同囚在金陵。后文天祥被解送大都，邓剡因病暂留，二人作词道别，有《酹江月》二首。其中一首，题作《驿中言别》：

水天空阔，恨东风、不借世间英物。蜀鸟吴花残照里，忍见荒城颓壁。铜雀春情，金人秋泪，此恨凭谁雪？堂堂剑气，斗牛空认奇杰。　　那信江海余生，南行万里，属扁舟齐发。正为鸥盟留醉眼，细看涛生云灭。睨柱吞嬴，回旗走懿，千古冲冠发。伴人无寐，秦淮应是孤月。

这词属邓作或文作尚无定论，若从朋友言别角度看，则显然应归邓作，因为词的上阕“恨东风、不借世间英物”，是说当年东风助周郎大破曹军，恨今日天意不助文天祥。“铜雀春情，金人秋泪，此恨凭谁雪？”是说宋宫嫔妃被掳，都城沦陷，今日天祥被俘，靠谁来雪此奇耻大辱呢？“堂堂剑气，斗牛空认奇杰”，是说文天祥生于剑气冲斗牛的江西，国人寄以厚望，如今被俘，令希望落空。下阕“睨柱吞嬴，回旗走懿，千古冲冠发”，是赞扬文天祥面对强敌，已像蔺相如、诸葛亮、岳飞那样，作了决死的斗争，为国人鞠躬尽瘁，有着大无畏的牺牲精神。这样理解，符合朋友知心、信任、慰劝之道，以及对朋友遭遇不幸的同情、哀婉之情。若认作文天祥作，则有自我赞誉之嫌。何况另一首《酹江月》题为和作，属文天祥作无疑，此首自应作邓剡作。假若两首都视为文天祥作，则属自作自和，不应又题《驿中言别》，这是旁证。以上张、辛、邓诸词理解的错讹偏误，都与未分辨友情与爱国之情有关。

二、乡情词

乡情与友情同属一种温馨的感情。我国古代文人或在外乡为官作宦，或外出问学求官，或漫游名山大川，多不便携挈父母妻子，也不宜变卖田园产业，怀土思乡之情在所难免，故自古诗人都有思乡的作品。名篇如《诗经·东山》、汉乐府《陇头歌辞》、古诗十九首的《涉江采芙蓉》、陆机《赴洛道中作》、陶渊明《归园田居》、谢朓《晚登三山还望京邑》、宋之问《度大庾岭》、贺知章《回乡偶书》、王维《杂诗·君自故乡来》《九月九日忆山东兄弟》、李白《峨眉月歌》《静夜思》、杜甫《月夜忆舍弟》《登高》、岑参《逢入京使》、张继《枫桥夜泊》，等等。综观历代乡情诗多与下列因素相联系：对父母兄弟、邻里伙伴的怀思，对故乡山水、风物的依恋，对童年的梦幻或青年的希望的追忆，对家乡风俗习惯的无穷回味等。思乡之情的产生与加剧又与宦游的苦况、官场风波、人生忧惧等因素相关联。乡情词也多怀想家庭温暖、天伦乐事、友朋诗酒，也常与异乡旅途的孤寂凄凉相伴生，只是情感较诗浓烈，描写也较诗细腻。

如柳永的《玉蝴蝶》：

> 望处雨收云断，凭栏悄悄，目送秋光。晚景萧疏，堪动宋玉悲凉。水风轻、蘋花渐老，月露冷、梧叶飘黄。遣情伤。故人何在，烟水茫茫。　　难忘，文期酒会，几孤风月，屡变星霜。海阔山遥，未知何处是潇湘。念双燕，难凭远信，指暮天，空识归航。黯相望，断鸿声里，立尽斜阳。

词人感叹身世悲凉像宋玉，于水风、月露中怀想故人，追忆文期酒会；在断鸿声里、斜阳影中，思念妻子，盼望与家人团聚。又如柳永《夜半乐》词，见酒旗忽闪、炊烟缭绕，渔人鸣榔归去，感伤漂泊流离；见荷塘边、柳荫下，三三两两的浣纱女嬉游，“避行客，含羞笑语”，怀念绣阁佳人，都是这一类。

乡情词也常表现为对家乡风物的怀恋，如苏轼常忆“峨嵋雪浪，锦江春色”（《满江红》“江汉西来”），周邦彦常联想到西湖荷花、孤山梅花，陆游记得山阴的红桥、沈园与禹迹寺。皇甫松的《梦江南》则纯以家乡风物引动思乡之情：

兰烬落，屏上暗红蕉。闲梦江南梅熟日，夜船吹笛雨潇潇。人语驿边桥。

作者是浙江建德人，他在睡意朦胧中看着屏风上的家乡景物——美人蕉进入了梦乡，梦中回到了江南水乡。正是梅熟季节，水上画船荡漾，笛声相伴雨声；桥边驿站，人语掺和江韵。家乡何等美好！思乡之情，不言而喻。王国维赞美曰："情味深长！"（《人间词话》补遗）

思乡词不仅是表现对家乡的热爱和流落他乡的凄凉，往往还包藏深层的悲感，触及广泛、深刻的社会人生，有血有泪。像柳永《玉蝴蝶》里描写离群的孤鸿，在斜阳影里悲鸣，就是自身的写照。他不仅离乡背井，也离开了自己的亲朋，到外乡寻求一官半职，却始终未能如愿，这就像孤鸿到黄昏日落还找不到落宿的芦荡一样。根源在哪里？作者经过深沉的思考，认定是数千年封建社会对人才的压抑所造成的"宋玉悲凉"。无名氏三首《长相思》写商人对待家乡有三种不同态度：暴利致富的，"尽日贪欢作乐"，不思乡；折本的"尘土满面上，终日被人欺"，算着回乡的路程；折本又生病的不得一见爷娘，含恨死在他乡。三首诗展现的是外乡的铜臭与血腥，家乡的友爱和温暖却从对面强烈反射出来。

凄苦的旅况固然令人思乡，外乡的逸乐也不足取代家乡之爱。韦庄的五首《菩萨蛮》写出了留恋他乡与思念故乡的矛盾心情：

红楼别夜堪惆怅，香灯半卷流苏帐。残月出门时，美人和泪辞。琵琶金翠羽，弦上黄莺语。劝我早归家，绿窗人似花。

人人尽说江南好，游人只合江南老。春水碧于天，画船听雨眠。垆边人似月，皓腕凝霜雪。未老莫还乡，还乡须断肠。

如今却忆江南乐，当时年少春衫薄。骑马倚斜桥，满楼红袖招。翠屏金屈曲，醉入花丛宿。此度见花枝，白头誓不归。

劝君今夜须沉醉，尊前莫话明朝事。珍重主人心，酒深情亦深。须愁春漏短，莫诉金杯满。遇酒且呵呵，人生能几何。

洛阳城里春光好，洛阳才子他乡老。柳暗魏王堤，此时心转迷。桃花春水绿，水上鸳鸯宿。凝恨对残晖，忆君君不知。

第一首写首次奉使入蜀，闺中泣别，乡人赠行，残月出门，惆怅不已。第二首写居蜀思乡，蜀人说蜀地山川人物都美，而你家乡洛阳兵荒马乱，还乡心情难受，不如留在蜀地，等到老了再回乡不迟。第三首写他不听劝留，回到洛阳之后，以洛阳的战乱对比蜀川的繁华，又决计再度离乡赴蜀，并发誓不再还乡。但当他再度入蜀后，仍旧眷恋故乡，心情矛盾，所以蜀人又劝他借酒消忧，珍重蜀主对自己的恩遇，人生短暂，及时行乐而已，何必苦苦折磨自己。第四首写终于又再度想起洛阳浓密的柳荫道和桃花春水上的幸福欢乐岁月，怅恨不止。这一组联章词通过词人的亲身感受，表现了一个深刻的主题：故乡亲人的深情和乡土的温馨，不是任何外乡的红袖斜桥、美酒高位所能取代的。

国破家亡、无家可归时的思乡之情，又非有乡可归可比。南宋初年和末叶的词人如李清照、朱敦儒、刘辰翁、蒋捷诸人都有深刻感受。

以蒋捷的两首思乡词作一对比：

一片春愁待酒浇，江上舟摇，楼上帘招。秋娘渡与泰娘桥。风又飘飘，雨又萧萧。何日归家洗客袍？银字笙调，心字香烧。流光容易把人抛，红了樱桃，绿了芭蕉。

——《一剪梅·舟过吴江》

深阁帘垂绣。记家人，软语灯边，笑涡红透。万叠城头哀怨角，吹落霜花满袖。影厮伴、东奔西走。望断乡关知何处，羡寒鸦，到著黄昏后，一点点，归杨柳。　　相看只有山如故。叹浮云、本是无心，也成苍狗。明日枯荷包冷饭，又过前头小阜。趁未发、且尝村酒。醉探枵囊毛锥在，问邻翁，要写牛经否？翁不应，但摇手。

——《贺新郎·兵后寓吴》

前首作于和平安乐时期，写的是一般的思乡之情。时属晚春，客行江上，春愁正浓，晃悠悠地见两岸楼头帘幕招展，惹动心中对亲人的思念。正当风雨凄冷之际，舟过以女子命名的码头，更增对闺中少妇的惦念，因而急切盼望归家，领受家庭的温馨。想到流光易逝，家乡的樱桃红透了，芭蕉又绿了，感叹究竟何日能返家园？全词情感缠绵，婉转生动，然而毕竟只是写通常的旅客思乡的感受，不足以感人肺腑。后首写漂泊途中，想起太平时期，有一个温暖的家，家人温情脉脉，过着富贵安乐的生活，而如今无家可归，只有霜花满袖，影子做伴，竟不如寒鸦尚有杨柳可归，又囊空如洗，卖艺无门，连“枯荷包冷饭”的日子也难以为继，因而有“望断乡关知何处”之叹。词人饱含着国破家亡的辛酸血泪，凄楚动人，其感染力非前首可比。

有些乡情词深层的悲感写得隐隐约约，必须细心领会才能得其要领，深入作者内心世界。如陆游《渔家傲·寄仲高》：

> 东望山阴何处是？往来一万三千里。写得家书空满纸。流清泪，书回已是明年事。　　寄语红桥桥下水，扁舟何日寻兄弟？行遍天涯真老矣。愁无寐，鬓丝几缕茶烟里。

时作者遭受投降势力的排挤打击，从南郑前线调回后方成都，堂兄仲高也被罢官居里。词中思念家园和兄弟，也只是伤离念远的常情，但“行遍天涯真老矣”，如隐雷闪电，透露了词人历尽艰辛、受尽打击的满腔悲愤，出以常情，却并非常情。

还有些乡情词怀念的并非作者的故乡，而只能说是第二故乡。如苏轼《满庭芳》“归去来兮”，写他离开黄州时，不但留恋当地的人民和他们的语言，甚至还要求当地父老不要剪去他堂前细柳柔嫩的枝条，要经常替他翻晒他用过的渔蓑，表示他的爱心和回来的决心。因为他的第一故乡四川峨眉由于路途遥远，他年已半百，再加身不由己，已不可能回去了。这难得的第二故乡，他再不能失去。写来多么沉挚感人！《青玉案》写他离开杭州后难忘松江渡口和姑苏四桥。当伯固还吴中时，告诫他：“若到松江呼小渡，莫惊鸳鹭，四桥尽是，老子经行处。”原来他离开吴中以后，这些事物经常在他枕上、梦中出现，是那样的恬静，那样的轻柔！以至呼渡也要放低声音。最深情的还是结尾三句：“春衫犹是，小蛮针线，曾湿西湖雨。”他离开杭州数年了，还小心保留了一件春衫，这件春衫是西湖女子、后已成为他的爱妾的王朝云的针线，上面还湿过西湖的雨水。看到这件春衫，自然回想起当日王朝云陪伴他游西湖的情景了。一件小衫寄托如此深情，足见这是至为细腻、至为秾丽的乡情词。

三、多种感情的交错互见

表现友情、乡情、亲情和爱国之情的词没有爱情词那样单纯，往往相互交错，显得更加深厚，更加丰美，上述张元幹《贺新郎》、辛弃疾《破阵子》、邓剡《酹江月》等友情词又表现了对国家民族遭受侵凌时的悲愤。文天祥《酹江月》虽为答友人之作，但正气浩然，悲歌慷慨，包含的既是友情，又是爱国之情。韦庄《菩萨蛮》、蒋捷《贺新郎》等乡情词也表现了沧桑之慨和故国之恋。柳永《玉蝴蝶》、苏轼《青玉案》都是乡情、友情、亲情交织而成。这些词要从多角度分析，并将诸方面的内容沟通起来，才能更加显示情感的光辉。有人将《玉蝴蝶》看作单纯表现友情，令“潇湘”“双燕”“归航”都没有着落，情感也显得单薄了。至于秦观《望海潮》“梅英疏淡”，重点写往日的繁华游乐与今日的羁旅凄凉，表现对政治风云变化的感伤，虽然结出思归之意，并非中心内容，不当视作乡情词。还有些词怀念的对象仅仅是自己的妻子，虽然也是在家乡，只宜列入爱情词了。

第三章　爱国词

金兵入侵，宋室南渡，广大人民奋起反抗民族压迫，维护祖国统一，发出了强烈的爱国呼声。而以宋高宗、秦桧为首的投降派苟且偷安，打击陷害忠良。词人与广大人民同受国破家亡的惨祸，而又往往遭受投降派的压抑、打击和陷害，郁积在胸，发而为词，成为爱国主义的最强音，贯穿整个南宋。

一、英雄志士的爱国词

英雄志士直接表现对入侵者的同仇敌忾，对沦陷区同胞的骨肉之情，以及对爱国人士的赞扬勉励，对投降卖国、苟且偷安者的愤慨谴责的词作，如岳飞《满江红》、张元幹《贺新郎》、张孝祥《六州歌头》、辛弃疾《水龙吟》、陈亮《水调歌头》等，在当时和后世都曾震撼亿万心灵，产生了重大的社会效应。直到抗日战争时期，华夏子孙仍高唱《满江红》奔赴战场：

怒发冲冠，凭栏处、潇潇雨歇。抬望眼、仰天长啸，壮怀激烈。三十功名尘与土，八千里路云和月。莫等闲、白了少年头，空悲切。　　靖康耻，犹未雪。臣子恨，何时灭？驾长车踏破，贺兰山缺。壮志饥餐胡虏肉，笑谈渴饮匈奴血。待从头、收拾旧山河，朝天阙。

这些词以其强烈的战斗性、深刻的感受性和坚定的抗战意志而拥有广大的读者和激动人心的力量。“怒发冲冠，凭栏处、潇潇雨歇”“壮志饥餐胡虏肉，笑谈渴饮匈奴血”，这是岳飞面对祖国河山破碎激起的战斗意志和胜利信心。“底事昆仑倾砥柱，聚万落千村狐兔？天意从来高难问，况人情老易悲难诉？”是张元幹对君王和投降派的尖锐指责。“念腰间箭，匣中剑，空埃蠹，竟何成！”这是张孝祥急切盼望杀敌报国的壮心。“落日楼头，断鸿声里，江南游子，把吴钩看了，栏干拍遍，无人会，登临意。”这是辛弃疾要求杀回北国，实现祖国统一而不得的怨愤。“且复穹庐拜，会向藁街逢！”这是陈亮消灭敌寇的决心。这些词句像战鼓一样激励人们催马扬鞭、浴血疆场，为消灭侵略者，保护人民的安全、幸福，维护祖国的和平统一，作决死的战斗。这些词人之所以能有这样的战斗姿态，和他们的亲身感受与坚定的意志有着密不可分的联系。他们都亲临战斗第一线或深深卷入关系祖国前途命运的和战之争中。岳飞和辛弃疾生于北方敌占区，还有国破家亡的亲身感受。正是这种感受着、实践着的爱国主义，才具有强烈的感染力。岳飞虽三十岁即已累建战功，面对祖国山河破碎，感到这点功业微不足道，所以有“三十功名尘与土”之叹。又据考证，岳飞曾六度经过河北磁县贺兰山，且曾在贺兰山操练军队，与贺兰山义军有密切联系，如今贺兰山已完全被金人占领，所以岳飞要奋而“驾长车踏破，贺兰山缺”。这种富于亲切体验的诗句分外有力，也分外感人。胡铨贬官威武军，与张元幹同居福州，两人政见一致，交谊深厚。当胡铨再度遭罪除名，编管新州，即将分离之际，对床夜语，愤慨国事，意深，事切，因而“慷慨悲凉”，有“抑塞磊落之气”。爱国将领张俊召集山东两淮忠义之士于建康，上书反对和议，张孝祥即席命笔，就眼前所见与席间人事，发为感慨，竟令张俊为之罢席。辛弃疾登建康赏心亭，回望乡关，看吴钩、拍栏杆，远思国家风雨如磐，近念自身忧谗畏讥，不禁泪如雨下，人们认为有“裂竹之声”，又认为有“潜气内转”。这种潜气是家国之恨与身世之感的交错并用。战斗的强烈与持久，感受的深刻不忘，还决定于意志坚定与否。岳飞决心八千里路披星戴月日夜血战，“待从头收拾旧山河，朝天阙。”张元幹“目尽青天怀今古，肯儿曹恩怨相尔汝”，面对内外敌人的强大压力，决不低头，“举大白，听金缕”，饮酒听歌，抒发豪气。张孝祥通过对投降派的彻底认识，对敌人的切齿痛恨，对爱国将士的深刻理解，对沦陷区人民的深厚同情等，表明有一腔忠愤之气，填塞心胸，决定词人不管遇到任何艰难险阻，决不轻易地从抗战救国的立场上退缩，所以《水调歌头》有“击楫誓中流”的豪语。当时有人怀疑张孝祥出主和派汤思退之门，可能在主和、主战之间“两持其说”，读此词则疑团冰释。辛弃疾运用反诘，表明自己决不像张季鹰那样，为了个人安乐弃官归里，又用讥讽语鄙弃不关心国家安危只求个人安居的许汜之流，这也就显出作者抗战意志坚定不移，证明对辛弃疾的种种猜疑和流言蜚语都是无中生有。

文天祥的《酹江月》是他为救国救民奋斗到底的总结，是以词的形式写成的《正气歌》。

> 乾坤能大，算蛟龙、元不是池中物。风雨牢愁无着处，更那寒蛩四壁。横槊题诗，登楼作赋，万事空中雪。江流如此，方来还有英杰。　　堪笑一叶飘零，重来淮水，正凉风新发。镜里朱颜都变尽，只有丹心难灭。去去龙沙，江山回首，一线青如发。故人应念，杜鹃枝上残月。

文天祥虽然兵败被俘，也自嘲像一叶飘零，在萧飒秋风中来到淮水，万事成空，难免有“寒蛩四壁”之叹与离乡去国之悲，但他决不作“池中物”。回忆“横槊题诗”的战斗生涯，坚信“方来还有英杰”，他的肉体可以被消灭，可他的忠心永存，他的精魂要“化作啼鹃带血归”（《金陵驿》诗），在黯淡的月色中悲啼。这是民族的忠魂，为了民族的自由和尊严，为了祖国的和平和统一，他要带着斑斑的血迹和必胜的信念，战斗到底。此种情操达到爱国词的最高精神境界。

运用比兴寄托，侧重表现爱国热情遭受摧抑的悲愤，而不丧失斗争锋芒与斗争意志的词作，同属爱国词上品。如岳飞的《小重山》：

> 昨夜寒蛩不住鸣，惊回千里梦，已三更。起来独自绕阶行，人悄悄，帘外月胧明。　　白首为功名，旧

山松竹老，阻归程。欲将心事付瑶筝，知音少，弦断有谁听？

词中曲折地表现作者壮志未酬，不被理解又遭受压抑的痛苦心情。据陈郁《藏一话腴》，这词作于宋与金达成屈辱和议的绍兴八年，这时岳飞收复河山的志业，不仅为赵构、秦桧所忌恨，也得不到大臣张浚与诸将张俊、杨沂中、刘光世等的理解。面对这一敌、我、友交叉，复杂而又严酷的现实，已不宜像《满江红》词那样直抒胸臆，同仇敌忾，激扬蹈厉，而只得用比兴含蓄的手法抒写内心的凄怆。因为已不再是站在抗战的队伍里向敌人冲锋陷阵，而是站在群龙无首的乱军中从事疏导、感化，情势不一，对象不同，情感、手法自应变化。关键是看抗战意志是否坚定，而不在于情绪的高昂与低沉。词中上阕描写梦中回到了中原，这表明收复中原是他深挚的意愿、最高的追求。醒后在月下绕阶独行，不是使他的意志趋于黯淡，而是愈益清晰明朗。（“胧”非朦胧，而是明亮意。潘岳《悼亡诗》云：“朗月何胧胧。”）词的下阕写到本以统一祖国为终生志愿而至今未能收复家园，怅恨不已，正是唯恐“莫等闲、白了少年头，空悲切”的意思，是表现实现祖国统一的迫切性，因此结拍面对瑶筝欲弹而不弹的心情，并非消极退缩而是积极呼吁。

又如辛弃疾的《摸鱼儿》，缠绵悱恻，充满哀怨，然而全词潜气内转，最后爆出了“斜阳正在，烟柳断肠处”，矛头直指君王和朝中群小，仍旧是“落日楼头，断鸿声里”看吴钩、拍栏杆的英雄本色。陈亮《水龙吟》“恨芳菲世界，游人未赏，都付与莺和燕”与《水调歌头》“尧之都，舜之壤，禹之封。于中应有，一个半个耻臣戎！”包含同样的愤恨。无论大声疾呼、声色俱厉，还是比兴寄托、含蓄曲折，各得其宜。就艺术效果看，前者是震撼，后者是渗入，对不同心境的读者两类词可产生不同的效应。战时应高唱《满江红》，平时宜低吟《小重山》。

爱国词表现的优劣决定它感染力的强弱。陆游与陈亮写了不少无论从思想深度或艺术高度来说都堪称优秀的爱国词作，如陆游的《秋波媚》《夜游宫》《诉衷情》，陈亮的《水调歌头》《水龙吟》《念奴娇》等，但他们的有些词或浅率质直或明指直陈，缺乏蕴蓄，美中不足。前者如陆游的《汉宫春·初自南郑来成都作》，后者如陈亮几首与辛弃疾唱和的《贺新郎》词。这类词在当时和后世都有一定的影响，但艺术表现上不能说没有缺陷。叶嘉莹先生就曾将陆游的《汉宫春》和辛弃疾的同调词作比较，突出指出两词的结尾虽都是积极用世的态度，陆言“君记取，封侯事在，功名不信由天”，辛言“谁念我，新凉灯火，一编太史公书”。陆词了无余味，辛词既包含从历史上寻找对策、汲取力量之意，又结合眼前的新凉灯火，抒发了深沉的悲慨。深浅曲直显而易见。[①] 又，同是和韵又同是表达同志友谊和与投降派不妥协的态度的词句，陈亮是“百世寻人犹接踵，叹只今两地三人月”，直接慨叹如今人才稀少；辛词是“硬语盘空谁来听？记当时、只有西窗月”，描述了两人畅谈国事的生动情景，其中也透发出同

① 见缪钺、叶嘉莹《灵谿词说》391 页（《论陆游词》）及 437 页（《论辛弃疾》）。

样的感慨。陈亮词“樽酒相逢成二老，却忆去年风雪”写风雪中相会，把酒论世，气候与时局、友谊相互生发，俨然风雨同舟之意，堪称有含蕴的佳句，但意境并不新。辛词“我病君来高歌饮，惊散楼头飞雪”，也包含了自然气候、政治气压与同志友谊，还表现了陈亮的壮声英概，而且通过“病”与“飞雪”多层次的内涵，“高歌饮”与“惊散”所表现的丰富感情，将同志友谊表现得有血有肉，鲜明突出，创意生动警策，感染力强于陈亮词。

二、一般文士的爱国词

爱国词具有很强的社会性和实践性，因此不同政治品质的词人抒写的品格相近的词作，有不同的社会反响。如朱敦儒写了好些爱国词，有的无论就思想深度或艺术感染力来说都不弱，但因为他有严重脱离现实的倾向，常寄情园林山水，并非一直关怀国事、站在斗争的第一线，而且又一度为秦桧所用，政治品质不为人重，词作影响也就相应小些。以辛弃疾与朱敦儒的同调词为例：

楚天千里清秋，水随天去秋无际。遥岑远目，献愁供恨，玉簪螺髻。落日楼头，断鸿声里，江南游子。把吴钩看了，栏干拍遍，无人会，登临意。　　休说鲈鱼堪脍，尽西风，季鹰归未？求田问舍，怕应羞见，刘郎才气。可惜流年，忧愁风雨，树犹如此。倩何人唤取，红巾翠袖，揾英雄泪？

——辛弃疾《水龙吟》

放船千里凌波去，略为吴山留顾。云屯水府，涛随神女，九江东注。北客翩然，壮心偏感，年华将暮。念伊嵩旧隐，巢由故友，南柯梦、遽如许。　　回首妖氛未扫，问人间、英雄何处。奇谋报国，可怜无用，尘昏白羽。铁锁横江，锦帆冲浪，孙郎良苦。但愁敲桂棹，悲吟梁父，泪流如雨。

——朱敦儒《水龙吟》

辛、朱词内容相近：两词开篇都写江山壮丽。辛词是楼头上的静态观照，朱词是置身波涛上的动态描写，辛词鲜明，朱词生动，各具特色。朱词“云屯”三句几乎可以和苏轼《念奴娇·赤壁怀古》中的“乱石穿空，惊涛拍岸，卷起千堆雪”比美。两词都因客及情，感叹壮志不酬，有家难归。辛词致慨于国势如风雨飘摇，朱词也借晋军灭吴发出无可奈何的喟叹。辛词为忧国而有“揾英雄泪”的深悲，朱词也以“泪流如雨”作结。辛词“倩何人唤取，红巾翠袖”未免有些突兀，而“愁敲桂棹，悲吟梁父”却就行船而言，顺理成章。两词相较，朱作并不逊色，而且朱作在前，辛作在后，然而朱词影响远不如辛词。考察原因，主要是辛弃疾战斗在第一线，是真正的爱国志士，词中看吴钩、拍栏杆的“江南游子”写的符合他的英雄本色，而朱敦儒却是个风流名士，虽自比诸葛、孙郎，毕竟只是泛泛而言，不见有付之实际行动的可能，而多见“问酒”“寻茶”“挑月”“担花”。

史达祖的影响又不及朱敦儒，因为他依附韩侂胄，而且受了黥刑。他也写了些爱国词章，却没人表彰出来。《双双燕》是以“看足柳昏花暝”的双燕比朝廷苟安的君臣，而自比画栏独凭的女子，她为沦陷区人民的被遗忘而愁损“翠黛双蛾”。这本是一首很动人的爱国词，它的生动性和力度并不下于辛弃疾的《摸鱼儿》与陈亮的《水龙吟》。可是人们宁肯把它当作一首单纯咏物的词，欣赏它对燕子生活情态的细节描写，却从无人承认它有爱国之心，也不产生陈亮词中莺燕的联想。吴文英也有类似情况，他的《八声甘州》《金缕歌》等都是生动而有力度的爱国词，只因他属清客游士，又不免为贾似道作无原则的歌功颂德，当时及后世也罕见有人表彰。文学史上的这一状况应该说基本上是合理的，论其词不能不顾其人，人品与词品并非完全一致。正如元好问所咏：“心画心声总失真，文章宁复见为人。高情千古闲居赋，争信安仁拜路尘！[①]”（《论诗绝句》）意谓潘安仁对长官迎候拜谒，却写作清高的《闲居赋》，文章并不一定能见出为人。因为词品与人品不一致，必然互相参照损益，更何况关系到民族国家大事，人们尤其注意实践活动，爱国词人的桂冠非侥幸可得。今天我们对此类词人的此类词应持审慎的态度，客观、全面、历史地结合人品看待词品，既考虑实践活动，也不因人废词。像朱敦儒、吴文英、史达祖等人的爱国词仍应给予肯定。

爱国词因历史阶段的不同而有不同的内容和表现特色。南

---

① 潘岳谄事贾谧，每逢贾出门，就望尘而拜。

宋前期，王朝复兴尚有希望，感怀国事之作或耻国土沦丧、悲民众罹难，或愤君臣苟且、忧社稷毁坏，词意明朗而激烈。至于后期，国运将尽，爱国文士不再有激昂慷慨之思、兴复河山之意。感怀国事词作，渐托意幽微，难以辨认。如吴文英《金缕歌·陪履斋先生沧浪看梅》，被认为是作者唯一的即事寄慨之作，“慷慨悲歌，一洗本来面目。”（杨铁夫《吴梦窗词笺释》）词的上阕缅怀韩世忠的英雄业绩，虽没点明，不难明了。下阕以梅寄意，叹国运日微，今不如昔，词意已渐幽隐。至《古香慢·赋沧浪看桂》，若不知有韩世忠兵权被收，筑苏州沧浪别墅之事，词中“残云剩水”、“残照谁主”、“怕重阳，又催近，满城细雨”几句只能作泛泛的理解了。至于《三姝媚·过都城旧居有感》，则已将身世与国事打拼在一起，如“紫曲门荒，沿败井，风摇青蔓”既展现了旧居的荒凉，也可以说反映了都城的冷落；“对语东邻，犹是曾巢，谢堂双燕”既有自身的凄凉，也含兴废盛衰之慨。结尾“伫久河桥欲去，斜阳泪满”，既吊旧居，也吊都城。据考证，吴文英并未见宋亡，只是迫近灭亡的前夕。刘永济师云：“细读此词，确有感于昔盛今衰”，“不必指实国亡，而亡国之惧固已充满字里行间。”（未刊稿《微睇室说词》）可是杨铁夫与陈洵则以为吴文英亲见宋亡，此词“乃过故都吊故都”或“过故居思故国”之作。作者词意的含混虽有碍于读者的观赏，却不当加以责难。至于宋末抒写黍离之悲与亡国之恨的词作，如刘辰翁《宝鼎现》《柳梢青》、王沂孙《眉妩》《齐天乐》、张炎《高阳台》《解连环》等，凄凉幽怨，悲怆感人。虽然缺乏慷慨悲歌的气概，情感低沉，表现幽隐，但与南宋衰亡已不可逆转的形势相一致，也不足为病。如刘辰翁《柳梢青》：

> 铁马蒙毡，银花洒泪，春入愁城。笛里番腔，街头戏鼓，不是歌声。　　那堪独坐青灯。想故国、高台月明。辇下风光，山中岁月，海上心情。

词描写被占领的临安元宵灯节和自己的心情，蒙古马队在城市横冲直撞，占领军满街欢闹。劫后余生的首都人民在元宵灯烛下流泪，在敌人的歌声里哭泣，繁华的首都变成了一座“愁城”。词人独自坐在黯淡的灯光下，回想过去的欢乐，悬想将来的凄惶，心情万分沉痛。这里表现的是宋末遗民的典型感受。“铁马”“番腔”“春入愁城”“不是歌声”，轻轻点透；“辇下风光，山中岁月，海上心情”，运用暗示，寄托对爱国将士转战海上的关注和期望。这种委婉含蓄的写法，也都有它的必要。只是王沂孙等词人的咏物之作过分隐晦，文胜于质，爱国感情稍欠沉厚。

五代两宋亡国君臣和士大夫追怀故国、诉说亡国哀痛的词作思想价值与艺术价值与李煜词大同小异，共同的一点是缺乏李煜词强烈的悲剧感染力，却往往因生活境遇较切近而让读者感到亲切。李煜词限于怀国，亡国士大夫的词往往国仇家恨兼有。如刘辰翁《宝鼎现》“红妆春骑”，怀念的是北宋汴京的歌舞和南宋杭州的游乐。“月浸葡萄十里，看往来、神仙才子，肯把菱花扑碎。”描写少男少女在西湖碧波中荡舟，流连不去，把十里湖波当作一面象征美满幸福的菱花宝镜，一旦沦亡，扑碎菱花，各自逃亡。这里直接表现了千千万万普通民众的亡国之恨，末片“竹马儿童”“灯前拥髻”又表现了一家人的凄凉情怀。张炎《高阳台》"接叶巢莺"侧重表现的是国亡前后的悲怆，"万绿西泠"本是西湖游人最多的地方，如今竟是"一抹荒烟"了，首都和全国人民的苦难可想而知。"当年燕子知何处？但苔深韦曲，草暗斜川"概括描写了千家万户家破人亡、妻离子散的凄凉景象。张炎祖父张濡守独松关，曾杀元使，元兵入临安后遭杀害，家产被籍没。"苔深""草暗"凝聚着张炎一家的国仇家恨，他已"无心再续笙歌梦"，而是"怕见飞花，怕听啼鹃"。李煜是听笙歌鬓白，见花飞流泪。张炎用"无心""怕见"，悲苦又更深沉。刘辰翁、张炎等的这类怀念故国与哀叹沦亡的词作昭示的是和平繁荣的可贵与侵略战争给人民带来的祸害，也在一定程度上激发后人对祖国的爱，并给人以悲剧的美感。

三、爱国之情与他种情感内容的交错互见

爱国词常与诗友送别和答、登临怀古以及咏物的题材结合。如前论张元幹《贺新郎》、陈亮《水调歌头》，是送别友人；邓剡、文天祥的《酹江月》与辛弃疾、陈亮的《贺新郎》属朋友和答；辛弃疾《水龙吟》、陈亮《念奴娇》、吴文英《八声甘州》，属登临怀古；史达祖《双双燕》属咏物。这些词应从多层次、多角度加以考察。友情、物情、怀古之情与爱国之情相互交融，并非相互排斥。如辛弃疾《摸鱼儿》《破阵子》等词是为友人王正之、陈同甫而作，人们往往仅注意作者所表现的爱国思想，而置浓烈的友情于不顾；对于史达祖的《双双燕》，人们则又注意咏

物之妙，弃置他的爱国思想，这都是不妥的。

直接感叹国事的词，常与感叹家世与身世相联结。如李清照《永遇乐》“落日镕金，暮云合璧，人在何处？”以日月比夫妇，借正月十五，日月相望，痛悼丈夫赵明诚的暴亡，这是感叹身世。接着写道：“染柳烟浓，吹梅笛怨，春意知几许？元宵佳节，融和天气，次第岂无风雨？”是说春意不多，风雨随时有可能降临，将自身的忧患和国势的危殆相关联了。《声声慢》似乎单纯感叹身世，细读仍旧与国势相关。“乍暖还寒时候，最难将息。三杯两盏淡酒，怎敌他晚来风急。雁过也，正伤心，却是旧时相识。”这“乍暖还寒时候”与“元宵佳节，融和天气，次第岂无风雨”大意相近；“三杯两盏”句，令人联想到“故乡何处是，忘了除非醉”（《菩萨蛮》）；“雁过”句又令人联想到“萧条庭院”“征鸿过尽，万千心事难寄”（《念奴娇》）与“雁字回时，月满西楼”（《一剪梅》“红藕香残”）等语，国忧家恨交织不可分。

国家安危、家庭祸福、个人哀乐三者本来是紧密相关的，因而慨叹身世之作须与词人所处的时代及生平、创作相联系，才能揭示它的底蕴。如陈与义《临江仙》“忆昔午桥”，怀念“杏花疏影里，吹笛到天明”，又慨叹“古今多少事，渔唱起三更”。原来陈与义家住洛阳，宋室南渡后颠沛流离，常常怀念北宋承平时故乡洛阳的幸福生活与美好景色，感叹今日的沧桑凄凉。著名的《牡丹》绝句就是表现这种感受。诗云：“一自胡尘入汉关，十年伊洛路漫漫。青墩溪畔龙钟客，独立东风看牡丹。”可作为读此词的参证。又如韩元吉的《好事近·汴京赐宴闻教坊乐有感》中有“凝碧池头”之语，须知宋孝宗乾道九年作者曾受命贺金国万春节，金有汴京赐宴之事，才好领会。陈亮《水龙吟》情形又不同，词中“金钗斗草，青丝勒马，风流云散”的身世，已经超越了个人的范围，而是当时国破家亡、妻离子散的亿万中国人民的写照。据此种种，若不是对作者行事有较全面的综合考察，则难见其中深意。

爱国词固多出现在南宋两国交战、民族矛盾尖锐的时期，北宋也有少量的爱国词，和塞外思乡、怀才不遇、时政阙失等内容相联结，而为人忽略。前者如范仲淹《渔家傲》、苏轼《江城子》。范仲淹戍守延州，吃尽千辛万苦，为了驱除敌寇、勒石燕然；苏轼外放密州，临近边防，愤敌寇骚扰，愿请缨报国。后者如王安石《桂枝香》、周邦彦《西河》。王安石处盛世，洞察隐患，想唤起国人疗救；周邦彦处衰微，疮疣见溃，预感哀痛。二人都借金陵六朝兴叹。这类词同样能激发爱国主义感情。

两宋的爱国词人和爱国诗一样，发扬了我国爱国主义诗歌的优良传统，并达到了一个新的高度。最突出的特点是爱国词人如李纲、赵鼎、张元幹、张孝祥、岳飞、陆游、辛弃疾、陈亮、文天祥等人，都是提领三军、指挥若定，运筹帷幄、决胜千里，有勇有谋、叱咤风云的人物。其中多数又有亲临敌阵，浴血奋战的经历，因而词中表现了强烈的战斗性、深刻的感受性和坚定的抗战意志，具有极强的感染力。这是前代爱国诗人如屈原、杜甫等所不及的。从艺术表现看，在由盛而哀、由衰而亡的数百年中，爱国词人不断适应斗争的需要，变换方式，多方创造，大大丰富了爱国诗词的表现艺术。

第四章　咏物、怀古与闲逸

一、咏　　物

自从《诗经》以草木及鸟兽虫鱼为比兴寄情之始，就孕育着咏物的诗文。从宋玉的《风赋》到曹植的《野田黄雀行》，咏物体，规模渐具，至齐梁宫体，君臣竞作，咏物之风大开。又至杜甫《白小》诸篇然后体物精、命意远。词中咏物，宋初晏殊开风气之先，在他的一百多首词中咏物词竟有二三十首之多，都是咏花之作，有芙蓉、金菊、红梅、荷花、牡丹、石竹、海棠、小桃、早梅、黄葵、杨柳等十数种花木。这些咏物词仍带有借物言志的倾向，并不以物理的铺陈描绘为能事，也不用暗笔、隐语。如《诉衷情》三首：

东风杨柳欲青青。烟淡雨初晴。恼他香阁浓睡，撩乱有啼莺。　　眉叶细，舞腰轻，宿妆成。一春芳意，三月和风，牵系人情。

数枝金菊对芙蓉。摇落意重重。不知多少幽怨，和露泣西风。　　人散后，月明中，夜寒浓。谢娘愁卧，潘令闲眠，心事无穷。

> 海棠珠缀一重重。清晓近帘栊。胭脂谁与匀淡，偏向脸边浓。　看叶嫩，惜花红，意无穷。如花似叶，岁岁年年，共占春风。

第一首写杨柳，抓住了杨柳的青色、烟态、莺啼、叶如眉、枝似舞等特色，但刻画并不精，着意表现的是春芳撩人。第二首将金菊与芙蓉置于同一画面上，二者都是秋花，词人将它们比作一对美人。金菊微红，比谢秋娘；芙蓉夜间至上午未开、初开时纯白，比作白如傅粉的潘岳。写出了两花的特色，并不作精雕细刻，意在抒发悲秋的幽怨。第三首写海棠，它花大、露珠相缀，白里透红，如美女脸上的胭脂，也有特色，但意在借其叶嫩、花红，祝人生"如花似叶，岁岁年年，共占春风"。三首词都将所咏之物明白标出，不见人工安排。

苏轼的咏物词代表咏物词发展的新阶段。他的近三十首咏物之作，加强了物情、物态的描绘，将所咏之物人格化，形神兼具，偏重神理。如下词：

> 缺月挂疏桐，漏断人初静。谁见幽人独往来？缥缈孤鸿影。　惊起却回头，有恨无人省。拣尽寒枝不肯栖，寂寞沙洲冷。
>
> ——《卜算子·黄州定惠院寓居作》

词描绘孤鸿月下缥缈的身影，惊起回头、挑拣树枝的情态，十分生动。但人鸿兼写，亦人亦鸿，且不题咏物，而标示某地所作，显然是以我观物，借物写人。

周邦彦的咏物词代表咏物词发展的又一阶段。多用长调慢词，刻画细腻，注意结构安排，而意兴则往往被冲淡。如《花犯·咏梅》：

> 粉墙低，梅花照眼，依然旧风味。露痕轻缀，疑净洗铅华，无限佳丽。去年胜赏曾孤倚，冰盘共燕喜。更可惜，雪中高树，香篝熏素被。　今年对花最匆匆，相逢似有恨，依依愁悴。吟望久，青苔上，旋看飞坠。相将见、脆丸荐酒，人正在、空江烟浪里。但梦想、一枝潇洒，黄昏斜照水。

词从多层次多角度对梅细加刻画，从今年的露梅写到去年的雪梅，又从眼前的落梅想象到将来的盛开梅，都各有特色。写人则是从去年的“燕喜”到今年的“匆匆”，再到明年的“梦想”，仍旧还是以人见物的格局，但吞吐之间只是羁旅愁思而已。

北宋咏物词数量不多，至南宋姜夔、史达祖、周密、张炎等人均有数量可观的咏物词，而推王沂孙为翘首。各人作风不一，而总的趋势是工于写物，深于见意。人与物化，见物不见人。如王沂孙《齐天乐·蝉》：

> 一襟余恨宫魂断，年年翠阴庭树。乍咽凉柯，还移暗叶，重把离愁深诉。西窗过雨，怪瑶珮流空，玉筝调

柱。镜暗妆残，为谁娇鬓尚如许？　　铜仙铅泪似洗，叹携盘去远，难贮零露。病翼惊秋，枯形阅世，消得斜阳几度？余音更苦！甚独抱清商，顿成凄楚？谩想薰风，柳丝千万缕。

词结合了先秦咏物赋的铺排、齐梁宫体的辞采，北宋西昆的典故，将蝉的形貌和生活情态刻画得无微不至，形神毕肖，抒情主人公则深藏在西窗之下，微露亡国哀思和微茫的希望。

综观咏物词的发展，有物渐工巧、意渐深隐的趋势。一首标准的咏物词要求对物情、物理、物貌作生动贴切的描绘，而且要包含有关此物的名篇、典故，又要求结构缜密、词语雅丽。这样，词人所要表现的情感意兴就难免受到斫伤，且难为一般人所理解。所以胡适有“文中八股”“诗中试帖”之讥[①]。但技巧熟练仍可创作出情文并茂的佳品。

咏物词有多种类型。从所咏之物分，有咏花木的，如梅、菊、桃、杏、荷花、杨花、杨柳、梧桐等；有咏虫鱼鸟兽的，如蟋蟀、萤、蝉、蟹、燕、雁、鸿等；有咏食品、用品的，如茶、香、蕈、汤、帘、轿、扇、杖等；有咏自然物与自然现象的，如云、月、雨、雪、春水、春寒、红叶、秋声等。从托意分，有托事、托人两类。托事有托身世与托国事，或身世、国事兼托的区别。托身世，如苏轼《卜算子》咏鸿，周邦彦《花犯》咏梅等。

---

① 胡适《词选序》：“这种词（指宋末咏物词）等于文中的八股，诗中的试帖，这是一班词匠的笨把戏，算不得文学。”

托国事，如姜夔《暗香》《疏影》；[1] 国事、身世兼托，如王沂孙《眉妩》咏新月、《齐天乐》咏蝉等。托人有托个体与托群体之别，前者如苏轼《西江月》咏梅，据信为王朝云而作。姜夔《长亭怨慢》咏柳，据信为所爱合肥女子而作等。后者如苏轼《水龙吟》咏杨花，写闺中少妇离情相思；姜夔《齐天乐》咏蟋蟀，写乱离时期多阶层人的感受。从写法看，人事与物的关系，有分合、明暗的区别。人与物俱写，见人见物的，如周邦彦《六丑》咏落花、《花犯》咏梅等；人与物合而为一，见物不见人、亦物亦人的，如陆游《卜算子》咏梅，张炎《解连环》咏孤雁等。物明人（或事）暗的，如王沂孙《齐天乐》咏蝉、《天香》咏龙涎香等；人（事）明而物暗的，如周邦彦《兰陵王》咏柳、姜夔《长亭怨慢》咏柳，咏物的内容不易觉察；又有物与人、事俱明的，如姜夔《念奴娇》咏荷、《满江红》咏春水等。

读咏物词首先要弄清所咏之物，若不知所咏为何物，则无法理解和鉴赏。北宋词多无题，尤应注意。如欧阳修的“阑干十二独凭春，晴碧远连云。千里万里，二月三月，行色苦愁人”（《少年游》）为千古咏物名句，但没有标明题目，词中也未出现所咏物名，只有“谢家池上”“江淹浦畔”“忆王孙”等暗示，若不知为咏春草，则不能领略它用语、用词的贴切与生动。南宋的咏物词虽多数有题或小序，也有一些复杂的情形，如姜夔的《暗香》

---

① 郑文焯批《疏影》词云：“此盖伤心二帝蒙尘，诸后妃相从北辕，沦落胡地，故以昭君托喻，发言哀断。”（转录自龙榆生《唐宋名家词选》281 页）沈祖棻师取其说，见《宋词赏析·姜夔词小札》。

《疏影》，尽管词前有序，并未点明所咏之物，只因用了林逋咏梅名句“疏影横斜水清浅，暗香浮动月黄昏”里的两个词，才知是咏梅。不然，其中所用王建、杜甫、李白、陆凯等诗意，颇不易寻觅；其中警句“千树压、西湖寒碧”，也难体会出千树暖红压万顷寒波的意境美了。

其次，要对词中所咏物的形貌、生活或活动规律，和物相关联的事、典故与传统概念有所了解。如史达祖《双双燕》：“差池欲住，试入旧巢相并。还相雕梁藻井，又软语商量不定。”未见过燕子定巢的读者，无论鉴赏力如何，也难领会其中妙处。又如晏殊有两首咏芙蓉、金菊二花的《诉衷情》，一首言“谢娘愁卧，潘令闲眠”，将金菊比作谢秋娘的微红，将芙蓉比作白如傅粉的潘岳，已如前述。另一首言“红树间疏黄”，红树显然又是指木芙蓉。若不知芙蓉花午后由白变红，又当日开当日谢的规律，则不能索解。咏蟋蟀必联想到织布，咏蝉常思及妇女的鬓发，咏梅不外比高人雅士，咏鸿则多指游宦逐臣；咏蟋蟀用豳风《七月》之诗，咏蝉用魏文帝宫人莫琼树制蝉鬓之事，咏梅常连及落梅之曲，咏鸿多化用洛神之赋。这些也都是读咏物词所需的知识准备。

一首优美的咏物词应形、神、意兼备。形与神可有所侧重，但不可缺少。有形无神难出意，有神无形则意浮。以咏杨花为例：

燕忙莺懒芳残，正堤上、柳花飘坠。轻飞乱舞，点画青林，全无才思。闲趁游丝，静临深院，日长门闭。傍珠帘散漫，垂垂欲下，依前被、风扶起。　　兰帐玉人睡觉，怪春衣、雪霑琼缀。绣床旋满，香球无数，方圆却碎。时见蜂儿，仰粘轻粉，鱼吞池水。望章台路杳，金鞍游荡，有盈盈泪。

——章楶《水龙吟·柳花》

似花还似非花，也无人惜从教坠。抛家傍路，思量却是，无情有思。萦损柔肠，困酣娇眼，欲开还闭。梦随风万里，寻郎去处，又还被、莺呼起。　　不恨此花飞尽，恨西园落红难缀。晓来雨过，遗踪何在？一池萍碎。春色三分，二分尘土，一分流水。细看来，不是杨花，点点是离人泪。

——苏轼《水龙吟·次韵章质夫楶杨花词》

章词偏重于杨花之形，曲尽杨花妙处。只是描写中没有渗透情感，难于出意。词本取柳絮轻狂的传统概念，以思妇观杨花，怨丈夫在外游荡，像杨花轻狂。临深院、傍珠帘、沾惹玉人春衣与绣床，又时而被狂蜂与游鱼所粘、所吞都切合荡子章台游冶事，结论又以“望章台路杳，金鞍游荡，有盈盈泪”点醒。只因杨花的形象美艳，历来读者并不注意作者的意旨，因爱其形象美而有意无意地仅认作描摹物态之作。造成这种矛盾状况，固然离不开封建士大夫的生活情趣及其对女性既同情又视作玩物的两面性，以及女子对丈夫又爱又恨的两面性，也与注意形似而忽略情感有关。假若作者带着怨妇的感情去体认、表现杨花的形象，效果必然不同。苏词与章词立意、写法都有不同，他大概注意到章词的弱点，首先把杨花的荡子形象，改为怨妇的形象，这就回避了章词所遇到的批判荡子又欣赏杨花的矛盾；其次，注意神似，又易于注入情感，表现题旨。苏词终于高出颇得人赞赏的章词，形成咏物词的一座高峰，获得“压倒古今”和“和韵而似原唱”的赞誉。但不宜简单地认为章词纯属形似，苏词纯属神似，并从而得出追求形似失败、追求神似成功的结论。章词“闲趁”“静临”“傍”“欲下”“扶起”等词语状写杨花的情态动作，也不时闪现荡子的神。苏词“萦损柔肠，困酣娇眼，欲开还闭”，也毕肖杨花因风翻滚、在阳光下时隐时现的形；“梦随风万里，寻郎去处，又还被、莺呼起”，也生动地表现了东风起处，莺穿柳带、柳絮飞舞的情景。“遗貌取神”之说，并不是主张不要貌，而是在既得其形之后，又不拘于形，要不即不离，也就是“似花还似非花”之意。

意从形、神中出，意又统摄形、神。作者描写物的形、神时，必须深深炼意。如史达祖《绮罗香·咏春雨》对春雨的描绘精细工巧，“惊粉重，蝶宿西园，喜泥润、燕归南浦”，得春雨形；“沉沉江上望极，还被春潮晚急，难寻官渡。隐约遥峰，和泪谢娘眉妩”得春雨神；“做冷欺花，将烟困柳，千里偷催春暮。尽日冥迷，愁里欲飞还住”，既得形，又得神。可惜炼意不深，终不见精警，独“临断岸，新绿生时，是落红，带愁流处”得姜夔称赏，原因是此处作者对春雨已用情感深入加以体认，岸之断，绿之生，红之落且流，不仅以鲜明的形象和态势写出春雨效应，而且以“新绿”对“落红”，突现春归，以“带愁”二字运意，而统摄于“临”这一举动之中，将春雨的像与词人的心融为一体了。

读咏物词还须区别艺术形象的美和美的形象。如前所述，章质夫所咏，曲尽杨花妙处，艺术上是美的，但它使抒情主人公产生了不愉快的联想，实际上已成为抛舍她的荡子的化身。从这个角度看，它不是美的形象。史达祖《双双燕》中双燕的形象也是如此，形象描绘得生动逼真，使它具有艺术美，而因代表着“栖香正稳，便忘了天涯芳信”的南宋君臣，也不是美的形象。（见中篇第四章《词人与词中人》）

二、怀　古

怀古之作，唐诗中常有。从时期看，多见于动乱衰败之秋，内容多感叹前代兴亡，借以表达忧国伤时之意。如李白《登金陵凤凰台》，杜甫《咏怀古迹》等，写于安史乱后；杜牧《金谷园》、李商隐《隋宫》、韦庄《台城》等，写于唐王朝衰败没落之时。从作者看，多出于胸怀用世之志而不得一展其才，与遭受挫折、功业无成的诗人。或借古人知遇而叹世无知音，如陈子昂《登幽州台歌》、李白《夜泊牛渚怀古》等；或赞古代英雄而惜其功业未就，如杜甫《蜀相》、李商隐《筹笔驿》等。

宋代三百年多处在内忧外患之中，仁人志士，终年忧心忡忡。又无论北宋的新旧党争或南宋的和战之争，都使人才遭受压抑和摧残，故宋词尽管多供娱宾遣兴，也时见怀古之作。北宋名篇有王安石《桂枝香》，苏轼《念奴娇》，周邦彦《西河》；南宋名篇如朱敦儒《朝中措》“登临何处”、陈亮《念奴娇·登多景楼》、辛弃疾《永遇乐·京口北固亭怀古》《水龙吟·登建康赏心亭》、吴文英《齐天乐·与冯深居登禹陵》《八声甘州·陪庾幕诸公游灵岩》。论时期，南宋之作多于北宋，因南宋和金南北对峙，国家多虞。论作者，辛弃疾所作尤多，因遭受压抑，报国无门。

读怀古词必须了解所怀古迹与古代人事。大略多怀盛衰、兴亡两端。怀兴盛多仰瞻大禹、周公、汉唐盛世及三国、魏晋人物的遗迹，感衰亡多俯视六朝沉沦之渊与汉唐倾覆之辙。但除歌功颂德之作外，怀兴盛实为感衰亡而发，二者常交错并用。读者于所怀古迹有所了解，则词旨自明。如京口怀古多慕孙权、刘裕建功立业；乌江怀古多悲项羽英雄末路；游览赤壁羡当年周郎力挽狂澜；凭吊禹庙，叹今日浊浪横流；如此等等。唯金陵怀古涉及六朝史实较多，所用有吴废帝铁锁沉江、陈后主后庭花、渡江名士新亭对泣、王谢堂前飞燕、秦淮河商女、莫愁湖游艇等，当知总不离衰败二字。吴文英的词素有“七宝楼台”之称，怀古词善于将古迹一一呈露，并复现当年情景，尤需熟悉有关史实。如《八声甘州·灵岩陪庾幕诸公游》：

渺空烟四远，是何年、青天坠长星？幻苍崖云树，名娃金屋，残霸宫城。箭径酸风射眼，腻水染花腥。时靸双鸳响，廊叶秋声。　　宫里吴王沉醉，倩五湖倦客，独钓醒醒。问苍波无语，华发奈山青！水涵空，阑干高处，送乱鸦斜日落渔汀。连呼酒，上琴台去，秋与云平。

词中非只写吴王沉迷酒色、范蠡功成身退等常见史实，而亦涉及灵岩山上的馆娃宫、箭径、响屧廊、吴宫、涵空洞、太湖、琴台等许多古迹。词人站在灵岩高处，望着重叠的山峦，沉浸于想象之中，眼前幻出当年的西施及宫中美人住的名娃金屋——馆娃宫，和宫前通往香山供宫女泛舟采香的小溪——采香径，而且感受到了小溪上吹来的令人酸鼻的寒风和夹杂在风中的脂水腥臭，还恍惚听到了清脆美妙的敲击声，那是响屧廊上宫女们踏着空心镂花的木板鞋在板廊上散步。但就是这种声音把他从幻想中拉回到现实。原来并非木屐声，而是落叶声。下片写吴王、范蠡，似乎仍又沉浸于幻化之中，实际上是借古寓今：吴王乃宋帝，范蠡即词人，吴宫实宋廷。词人面对可悲的现实只有望着太湖的苍波与远近的青山含愤无语，又移步站在阑干高处，透过山上的“涵空洞”，目送一群群乱鸦在夕阳余晖中飞落在沙洲上，啄食渔人留下的碎鱼残虾。眼前一片凄寒景象，此种景象令人联想到宋王朝的衰败没落，不禁悲从中来，于是连连呼唤：把酒提到位置最高的琴台上去！要对着高秋厚云，尽洗心中的愁绪！全词脉络清晰，意蕴丰美。但假若对灵岩古迹无知，也难免堕入五里雾中，只见散金碎玉而不见楼台全貌了。

怀古词所怀一般应是当地的人、事才见亲切，但高手也可超脱。如辛弃疾《水龙吟·登建康赏心亭》上片只写自己站在楼台观景看剑，下片写到张季鹰、许汜、刘备和桓温。除张季鹰是吴中人，与建康地域接近外，余人与建康不相干连，全凭“潜气内转”。

怀古与忆旧，常相交叉，不易分辨。如刘过《唐多令》“芦叶满汀洲”，虽有“南楼”“黄鹤楼”等武昌古迹，但怀想的并非古人古事，而是二十年前的青年时期，属忆旧而非怀古。

怀古不同咏史，怀古须有古迹触发，咏史则无所依凭，如王安石《浪淘沙令》虽有感于伊尹、吕望之得商汤、周武信任，成就功业，但直道史实，只算咏史。

怀古与登临相关联，因为登临所形成的高远的视野易引发绵邈的怀古之思。读怀古词必先确定作者的视角，如读“楚天千里清秋”（辛弃疾《水龙吟》），要设想站在秦淮河上的赏心亭上；读“渺空烟四远”（吴文英《八声甘州》）要设想站在灵岩山山头上，这样才能领会词中的诗情画意，与作者取得同感共鸣。但登临未必怀古，如朱敦儒《相见欢》，登金陵西楼，又思及扬州古城，并无怀古的内容，只是写眼前景与心中事，直入时事。

三、闲　　逸

闲逸也是诗中传统题材。陶渊明《归园田居》、王维《辋川集》，李白咏月咏酒之作，杜甫浣花居所作，都是闲适诗的大宗。

白居易自编诗为四类，其中一类即“闲适诗”。

宋代词人多有闲逸之作，且各具特色。张先的闲逸词多能从劳逸、张弛、动静的辩证角度，透过闲逸的生活场景，流溢浓厚的生活情趣。如《木兰花·乙卯吴兴寒食》：

> 龙头舴艋吴儿竞，笋柱秋千游女并。芳洲拾翠暮忘归，秀野踏青来不定。　行云去后遥山暝，已放笙歌池院静。中庭月色正清明，无数杨花过无影。

词的上片写词人外出观赏寒食节娱乐活动，有小伙子龙舟竞渡，有小姑娘双荡秋千。在芳草洲上拾翠鸟羽毛的，日暮还兴致勃勃；在绿茵茵的原野上踏青的来来去去络绎不绝。词人以明净的语言写明净的景物，照见作者虚明澄澈的心境。下片写天黑人去，院子里的笙歌也已停息，此时月色清明，只见无数轻柔洁白的杨花从庭底中飘过，却不见地面有一丝暗影。词的结句将心境的明静融入月色、杨花的明静之中，词人用他的亲切感受告诉读者：他以闲逸的心情度过了愉快的寒食节。

因为闲逸和烦恼、苦闷是相对立的，所以因政治上遭受挫折而有所不快的词人多以生活上的闲逸加以排遣。欧阳修、苏轼、辛弃疾等一大批失意的词人此类作品不仅流溢着浓厚的生活情趣，还饱含着人生哲理和艺术趣味。如：

> 画船载酒西湖好，急管繁弦，玉盏催传，稳泛平波任醉眠。行云却在行舟下，空水澄鲜，俯仰留连，疑是

湖中别有天。

——欧阳修《采桑子》

落日绣帘卷，亭下水连空。知君为我，新作窗户湿青红。长记平山堂上，攲枕江南烟雨，渺渺没孤鸿。认得醉翁语："山色有无中。"　一千顷，都镜净，倒碧峰。忽然浪起，掀舞一叶白头翁。堪笑兰台公子，未解庄生天籁，刚道有雌雄。一点浩然气，千里快哉风。

——苏轼《水调歌头》

欧阳修支持范仲淹的"庆历新政"遭到贬逐，慕王子猷与陶渊明，流连颍州西湖风光，慨叹"清风明月，幸属闲人"。他乘画船、载美酒，邀良朋、奏笙歌，在平静的湖面上尽醉闲眠，感到脱离宦海风波和公务羁绊的安稳和舒适。湖水空明，天光云影，醉后直疑是到了一个极乐世界，得到彻底的解脱。苏轼遭乌台诗案，贬官黄州，同时遭贬的友人张怀民（字偓佺）也贬官黄州。张怀民在江边建一亭，苏轼命名为"快哉亭"，以闲为快。而且又加感叹词"哉"，充分流露了对政治上受排挤的强烈不满。词中联想及欧阳修筑平山堂，宋玉《风赋》，说明江山之美与凉风之快均得之于坦然自得之心。词人以此心透过窗户看到的不仅有烟雨、孤鸿、山色和千顷镜净倒映碧峰的水面等美好景色，还有欧阳修、张怀民的美好形象。欧阳修的形象是高举独行、缥缈若仙的孤鸿，和山色一样，都是在有无之中；张怀民的形象则是虽经政治风波掀舞，又闯过了险恶的政治风浪而来到大自然快意的风浪之中。这些都是词人的心灵之窗所见，故结尾点明：总因胸怀开阔，所以千里万里受用无穷。词将“快哉亭”名、亭中所见景与所思的人事以及亭的主人公形象交融汇聚在“湿青红”的新窗上，令读者心怡神荡，目不暇接，既得心性的陶冶、生活的趣味，又获人生哲理的启迪与艺术鉴赏的满足。

“苏门四学士”之一的晁补之被认为是专擅闲逸词的。“买陂塘，旋栽杨柳”（《摸鱼儿》）以闲逸心情写与世俗功名的决绝；“听乱飐芰荷风，细洒梧桐雨”“观数点茗浮花，一缕香萦炷”（《黄莺儿》），表现了静观物化的饱满生活情趣；“待都将许多明，付与金尊，投晓共流霞倾尽。更携取胡床上南楼，看玉做人间，素秋千顷。”（《洞仙歌》）将月、酒、霞、楼交融辉映，兴味盎然，美不胜收。教人怎样以闲逸的情致去发现生活中的美，去涤荡人世的尘垢。

第五章　悲悼、庆赏及其他

一、悲　悼

韩愈说："欢愉之辞难工，而愁苦之言易好。"（《荆潭唱和诗序》）美学家认为悲剧的美感是一种最强有力的美感，悲剧所描绘的是不幸、伤痛、恐惧、死亡。但作为艺术作品，不但不丧失愉悦，反而使它更加强烈，好比白纸上着一黑点显得更白，大火溅上水珠烧得更旺一样。宋词中的悲悼之作特别动人，道理就在这里。歌词本是提供酒筵歌席娱宾遣兴的，悲悼之词理当受到排斥，然而从五代到两宋，名家多有，而且多属上品，总因真情流露，不期然而然。

悲悼有悼国、悼身、悼人之别。悼国词，或分派入爱国词，或称为感伤之作，又谓之亡国哀思。但像李煜入宋所作，派入爱国词固然有异议；称为感伤词又觉得他由一国之君而沦为囚徒的沉哀巨痛，非感伤所能描述；称作亡国哀思尚可，但分量还嫌过轻。王国维说："后主之词，真所谓以血书者也。宋道君皇帝《燕山亭》词亦略似之，然道君不过自道身世之戚，后主则俨有释迦、基督担荷人类罪恶之意，其大小固不同矣。"（《人间词话》）

准王国维之说，宋徽宗《燕山亭·北行见杏花》之类自道身世之戚的词，称亡国哀思恰如其分；李煜以血书之词，有释迦、基督担荷人类罪恶之意，俨然是悲剧中的人物，非“哀思”能包容。称为“悼国”名实相符，既不溢美，也有别于一般的黍离之悲。如：

> 春花秋月何时了，往事知多少？小楼昨夜又东风，故国不堪回首月明中！　　雕栏玉砌应犹在，只是朱颜改。问君能有几多愁？恰似一江春水向东流。
>
> ——李煜《虞美人》

首先，词中隐含对天下太平、民众安乐的追怀与对国家衰亡身陷牢笼的反思，可令后人有所警惕，有所珍惜。其次，李煜的悲剧是历史的悲剧。南唐之亡是五代分裂局面的结束，是中国社会发展的总趋势，不能归罪于李煜治国无方。李煜词有主动负荷这一罪责的精神却又是极为感人的。观李煜词，入宋称违命侯，并无枷锁之重与衣食之虞，也并非惴惴于刀斧鸩毒，尚有他更深的愁思。“烛明香暗画堂深，满鬓清霜残雪思难任”（《虞美人》“风回小院”），美酒笙歌，画堂红烛，渲染的不是欢乐，而是无穷的愁思，可知他的悲愁不是一己的悲愁。再从李煜的人生看，政治并非他的主要内容，他只是一个艺术家、词人，历史把他误入政治舞台，又使他成为亡国之君，承受无力承受的重任，这也是人生的一大悲哀。读李煜词，不应把他作为君主看待而一成不变，而应看到沧海的洪波巨浪对李煜的抛掷簸弄，或抛入云端或坠入海底，均非李煜所愿。他只是一个悲剧的人生。

李煜词的艺术价值在于它表现了悲剧的美。昔日养尊处优，沉浸于爱情、艺术之中，如今成了阶下之囚、砧俎之肉，其变化果然像流水落花的归去，有“天上人间”（《浪淘沙》“帘外雨潺潺”）的落差，更不用说他沉重的精神负担了。特别连当“梦里不知身是客，一晌贪欢”（同上词）之际，猛然醒来，能不泪如雨帘！回想“金锁已沉埋，壮气蒿莱”“玉楼瑶殿，空照秦淮”（《浪淘沙》“往事只堪哀”），那春花秋月令人心碎！作者身为悲剧中人，又借文学中悲剧之美来抚平心灵的创痛，读者正可从作者的审美中看出作品的美感内涵。据传李煜被祸与作《虞美人》等词有关，此中利害作者并非全然不知，也非性情直率所可概断，更因艺术的魅力与生命使他无所顾惜，所以，他是为艺术殉身了。

悼身之词当首推李清照晚期所作，如同李煜晚期所作，列入爱国词也不甚妥当，虽有系念国事之情，中心内容却是悲悼身世。她身遭国破家亡，又只身流落他乡，作为一个名门贵妇，竟没有后人，流落不知所终，词作自悼身世，悲怆感人。著名的《声声慢》词是她人生悲剧的缩影：

寻寻觅觅，冷冷清清，凄凄惨惨戚戚。乍暖还寒时候，最难将息。三杯两盏淡酒，怎敌它，晚来风急？雁过也，正伤心，却是旧时相识。　　满地黄花堆积，憔悴损，如今有谁堪摘！守着窗儿，独自怎生得黑！梧桐更兼细雨，到黄昏，点点滴滴。这次第，怎一个愁字了得！

词描写的时间是萧瑟的深秋，凄风苦雨的黄昏；环境是种着菊花、梧桐，遭受风雨侵袭、听得鸿雁哀鸣的小庭院，这一切既是词人悲苦身世的写照，也具有极广泛的代表性。宋室南渡，半壁江山尚不可保，这种凄风苦雨的深秋政治气候，正笼罩着这位国破家亡、风霜憔悴的弱女子。菊花乃民族文化的象征：从《古诗十九首》“馨香盈怀袖”到陶渊明《饮酒》“采菊东篱下”，再到林逋《山园小梅》的“暗香”“疏影”，渐已成为我华夏精魂。在民族存亡之秋，它伴随词人，由“暗香盈袖”到“堆积”“憔悴”。秋雨梧桐既思凄苦无告，半死之桐又见孑然丧偶，[①]这种民族心理，李清照和流亡的民众一同感受。独自守窗，既不见丈夫，也不见儿女，凄凉又无以复加。雁过伤心是北来难民的同感，又令词人想起“雁字回时，月满西楼”（《一剪梅》）那一去不复返的甜蜜的爱情，有车过腹痛之悲。有此种种，再加上如泣如诉、悲苦难耐的声情，一个动乱的封建社会里苦难深重的上层社会妇女形象就浮现在我们面前。它给人以悲剧的美感，使我们加深了对封建社会的了解。其价值不在其《浯溪中兴颂》之下。

---

① 白居易《长恨歌》有“秋雨梧桐叶落时”句，写唐明皇伤悼杨贵妃的情景。枚乘《七发》：“龙门之桐，高百尺而无枝，其根半死半生。”后常用比失偶。

悼人之词习称悼亡，一般是丈夫悼念妻妾，如苏轼《江城子·乙卯正月记梦》、贺铸《鹧鸪天》“重过阊门”、吴文英《莺啼序》“残寒正欺病酒”等。也有妻子悼念亡夫的，如孙道绚《醉思仙·悼亡》。还有悼念妓女的，如柳永词《离别难》。还有悼念皇帝、太后的，如宋末王沂孙、周密、张炎诸人结社分咏龙涎香、白莲等。悼亡词并不太多，但无不感人至深。只因亲人的生死永诀为人生大痛，出于天性、至情，一闻其声，一见其状，即堪下泪。它多从今昔、存亡、醒梦的一喜一悲的对比中见情，借情感的落差造成极大的悲痛。如苏轼《江城子》以“十年生死两茫茫”开篇，点出生死永隔；接着以“千里孤坟”暗暗对比当年的耳鬓厮磨；以“尘满面，鬓如霜”，暗暗对比当年的红颜青鬓；又以“小轩窗、正梳妆”的在生情景对比“相顾无言，唯有泪千行”的幻觉及“明月夜，短松冈”的现实情景。肝肠寸断，哀思满纸。贺铸《鹧鸪天》用“同来”与“不同归”、“旧栖”与“新垅”，当日的“挑灯夜补衣”与今日的“空床卧听南窗雨”对比，触目惊心，哀哀欲绝。但也有些悼亡词并无哀号悲泣之语，乍看未必能判断为悲悼，如苏轼《西江月》悼念亡妾王朝云，运用比兴寄托手法，借梅花的风格，赞朝云的坚贞；借梅花的素洁雅淡，赞朝云的美丽动人；最后借神仙幻化，始点出悲悼之情：“高情已逐晓云空，不与梨花同梦。”粗读不觉其悲，因词中没有生活情景的描写。须知苏轼遭贬逐，婢妾皆离去，唯独王朝云相爱情笃，相随不弃，又不幸死于岭南，方见苏轼以岭南之梅为喻，痛悼之情挟敬佩、祷祝、抚慰而俱下，细心领会，极悲极苦。

二、祝　　庆

悲悼之词是倾诉社会人生的悲哀，而祝庆之词则是赞美社会人生的美况，鼓励人们积极投身于生活。为祝庆活动而写的词数量不少，但好词不多。为国家大庆作词，未免歌功颂德；为个人庆寿则虚应故事或奉承讨好，相沿成习。但也不是绝对没有好词，如辛弃疾《水龙吟·为韩南涧尚书寿》《破阵子·为范南伯寿》等，也颇有可观：

渡江天马南来，几人真是经纶手。长安父老、新亭风景，可怜依旧。夷甫诸人，神州沉陆，几曾回首？算平戎万里，功名本是，真儒事、君知否？　　况有文章山斗。对桐阴，满庭清昼。当年堕地，而今试看，风云奔走。绿野风烟，平泉草木，东山歌酒。待他年，整顿乾坤事了，为先生寿。

——《水龙吟·为韩南涧尚书寿》

掷地刘郎玉斗，挂帆西子扁舟。千古风流今在此，万里功名莫放休！君王三百州，　　燕雀岂知鸿鹄，貂蝉元出兜鍪。却笑卢溪如斗大，肯把牛刀试手不？寿君双玉瓯。

——《破阵子·为范南伯寿》

这两首词人们一般归入爱国词，但论其写法则非从祝庆角度剖析不可。如祝寿总要说些吉庆的话，而且要说得得体，要因人因事而异，要懂得庆祝对象的境遇、心理、文化素养，还要有广博的知识，方能应用自如。韩元吉曾任吏部尚书，属朝廷重臣，他有志恢复而遭挫引退，心情不快。祝寿时要怎样说得吉利、令人欢快呢？作者紧扣韩的宰相身份，用西晋清谈误国的王衍比南渡以来对中原沦丧漠不关心的群臣，为韩氏吐了一口闷气。接着又以韩比作前代名相晋代谢安与唐代裴度、李德裕，期望韩“平戎万里”“整顿乾坤”，到那时再来拜寿。韩是文人，诗词文章兼善，所以又将他比作文章泰斗的同姓韩愈，还标举他的《桐阴旧话》一书和他的桐木家世，说明树有根水有源，出生在清风亮节的世家又学得满腹经纶，故从呱呱坠地时起就已渐具将相之才了。全词句句贴切，令人不得不释忧解颐，为之举杯。范如山为张栻所召，出任卢溪县令，是一个七品芝麻官，怎样使他欢欣鼓舞而乐于赴任呢？词人利用他的同姓名人做文章。范增、范蠡都是有识之士，因有所不满或避祸都不愿再做官，用比范如山，已提高了他的身份；又劝说他莫放过为国立功的机会，将其思想境界置于二范之上；还以陈胜起于草野，解牛要先试刃，说明雄才大略要从小事做起。结语“寿君双玉瓯”一语双关，既标出自己所送的礼物，又暗祝范氏将来为成就统一祖国的大业作大贡献。任小官却做大文章，堪赞才艺之高！辛弃疾的祝庆词体现了人际关系的艺术，是南宋复杂的政治斗争的产物。它以其特有的表现方式丰富了词的表现艺术。

三、节令游赏

我国人民历来注重节令活动，在长期的封建社会，大的节日有元旦、立春、元宵、上巳、清明、端午、七夕、中秋、重阳、除夕等。节庆游赏多以歌舞助兴。据孟元老《东京梦华录》载清明节“都城之歌儿舞女遍满园亭，抵暮而归”，吴自牧《梦粱录》载杭州“元夕放灯、三春园馆赏玩及游湖看潮之时”，酒楼、花衢、柳巷、妓馆的歌儿舞女，等候召唤，歌喉“清细轻雅”“浅斟低唱”。这种游乐活动促进了节令游乐词的创作。在上述节日中，除夕、元旦多在家庭室内活动，因此歌词少有反映；元宵、中秋是两个大节，又有灯焰月色之美，歌咏最多；七夕歌咏爱情，属词的重要题材，故数量也不少。节庆游赏的内容包蕴着民族文化传统、民族性格和民族心理素质，是很值得研究的一类题材。大略言，有的祈望忠爱团结、国泰民安；有的祝愿爱情美好、家庭团聚、幸福健康；有的纪念已故贤德、亲友；有的显示对生活、自然、青春和美的热爱。

列表如下：

节令	主要活动	庆赏宗旨
立春	簪彩胜，送春盘，喝黄柑酒。	祝青春常在，幸福美好。
元宵	观焰火、鳌山、鱼龙灯、彩灯等。	祝国泰民安，吉祥如意。
上巳	洗濯除废，流觞曲水，游春等。	去污除垢，生活美好。
寒食、清明	禁火，烧榆柳、扫墓、踏青、斗草、拾翠等。	庆春赏春，愿天下太平、民众安乐，纪念介子推和已故亲友。
端午（端阳、重五、重午）	划龙船、赛龙舟，食角粽，插蒲艾等。	忠爱团结，驱除邪魔，纪念屈原。
七夕（乞巧节）	望牛郎织女星，结彩缕，穿七孔针，设酒脯瓜果等。	爱情美好，女红精巧。
中秋	簪菊、赏月、饮酒、观潮。	社会光明，亲友团聚。
重阳（重九）	赏菊，饮菊花酒，登高，插茱萸枝，或以茱萸盛囊、系臂。	消灾除难，延年益寿，怀管宁高节。

节令词一般应大体符合节庆的宗旨。柳永词提供市井演唱，可作代表。如清明词：

> 拆桐花烂漫，乍疏雨，洗清明。正艳杏烧林，缃桃绣野，芳景如屏。倾城，尽寻胜去，骤雕鞍绀幰出郊坰。风暖繁弦脆管，万家竞奏新声。　　盈盈，斗草踏青，人艳冶，递逢迎。向路旁往往，遗簪堕珥，珠翠纵横。欢情，对佳丽地，信金罍罄竭玉山倾。拚却明朝永日，画堂一枕春酲。
>
> ——《木兰花慢》

词中充分渲染了清明时节繁盛美艳的春景，描写了市民车驾华丽、人物艳冶、管弦竞奏、寻芳探胜、斗草踏青、欢饮嬉戏的盛况；表现了作者对北宋百年承平，都市繁荣、市民富庶安乐的礼赞，代表了人民的美好愿望。张炎对此不理解，不满《木兰花慢》等词，认为“昔人咏节序，不唯不多，付之歌喉者，类是率俗，不过为应时纳祜（祝福）之声耳”（《词源》卷下），张炎没有注意到“率俗”“应时纳祜”正是民俗词的宗旨。

当然，“愁苦之言易好”，在喜庆日子里独抒悲苦之情，众人皆乐我独悲，又以乐景写悲，自然更加感人。这类词虽然背离了节庆的宗旨，但只要表现了“时序风物之盛，人家宴乐之同”也仍应看作节令词。如周邦彦《解语花·上元》：

> 风销绛蜡，露浥红莲，灯市光相射。桂华流瓦，纤云散，耿耿素娥欲下。衣裳淡雅，看楚女、纤腰一把。箫鼓喧，人影参差，满路飘香麝。　　因念都城放夜，望千门如昼，嬉笑游冶。钿车罗帕，相逢处，自有暗尘随马。年光是也，唯只见、旧情衰谢。清漏移，飞盖归来，从舞休歌罢。

词人虽有“旧情衰谢”的叹惋，但生动地描绘了上元灯火、月光、楚女等的节物之美与众人之乐，给人以深刻的感受。首三句通过风、露的反垫，显示灯市的热烈。风吹绛蜡，火势愈旺；露湿红莲，灯光愈美。风、露与“素娥欲下”连接，又表明从月出到月落，灯彩终夜不断。“桂华”之句，用“桂华”代月色，又以素娥代月，使嫦娥带香、带色来到人间，意境美妙绝伦。接以淡雅楚女，又将天仙与倩女融合一体，写出了元夜的佳境。苏轼《蝶恋花·密州上元》虽有“寂寞山城人老也”的感叹，“灯火钱塘三五夜，明月如霜，照见人如画。帐底吹笙香吐麝，更无一点尘随马”，灯月交辉，声色香气，也极有元夕欢乐气氛。至于李清照《永遇乐》尽管写到“香车宝马”与“铺翠冠儿，撚金雪柳，簇带争济楚”的贵族女子观灯情景，但词人着力表现的是悲苦情怀，成功之处不在元宵的繁丽，不宜以写节令之出色与否衡量。

四、风景与风俗

风景与风俗本是一切文学艺术作品不可缺少的内容，作为歌词又广泛流行于市井闾巷与风景区域，与乡土之爱、乡土风物、乡土情调紧密结合，因而造就了大量优美的歌咏各地风景与风俗的歌词。这类词可分为城市、内陆、边地三类。

城市风光大体以娇美、轻柔、灵秀为特色。以柳永《望海潮》为代表：

> 东南形胜，江吴都会，钱塘自古繁华。烟柳画桥，风帘翠幕，参差十万人家。云树绕堤沙，怒涛卷霜雪，天堑无涯。市列珠玑，户盈罗绮，竞豪奢。　　重湖叠巘清佳。有三秋桂子，十里荷花。羌管弄晴，菱歌泛夜，嬉嬉钓叟莲娃。千骑拥高牙。乘醉听箫鼓，吟赏烟霞。异日图将好景，归去凤池夸。

柳词描写北宋杭州风光。“三秋桂子，十里荷花”香艳似美人；“烟柳画桥，风帘翠幕”轻柔如梦境；“云树”“怒涛”与“重湖叠巘”，流溢出一股山川灵秀之气；“市列珠玑，户盈罗绮，竞豪奢”与“羌管弄晴，菱歌泛夜，嬉嬉钓叟莲娃”显示民俗以奢靡逸乐相尚。

内陆农村风光和民俗，在苏轼和辛弃疾的农村词中描写具体、生动。苏轼写的是江北，辛弃疾写的是江南。

苏轼《浣溪沙·徐门石潭谢雨道上作》五首，有“麋鹿逢人虽未惯，猿猱闻鼓不须呼”的山村，有“日暖桑麻光似泼，风来蒿艾气如薰”的平原；有“照日深红暖见鱼，连溪绿暗晚藏乌”的溪塘；有“软草平莎过雨新，轻沙走马路无尘”的村边小路。有“老幼扶携收麦社，乌鸢翔舞赛神村”的丰收场景；有“垂白杖藜抬醉眼，捋青捣麨软饥肠”的捋青度荒。人物则有“旋抹红妆”“踏破罗裙”的村姑，醉卧黄昏道边的老翁，“隔篱娇语”的络丝娘子，柳荫下面设摊的卖瓜人。

辛弃疾笔下的江南农村景物是稻花千顷，蛙声一片，溪山襟带、山路横斜，社林酒旗、清溪茅檐。场面细节有“殷勤谢却甑中尘”（《浣溪沙》）的丰收喜悦，有“隔墙沽酒煮纤鳞”（《浣溪沙》）的早米尝新；有“掀老瓮，拨新醅”（《鹧鸪天》）的热情待客，有“东家娶妇，西家归女，灯火门前笑语”（《鹊桥仙》）的婚嫁喜庆。人物有“醉里吴音相媚好”（《清平乐》）的白发翁媪，有“溪头卧剥莲蓬”（同上词）的顽皮儿童，有“笑语柔桑陌上来”（《鹧鸪天》）的寒食节回娘家的新娘，有“青裙缟袂”“去趁蚕生看外家”（《鹧鸪天》）的姑娘。

两相对照，江南江北风物不尽相同，农业劳动也自有异，但风光之清新明媚，气氛之祥和、宁静，民风之淳厚、勤劳、乐观，则大体一致。

边地的风物和民俗以岭南和巴蜀最具特色。

岭南风物热烈、明朗，民风热情、淳朴。如下列数词：

> 路入南中，桄榔叶暗蓼花红。两岸人家微雨后，收红豆，树底纤纤抬素手。
>
> 岸远沙平，日斜归路晚霞明。孔雀自怜金翠尾，临水，认得行人惊不起。
>
> 画舸停桡，槿花篱外竹横桥。水上游人沙上女，回顾，笑指芭蕉林里住。
>
> ——欧阳炯《南乡子》
>
> 渔市散，渡船稀，越南云树望中微。行客待潮天欲暮，送春浦，愁听猩猩啼瘴雨。
>
> 相见处，晚晴天，刺桐花下越台前。暗里回眸深属意，遗双翠，骑象背人先过水。
>
> 携笼去，采菱归，碧波风起雨霏霏。趁岸小船齐棹急，罗衣湿，出向桄榔树下立。
>
> ——李珣《南乡子》

蓼岸红豆，霞里孔雀，色彩热烈；素手摘红豆，金尾临白水，景物鲜明；猩啼瘴雨，象渡山溪，又皆蛮荒天然奇绝。那“笑指芭蕉林里住”的少女是多么热情大方！那“罗衣湿，出向桄榔树下立”的采菱女又是多么天真自然，没有丝毫做作。

巴蜀风物明秀、凄清，民风古朴、勤劳：

杨柳青青江水平，闻郎江上唱歌声。东边日出西边雨，道是无情却有情。

山上层层桃李花，云间烟火是人家。银钏金钗来负水，长刀短笠去烧畲。

——刘禹锡《竹枝词》

瞿塘峡口冷烟低，白帝城头月向西。唱到竹枝声咽处，寒猿晴鸟一时啼。

——白居易《竹枝》

从词中可以看到巴蜀山青水碧，桃红李白杨柳青青，但山高水险，鸟兽出没，故明秀而带凄清。少数民族衣饰艳丽，耕作原始，爱唱山歌，感情丰富细腻。

词诞育在南方，词作虽也有以极北为背景的，但特色不多，总因词体偏柔，适于表现南国风光与南国情调。

五、闺　　情

闺情词是以女性特有的情态和美好的姿容为描写对象的词，与爱情心理和情态没有直接关联。这类词有的只是把女性当作花瓶和玩物来观赏，毫无意义。但也有些深入到女性的内心世界，接触到严肃的社会问题，既能给人以美感，又有社会认识价值。

有的尽管只是描写女性的姿容，只要是出于爱美的心理，而无亵渎之意，仍足观赏。如下列词：

蝴蝶儿、晚春时。阿娇初著淡黄衣，倚窗学画伊。还是花间见，双双对对飞。无端和泪拭燕脂，惹教双翅垂。

——张泌《蝴蝶儿》

愁锁黛眉烟易惨，泪飘红脸粉难匀。憔悴不知缘底事？遇人推道不宜春。

——阎选《八拍蛮》

燕子来时新社，梨花落后清明。池上碧苔三四点，叶底黄鹂一两声。日长飞絮轻。　巧笑东邻女伴，采桑径里逢迎。疑怪昨宵春梦好，原是今朝斗草赢。笑从双脸生。

——晏殊《破阵子》

昨夜雨疏风骤，浓睡不消残酒。试问卷帘人，却道海棠依旧。知否？知否？应是绿肥红瘦。

——李清照《如梦令》

陇云暗合秋天白，俯窗独坐窥烟陌。楼际角重吹，黄昏方醉归。　荒唐难共语，明日还应去。上马出门时，金鞭莫与伊。

——尹鹗《菩萨蛮》

腻粉琼妆透碧纱，雪休夸。金凤搔头坠鬓斜，发交加。　　倚着云屏新睡觉，思梦笑。红腮隐出枕函花，有些些。

——张泌《杨柳枝》

双蝶绣罗裙。东池宴，初相见。朱粉不深匀，闲花淡淡春。　　细看诸处好，人人道：柳腰身。昨日乱山昏，来时衣上云。

——张先《醉垂鞭》

上列一至四首是描写少女情态的。张泌词写少女阿娇晚春时分，穿着类似蝴蝶的淡黄衣衫，靠在窗子上描画飞舞的蝴蝶。可是当她想到蝴蝶总是成双作对而自己尚未有意中人时，不禁眼泪掉在画上。又当她用手揩拭时，画纸受水下坠，令蝴蝶的翅膀呈下垂状态，少女见状又为之心疼。小词如画，将少女依窗画蝶的妩媚而又多情善感的情态描画得栩栩如生。阎选词写少女春天里有许多莫名的愁怨，但当人问及为何容颜憔悴时，却推说春天的气候不适宜。表现了少女的多愁善感而又羞为人道、善于掩饰的性格，显示了少女的羞怯和涵养美。以上两首描写的是上层社会的女子。晏殊词描写的是采桑养蚕的劳动女子，她在社日、清明的美好时光里，一面采桑一面和女伴作斗草游戏，当她斗赢时想到昨晚做的好梦原来是今天取胜的征兆，不禁笑了。表现了劳动女子的乐观、单纯和天真。和上两首多愁善感而又善于涵养的少女具有不同的性格美。李清照的词将一个贵族少女和女婢置于同一画面上，让她们的不同性格互相映衬。贵族少女饮酒赏花多愁善感，海棠又一向比作红妆女子，故风雨一来，关心后园的海棠花被吹落；而女婢对海棠花平素并不关心，乍看也就发现不了问题。

尹鹗词描写的是少妇，接触到的是严肃的社会问题。少妇于日暮之时俯窗独坐，急切盼望丈夫归家。可是直到楼头吹起第二次画角声，黄昏已经降临时，他才醉醺醺地回来。和他说话，但他已荒唐可笑，答非所问。估计这个浪荡公子明天还会出去。为了阻止他出门，她想到一个主意：把他的马鞭收起来，不给他。词通过少妇对浪荡公子的忧虑、无奈、揣想和对策，表现了封建社会女子的普遍苦闷。她们在家庭中处于依附地位，对丈夫的胡作非为无可奈何，但仍旧忠诚。少妇的艺术形象是成功的，具有审美价值与认识价值。

张泌的词是一幅美人初醒图，她雪肤花貌，金钗斜坠，秀发散乱，懒懒地斜靠云母屏风，沉浸在梦境的回忆中，时而露出微笑，红红的脸腮上还隐隐有枕函上的花印。女子情态的娇柔和姿容的美都表现得很出色。张先的词描写的女子不靠粉黛抬眼，细看没一处不好，身段更佳。初次见面时，见她穿着绣了双蝶的罗裙，昨天黄昏从乱山上下来，看去衣上生云。词人只写了她的衣着、身段，却飘飘欲仙，也是一幅极有特色的美人图。

唐宋词人的闺情词组成一个长长的女子画廊，是很有可观的。这些词和爱情词有交叉处，也可从多角度分析。李清照表现少女羞怯情态的《点绛唇》，就出于对情爱的意识。

六、其　　他

词的题材类型尚有多种，如哲理、题赠唱和、宫怨、边塞、渔歌、采莲曲、织女歌等。

专谈哲理的王安石的禅哲词，诗意不多。但像苏轼的《定风波·沙湖道中遇雨》《浣溪沙·游蕲水清泉寺》等篇的人生哲理出于作者的性灵，仍是好词。如：

> 莫听穿林打叶声，何妨吟啸且徐行。竹杖芒鞋轻胜马，谁怕？一蓑烟雨任平生。　　料峭春风吹酒醒，微冷，山头斜照却相迎。回首向来萧瑟处，归去，也无风雨也无情。
>
> ——《定风波》

词人从自己经历的政治风波中悟到一个道理：生活中的困厄、灾难和不幸并不可怕，要沉着愉快地迎接、承受。当你感到难以禁受的时候，厄运、灾难和不幸就会过去，迎来的则是光明。这一深刻的人生哲理，是从作者真切的生活经历生发出来的，直接表现的是他坦荡的胸怀和乐观的心情。至于词中只有某些词语包含哲理意味，而全词并非突出某一哲理的，不应看作哲理词。如苏轼《浣溪沙·从泗州刘倩叔游南山》末句“人生有味是清欢”，意思是食素饮茶才有味，言外之意是美酒肥鲜是苦涩的，饱含人生哲理。但论全词，则不属哲理词。辛弃疾《青玉案·元夕》末句:“众里寻他千百度。蓦然回首，那人却在，灯火阑珊处。”王国维认为体现了成大事业做大学问的第三境界,[①] 作者本意则只是自怜幽独而已。

题赠唱和词，视其内容归入友情、乡情、爱国、咏物、怀古等题材内。但若从其本身的规律性来看，则赠作应切合对方情况，不谀不俗，和作则要求有所变化。如陈亮壮声英概而终不得一骋其能，心中苦闷，拜访辛弃疾。纵谈国事后，恐为所忌，窃其厩马而归。辛弃疾寄赠《破阵子》，描写他梦中杀敌立功，醒后徒见白发，为陈亮一泄心中悲愤，极为得体，两人终成莫逆之交。章楶作《水龙吟》咏杨花，苏轼变杨花荡子形象为思妇形象，将形似转为神似，两词均成咏物名作。

宫怨、边塞之作，内容与写法多沿袭唐诗。采莲曲、织女词、渔歌等一般可分属于爱情、闲逸题材内。除此以外，还有些属文字游戏的词，如隐栝、集句、联句、嵌字、回文、集药名、集词牌名等，王安石、苏轼、黄庭坚、晁补之、辛弃疾等人的词集中多有。除苏轼、辛弃疾的隐栝之作外，其余不足观。

---

① 王国维《人间词话》卷上:“古今之成大事业大学问者，必经过三种之境界……‘众里寻他千百度，蓦然回首，那人却在，灯火阑珊处’，此第三境也。”

中篇　层次角度

第一章　行为与情感

诗歌作为一种抒情文学，用浓烈的感情感染读者。而作为诗歌体裁之一的词，本是提供歌唱的歌词，感情的浓烈度又超过案头诗。《诗大序》:“情动于中，而形于言；言之不足，故嗟叹之；嗟叹之不足，故咏歌之；咏歌之不足，不知手之舞之足之蹈之也。”孔颖达将感情的抒发分作言语、嗟叹、咏歌、舞蹈四个层次。这就意味着歌词是语言艺术中抒发感情的最高层次。词这种浓烈抒情的特点，常常排除了对人物活动、时空变化的客观交代，往往使读者摸不清头绪，仅得到模糊一片的印象。而感情的浓烈又使读者得到情感交流的满足，而忽视对感情特质、演变过程与展示方式等的仔细审视，造成一种朦胧的、虚假的领悟心态，久之则养成不求甚解的恶习。为了深入体认歌词中的情感，发掘它的底蕴而又准确无误，必须遵循一定的规律，运用科学的分析。其中，对抒情主人公行为过程的摸索与确认，对情感产生、演变、归宿的心理分析，是相辅相成的两个必须抓住的至关重要的环扣。

一、行为过程的摸索与确认

情感的发动必有事因，情感的起落变化，也必与主观行为与客观环境的变化相伴随。所以，尽管在许多词作里浓烈的抒情似乎已排除了人物活动的空间，然而细心的读者仍旧可以看出主人公的行为过程及伴随行为过程的时间和空间变化，然后据以深入体认与验证表现于外的感情，最终把握抒情主人公的脉息，并产生情感的共鸣。读词虽不要求像读记叙文那样将时间、地点、人物、事件以及发生、发展、高潮、结局等一一落实，也须熟知抒情主人公瞬间的言动及其环境，让他以活生生的形象浮现在脑海里。否则，仅得喜怒哀乐的大概情形，而不能深入内心世界深处，甚至造成误会曲解。以辛弃疾的《摸鱼儿》词为例：

> 更能消、几番风雨，匆匆春又归去。惜春长怕花开早，何况落红无数。春且住，见说道，天涯芳草无归路。怨春不语。算只有、殷勤画檐蛛网，尽日惹飞絮。　　长门事，准拟佳期又误。蛾眉曾有人妒。千金纵买相如赋，脉脉此情谁诉。君莫舞，君不见，玉环飞燕皆尘土！闲愁最苦！休去倚危栏，斜阳正在，烟柳断肠处。

该词词牌下有注：“淳熙己亥，自湖北漕移湖南。同官王正之置酒小山亭，为赋。”读后知是一首别情词，是扣住置酒话别来写的。开篇叙述风雨送春，春归无路，是借惜春写惜别；结尾描写黄昏倚栏，眺望断肠，正是悬想送别情景；中间落红、芳草、蛛网、飞絮、画檐、危栏、斜阳、烟柳，都是渲染小山亭内外的景物。词中陈皇后是借指王正之，注已说明了是为王正之置酒小山亭送别而写。王正之深得孝宗赏识，但因小人谗害毁谤，有“三仕三已”之说，也就是三次出任，三次罢官，所以有“长门事，准拟佳期又误。蛾眉曾有人妒。千金纵买相如赋，脉脉此情谁诉”数语。“君莫舞”是指王正之在酒席上带着积愤为朋友起舞劝酒。古人宴请宾客常亲自歌舞劝酒，或互劝，唐宋时习惯尚存。宋人江少虞在《宋朝事实类苑》中说到此事，辛词中也多处写到。如《最高楼·送丁怀忠教授入广》云：“待不饮，奈何君有恨；待痛饮，奈何吾又病。君起舞，试重斟。”《鹧鸪天·鹅湖归，病起作》云：“主人起舞客齐歌。”据以上分析判断，我们就可清晰地看出词人及其朋友的行为过程：他们于暮春时节，风雨过后，在小山亭上饮酒话别。这时小山亭上落英缤纷，时时被小山亭画檐上的蛛网罥住；亭前道路上长满芳草，伸向天边。两位朋友谈论着国家大事和自己的遭遇，激动起来，愤然起舞，又互相劝慰。最后设想离去时，友人依依不舍，凭栏目送，词人又只得加以劝阻。有了这一行为过程的清晰图画，包含其中的情感底蕴就不难探寻，而且自然表里融为一体。可惜目前对该词的解释都脱离了主人公的行为过程，看作词人静态的自言自语。认为上片写春光是作比喻，抒发他对南宋朝廷的不满；下片写陈皇后的故事是“暗喻自己受排挤”；杨玉环与赵飞燕则是暗指“统治者一派醉生梦死的生活”。在这种解释里，几乎一切都成了作者某种概念的比附。表面上似乎抓住了词的题旨，实际上浮在表面，没能深入词人的内心世界，摸不清主人公的情感脉络。这种概念图解的读词法，因没有主人公行为过程的合乎规律的依据，又难免导致对作品的曲解。如将本指朋友的“君”当成对小人说的反语就是一例。严格说来，将真真实实的朋友送别的场景只当成一些比喻的组合，尽管大旨不差，而从艺术鉴赏角度看，那是全盘都错了。

如果说对辛词的错解是因为词对主人公行为过程没作明确的交代而造成，那么有些词本来已有较明确的交代，却被读者有意无意地忽略或粗心读过。这就更值得注意了。以张元幹《贺新郎·送胡邦衡谪新州》为例：

> 梦绕神州路，怅秋风、连营画角，故宫离黍。底事昆仑倾砥柱，九地黄流乱注，聚万落千村狐兔？天意从来高难问，况人情老易悲难诉。更南浦，送君去！　　凉生岸柳催残暑。耿斜河，疏星淡月，断云微度。万里江山知何处？回首对床夜语。雁不到，书成谁与？目尽青天怀今古，肯儿曹、恩怨相尔汝！举大白，听《金缕》。

词写了梦境，写了送别，写了别后的想念和别时的劝勉。人们一般只是按着意念的层次解释，并不注意主人公的行为过程；即使涉及行为过程也并不深究，而轻易将本来的顺序颠倒。按词意，主人公的行为过程是这样：志同道合的老朋友对床夜语，愤慨国事——入睡后形成梦境——天蒙蒙亮时送朋友乘船上路——临别时依依不舍，互相劝慰勉励。因为词开篇就描写梦境，所以读者容易将它游离出来。其实梦境后紧接着是清晨送别，下片又有“对床夜语”相呼应，给予了梦境特定的位置。又有人将“回首对床夜语”作为“过去的长夜深谈”的回忆，这就将当晚的会晤深谈也游离出来了，使梦境成为突如其来而又没有接续，只能无根无蒂地解说了。这种理解虽然大意也不差，却没有多少血肉活气，不能再现生活的真实，也就谈不上情感的真实动人了。须知一首词无论篇幅多短，都是表现一个完整的生活画面，其中均应有人物的活动（包括思想活动），及其一定的环境。如果仅仅从意念上去探寻，而不顾主人公行为过程及其环境变化，则有如想抵达某一目的地而不遵循一定的道路一样。虽然也许能领会作品的大旨，但没到达作品所创造的艺术境界，也就不可能获得应有的艺术感受了。试想，人们做梦习以为常，也千奇百怪，一个突如其来的梦境有多少真实性和感染力呢？而我们将梦境与对床夜语联系起来，情形就不同了。原来对床夜语所谈论的内容就是痛悼祖国山河沦陷，愤恨权臣屈膝投降。临睡前心情不能平静，入眠后自然形诸梦寐。这样，梦就出自主人公的深层意识，可以感触了。同样，南浦送别也不能脱离对床夜语与梦境描写。正因为两颗热烈的爱国之心醒梦之间都在一起跳动，他们的别离才具有特殊的不同于一般分离的感情分量。对床夜语、梦中感受、清晨送别这三者不是相加的关系，而是互相渗透，共同建构了一种深广的意境，蕴含着丰富深厚的情感。

词中往往寓人物活动于环境、景物描写中。这首词在送别的环境描写上也是这样，却常被人忽略。“凉生岸柳催残暑。耿斜河，疏星淡月，断云微度。”此处只写了断云微度的景，没有交代朋友离去的事，而以“万里江山知何处”的别后之情相接，实际上是一箭双雕：天上一片孤云慢慢渡过银河，地上孤零零的朋友也依依不舍地离开我走向杳无音信的万里之外了。忽略者认为此处词意上下不连贯，是笔锋陡转。至于何以要从送别的景物描写陡转到别后的设想呢？又不得不求助于游离的梦境了，认为是与“梦绕神州路”相呼应。据说是现实中无法实现只有到梦中去寻找。这种错误的联想非但无益而且两损。

不仅环境、景物的空间安排和变化联系着人物的行为，时间的安排和变化也是这样。如姜夔的《扬州慢》：

> 淮左名都，竹西佳处，解鞍少驻初程。过春风十里，尽荠麦青青。自胡马窥江去后，废池乔木，犹厌言兵。渐黄昏，清角吹寒，都在空城。　　杜郎俊赏，算而今，重到须惊。纵豆蔻词工，青楼梦好，难赋深情。二十四桥仍在，波心荡，冷月无声。念桥边红药，年年知为谁生！

“过春风十里”以下五句写白天游览扬州街道、园林所见。“渐黄昏”三字点明时间的变化，入夜后，词人乘着月色来到了红药桥边。在这里时间决定着主人公的行为，也直接决定着主人公的心情，随着日、夜、早、晚的变化，情调越来越凄黯。读这首词抓住时间的变化，主人公的行为及其情感变化就容易掌握了。像这种时间变化有明晰交代的词，易为人知。有些词一路叙写，时间变化并无明确交代，却隐含在叙写之中。如果词中既没有主人公行为变化，也没有环境空间的变化，就大有必要考察、发掘它的时间变化，用来理清感情变化的脉络了。如下面这首词：

长江千里，烟淡水云阔。歌沉玉树，古寺空有疏钟发。六代兴亡如梦，苒苒惊时月。兵戈凌灭，豪华销尽，几见银蟾自圆缺。　　潮落潮生波渺，江树森如发。谁念迁客归来，老大伤名节。纵使岁寒途远，此志应难夺。高楼谁设，倚栏凝望，独立渔翁满江雪。

李纲《六么令·次韵和贺方回金陵怀古，鄱阳席上作》

整首词主人公的行为没多大变化，只是看、听、想的静态活动。空间也始终在江面的楼头，但时间的变化仔细审视是看得出来的。词首二句写眼见长江既远又阔，那是白天。三、四句写耳闻古寺疏钟，已进入黄昏。上片其余几句，句句扣住月来写，是月出时的感受。下片乍看似与时间无关，其实夜半月圆生潮是规律，点明到了半夜。仍旧不乱。结句“独立渔翁满江雪”正是结合着月色、江潮和楼上人来写的，意将自己比作渔翁，独立楼头看那汹涌的江潮在月色的照耀下好像一堆堆雪花。这样，抓住了时间的变化，主人公的情感变化也就不难捉摸了。正是标志着时间连续变化的烟波、疏钟、月魄、江潮，使主人公的心潮起伏，最后形成独立渔翁孤傲高洁的形象。目前所见，人们对这首词的分析零散割裂，前后不连贯，意境不美，缺乏感染力，这与不能抓住时间变化这一条线索，不无关系。特别是“独立渔翁满江雪”一句，离开时间的变化，不能揭示月光、水波与高楼、目光的关系，误认“雪”为真雪，竟将警句化为死语了。

二、情感的产生、演变和归宿

主人公行为及伴随行为的时空变化，虽然是探寻感情变化的重要依据，然而情感的产生、演变及归宿仍然有它自身的规律。大略说，有顺入、逆入、起落不定、正反互见等数种方式。

顺入式，情感的发生、发展、高潮、结局按直线上升，最需要理清情感发展的脉络，切忌囫囵吞枣。如李清照《声声慢》（见上篇第三章）。词的开篇即点明愁苦之情，全篇通言愁苦，读者如果不加分析只将愁苦之情简单地堆叠起来，就不一定能感受到女主人公愁情的深重。必须理出女主人公从傍晚到黄昏的行为过程，然后获知愁苦之情从寻觅产生，经过喝酒、观雁、望菊、守窗，逐层深化，直到黄昏时听雨将种种悲愁凝聚在雨中，也凝聚在心头。又还要将主人公的每一行为再分为几个小过程，如“寻寻觅觅”三句，每一叠词描述了一个小过程，共有七个小过程：下意识地搜寻亡夫的书信遗物等——执意翻箱倒柜地求索——寻觅不到，一股寒意袭上心头——因失望而感到空虚寂寞——因空虚寂寞而感到内心凄凉——因凄凉而想到国破家亡、夫死物散的悲惨情景——瞻念前途不寒而栗。喝酒也可分为几个小过程：想到寒冷难挨拿起酒杯——三杯两盏慌忙地喝下去——酒淡风急，抵御不住寒风。观雁也可分为：伤心——雁过——想起过去——更加伤心，等等。每一个过程之间又互相衔接，如借酒御寒，寒气仍在，导致伤心。想起过去伤心难过，则又必寻找过去两情共寄的黄花，如此等等。这样逐层细细体认，才能与主人公的心灵一起震颤。

有些采取顺入式发展的词由于主人公的行为过程不明显，体会情感的发展也就较费心力了。如下词：

> 裁剪冰绡，轻叠数重，冷淡胭脂匀注。新样靓妆，艳溢香融，羞杀蕊珠宫女。易得凋零，更多少无情风雨。愁苦！问院落凄凉，几番春暮？　凭借离恨重重，这双燕何曾，会人言语。天遥地远，万水千山，知他故宫何处？怎不思量，除梦里有时曾去。无据，和梦也新来不做。
>
> ——赵佶《燕山亭·北行见杏花》

上阕前六句是见杏花而赞叹它的美，后四句感叹杏花的凋零，渐与杏花化为一体；下阕似人似花已无可辨认。这是情感发展的大略。仔细体会，可以分析出如下几个过程：①近看花朵之貌；②远望花枝之神；③怨风雨无情摧残；④更怨年复一年地受此凄凉；⑤院落凄凉，只有双燕未去，与花作伴，却又不通人言；⑥即令通言语，天遥地远，也找不着故宫；⑦无奈只有梦里回去；⑧新来连梦也不做了。再进一步归纳，可知①②③层为情感的发生，④层为一小发展，仍不离风雨落花的实体。⑤层为一大发展，已从落花的辞条转入词人的离恨。⑥⑦两层沿着离恨的轨迹愈转愈深，进入高潮。⑧层跌入绝望的深谷。总之，情感顺入式发展的词，通过由粗到细，由分析到归纳，就可以理清脉络，进入艺术境界。

逆入式一般是由欢入悲，由满足到失落。如晏几道的《鹧鸪天》：

> 彩袖殷勤捧玉钟，当年拼却醉颜红。舞低杨柳楼心月，歌尽桃花扇影风。　　从别后，忆相逢，几回魂梦与君同。今宵剩把银釭照，犹恐相逢是梦中。

词的上片极力渲染当年的热闹欢乐，目的是为了突出今日的冷落凄凉。下片朝情感的反方向伸展，取得了相反相成的艺术效果。如图：

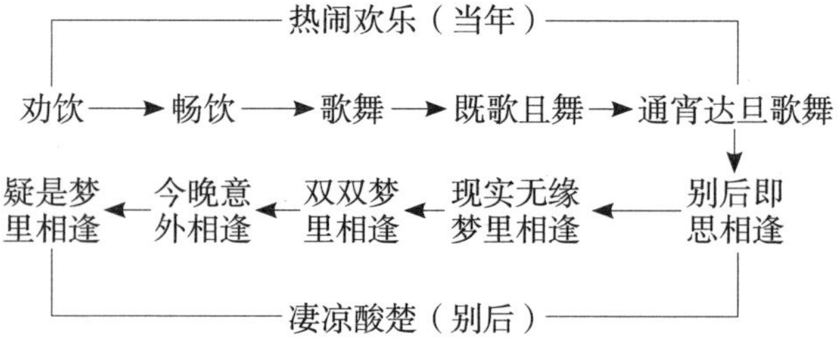

又如陈与义的《临江仙·夜登小阁忆洛中旧游》：

忆昔午桥桥上饮，坐中多是豪英。长沟流月去无声。杏花疏影里，吹笛到天明。　　二十余年如一梦，此身虽在堪惊，闲登小阁看新晴。古今多少事，渔唱起三更。

上片极力渲染北宋强盛时在故乡洛阳的豪迈与欢乐，其目的是反衬出国破家亡后的颓丧与凄凉。上下片也是朝情感反方向伸展，如图：

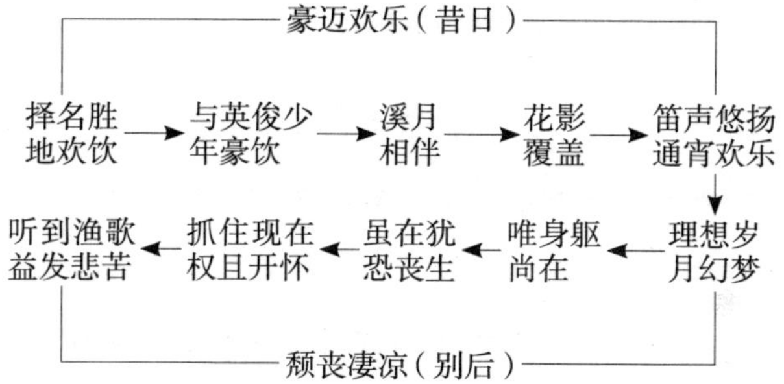

逆入式也有由忧入喜、由悲入欢的情形，如苏轼《临江仙·夜归临皋》：

夜饮东坡醒复醉，归来仿佛三更。家童鼻息已雷鸣，敲门都不应，倚仗听江声。　　长恨此身非我有，何时忘却营营？夜阑风静縠纹平。小舟从此逝，江海寄余生。

它并不采取朝反方向伸展的作法，而是由情感发展的至高点悟入目标。可用图表示：

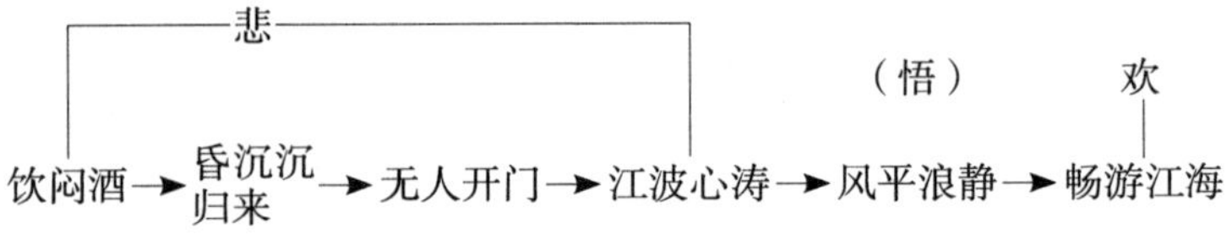

应该指出这一类由忧转喜、由悲入欢的词终究还是积淀着人生的悲哀，孔子“乘桴浮于海”毕竟是“志不行”（《论语·公冶长》）的结果，所以入欢后难于展开想象。

情感起落不定的词，悲欢忧喜更迭出现，常表现为平直起落与哀乐相乘两种情形。前者如苏轼的《水调歌头》：

> 明月几时有，把酒问青天。不知天上宫阙，今夕是何年？我欲乘风归去，又恐琼楼玉宇，高处不胜寒。起舞弄清影，何似在人间！　　转朱阁，低绮户，照无眠。不应有恨，何事长向别时圆？人有悲欢离合，月有阴晴圆缺，此事古难全。但愿人长久，千里共婵娟。

词人因苦闷而问天、正想着自己是谪仙人，要回到天上，又顾虑高空的琼楼玉宇冷得受不了，倒不如人间月下翩翩起舞；正当欢乐之际又思念起兄弟不得团聚；正为离恨所苦又想到自然规律与人生哲理，因而安于离别。情感的发展是：起——落——再起——再落——再起。因为天上、人间这相对应的两个方面各具利弊两端；悲欢离合、阴晴圆缺，这些对立的事物也是你中有我，我中有你，故起落之间并无反垫作用，是直起直落，成回环状。如图所示：

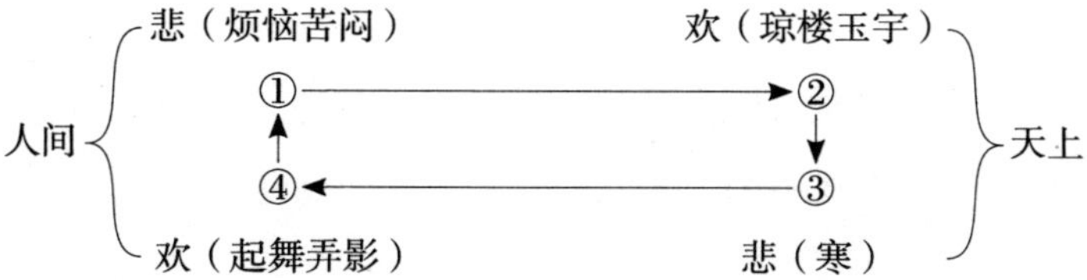

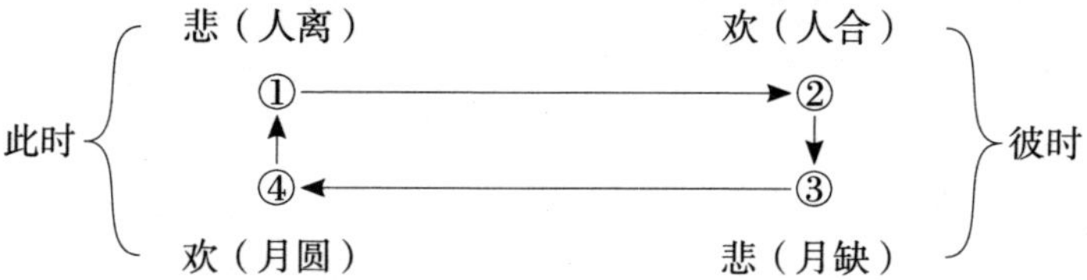

后者如辛弃疾的《破阵子》：

> 醉里挑灯看剑，梦回吹角连营。八百里分麾下炙，五十弦翻塞外声，沙场秋点兵。　　马作的卢飞快，弓如霹雳弦惊。了却君王天下事，赢得生前身后名。可怜白发生！

词的主人公在醉里挑灯看剑，意味着他的壮心在平时受到压抑，是一个悲哀的形象。正因平时受压抑，所以在梦中实现了他杀敌报国的理想愿望，痛快淋漓、情感折转。但醒后方知是一场梦，白发老人只能在梦中实现自己的理想，这就越发令人感到悲哀了。在这里情感也有由悲转喜、由喜转悲的几次起落，但每层都起着反垫作用，愈垫愈高，不是直起直落，而是哀乐相乘。如图示：

因醉而梦　　　　　由梦而醒

悲（醉里挑灯看剑）⟶欢（梦中情景）⟶更悲（梦消失，白发生）

正反互见式常表现为悲中有欢，欢中有悲，于悲中见欢，于欢中见悲。如晏殊的词：

> 一曲新词酒一杯，去年天气旧亭台，夕阳西下几时回？　无可奈何花落去，似曾相识燕归来。小园香径独徘徊。
>
> ——《浣溪沙》

词将人生短暂的悲哀和现实生活的欢乐交融在一起。一面悼惜时光的流逝、生命的衰残，感伤亲朋的生死别离，一面赞美大自然、赞美日常生活、赞美亲朋笃挚的情谊，用生命的短暂显现生命的价值。词中“夕阳西下几时回”和“无可奈何花落去”的叹惋，正是因为酒味醇浓，歌声缥缈，楼台夕照，归燕红英，美不胜收；晏殊名句如：“一霎好风生翠幕，几回疏雨滴圆荷，酒醒人散得愁多”(《浣溪沙》)，“一场残梦酒醒时，斜阳却照深深院”(《踏莎行》)，“楼头残梦五更钟，花外离愁三月雨”(《玉楼春》)，它们所表现的生活场景是那么甜美，那么具有诗情画意。只因人们聚散无常，有负造物恩赐，故词人临去回眸。人们往往把这类词看作精神空虚甚至颓丧的产物，那是只看浮面的愁思，没有深入词人微妙的内心世界。

如果说晏殊词是悲中见欢的话，苏轼的词则往往于欢中见悲。如《望江南·超然台作》：

春未老，风细柳斜斜。试上超然台上看，半壕春水一城花，烟雨暗千家。　　寒食后，酒醒却咨嗟。休对故人思故国，且将新火试新茶，诗酒趁年华。

词中充溢着对美景的赞叹和对朋友诗酒的陶醉，但如果只看到这一方面也就浅薄了。词中有“酒醒却咨嗟”句，又有“休对”“且将”等字面，它告诉我们词人内心深处尚有他的隐衷。如果联系词人筑超然台的用意和同期词作，那么其中思乡念亲、忧国忧民的愁情就益发显而易见了。这类词必须透过欢歌笑语，看到潜藏的寂寞愁苦。

第二章　人物与景物

一切文学艺术作品都要求描绘形象。对于一首小词来说，包括人物形象和与之相生相映的景物形象，即人物活动的环境、场面和气氛。词对于形象鲜明性的要求严于诗，人物形象和景物形象均有其独特的表现方式。互相间的关系处理也有一定的规律。

一、形象的鲜明性

作为提供歌唱的歌词，有必要突出形象的官能感受。音乐家认为，歌词一唱即过，不比案头文学，还可以仔细咀嚼，若不能直接诉诸于听众的感官，将无法打动情感。初期的词都是应歌而作的，形象大体都鲜明可感。如：

西塞山前白鹭飞，桃花流水鳜鱼肥。青箬笠，绿蓑衣，斜风细雨不须归。

——张志和《渔歌子》

胡马，胡马，远放燕支山下。跑沙跑雪独嘶，东望西望路迷。迷路、迷路，边草无穷日暮。

——韦应物《调笑令》

春去也！多谢洛城人。弱柳从风疑举袂，丛兰裛露似沾巾，独笑亦含嚬。

——刘禹锡《忆江南》

江南好，风景旧曾谙：日出江花红胜火，春来江水绿如蓝。能不忆江南！

——白居易《忆江南》

张志和的《渔歌子》描写了“烟波钓徒”的形象。他头戴箬笠，身披蓑衣，是捕鱼、垂钓的特有穿戴，突出一“青”一“绿”，色感鲜明。垂钓的地点是“西塞山前”和“桃花流水”之上。“西塞山”在浙江吴兴县，是兵家所争、风云变幻的地方，也是诗家怀古兴亡的所在，而“桃花流水”则是可遗忘世事的仙境。李白《山中问答》诗：“桃花流水窅然去，别有天地非人间。”于世俗所争之地，却能找到桃源仙境，都突出了主人公的超尘绝世的品格。再加上天空有白鹭在广阔的水面自由翱翔，水里有肥壮的鳜鱼趁“桃花汛”追逐、戏游，画面从上下两个方位，对主人公作了夹辅、映衬，“斜风细雨”而“不归”，又再将外形与内心同时显现。篇幅虽短，给人印象极深，千古唱诵不已。韦应物的《调笑令》描绘一匹边塞上失群的骏马。它在日暮时分彷徨四顾，面对茫茫的草原，找不到归路，用双脚不断刨地，悲鸣，又不断四处张望，显出惶急神态。这里用鲜明生动的马的形象，突显了难以表现的战士茫然思乡的苦闷心情。刘禹锡的《忆江南》将春天比作一个美丽多情的姑娘，当她离开洛阳时，设想柳条在风中轻摇款摆是她在向洛阳人挥手告别。一丛丛香兰上晶莹的露珠是她用手绢在揩拭眼泪。不仅将“春”这一抽象的概念写活了，也生动地表现了人们的惜春之情。白居易的《忆江南》用“火”形容江花，用“蓝”形容江水，画出了一幅美艳的江南风光图。璀璨的阳光照在江边临水的大片鲜花上，日光、水光、花光交互辉映，确有火一样明耀，却又因水之映衬而不失其秀媚；春江水满，既深又清，日光伴随蓝天投射水面，乍看似一缸蓝色的染料，又似一匹鲜蓝的布撒在大地上，用“蓝”形容也恰到好处。火的热烈与蓝的温润相互调剂，既得视觉的鲜明，又得感觉的舒适。

以上四例无论写人，还是写马，写春去还是写春来，都如见其貌，如闻其声，色香味触，无不逼真。这些还是人所同感的，还有些词能揭示生活的隐秘：

> 小山重叠金明灭，鬓云欲度香腮雪。懒起画蛾眉，弄妆梳洗迟。　　照花前后镜，花面交相映。新帖绣罗襦，双双金鹧鸪。
>
> 水晶帘里颇黎枕，暖香惹梦鸳鸯锦。江上柳如烟，雁飞残月天。藕丝秋色浅，人胜参差剪。双鬓隔香红，玉钗头上风。
>
> ——温庭筠《菩萨蛮》

第一首描写一个女子从起床到梳妆穿戴的过程，都是在闺房里进行的，但作者写得就如同亲眼所见：当初阳透过珠帘照在屏风的金碧山水上时，光线忽明忽暗，也许尚未起床的女子还来不及觉察是什么原因，作者却敏感到天上有云、地上有风。你看她翻身侧卧时，在枕头上揉搓得像云烟一样的鬓发，被微风吹动，在白皙的脸颊上蠕动，简直像一片云彩从雪地上缓缓地飘过那样。阳光和风令她不能再躺下去了。她起来没精打采地在那里梳洗打扮，将化妆品摸弄来摸弄去，显然晚上没有睡好，满腹心思。终于梳妆完毕，她用前后两面镜子映照，将花朵簪在发髻上，看着花如面，面如花，不禁自怜自艾，怜惜自己如花之貌，怨自己身为女子，身世就像一朵鲜花，即开即败，而迄今未有如意郎君，故此辗转反侧，夜不能眠。只有把做成双双对对金色鹧鸪形的贴花，贴在新缝制的绫罗短上衣上，寄托自己美好的心愿，也图个吉利吧！全词没有一句交代叙述，句句都是写色香体态的真切感受，全凭读者用感官去感受。第二首还更奇，竟是写女子睡梦的情景：她独卧在透明的水晶帐里，枕着玻璃制成的枕头，屋里点着香，盖着鸳鸯锦缎的被子，当香浓被暖时，她就入睡了。只见窗外月色映着烟雾朦胧的杨柳，鸿雁在月亮西沉之前腾飞，原来天快亮了。回头看那女子，她已经起来梳洗穿戴完毕。身上是浅红的秋香色衣裳，金钗上缀着剪得很精巧的装饰品，两鬓簪着芬芳的红花。当她步出闺房时，头上的人胜玉钗摇曳生风。由此判断此女子比上一首里的女子幸运，她睡得香甜，而且梦结良缘。词人懂得，越是难以体会的情形，越要写得真切，他透过鲜明的形象，深入揭示了人物的潜意识。

词多以恋情、闺情、友情、乡情、咏物、节令风物等为题材，表现温馨纤柔的感情，因而适于运用香、软、小的形象来表现。这种形象特质，并非一二人标新立异，实出于题材内容与细美幽约的情思的需要。如上所引温庭筠的《菩萨蛮》二词，既写闺情则必写少女的梳妆穿戴与闺阁所用的微细物品，而像鬓云、香腮、蛾眉、金鹧鸪、水晶帘、颇黎枕、香料、鸳鸯锦、柳、烟、雁、月、人胜、红花、玉钗，无一非小巧之物。屏风与锦被嫌大，只突出忽明忽暗的一角以及被上的鸳鸯；江面嫌阔，仅写岸柳；天空嫌大，仅见雁、月。少女闺房无物不香，而鬓云、香腮、花、面则直接带香而出。“鬓云欲度香腮雪”“玉钗头上风”，写风实际是写香。少女的肌肤、鬓发固然绵软，其他如鲜花、烟柳、月光、人胜、鹧鸪、鸳鸯，也无非软绵之物与软绵之情。前所引初期词中韦应物《调笑令》写马则属例外，其时词之题材范围尚宽，此后边塞之苍茫旷远在正统的婉约词中已不复有作。这也证明词中香、软、小的形象特质已广为人知，而达到排斥异己的程度。

词的形象的鲜明性，还体现在香、软、小与高、刚、大的异化上。香、软、小的词风不适于表现广阔的社会生活和豪壮的情怀，于是有时不得不抛弃香、软、小的形象特质。而抛弃香、软、小的特质，则有损于形象的鲜明性，为维护形象的鲜明性，于是转向香、软、小的另一端——高、刚、大。由香艳温馨的窄狭转向社稷人生的高远；由佳人才子的纤弱，转向英雄豪杰的壮烈；由银钩、金钗的小巧，转向高山大河的雄姿。俞文豹《吹剑录》云:“柳郎中词，只合十七八女郎，执红牙板，歌‘杨柳岸，晓风残月’。学士词，须关西大汉，铜琵琶，铁绰板，唱‘大江东去’。”这段话极其生动地说明了词作由香、软、小到高、刚、大发展的轨迹，及其后两种作风能兼容并蓄、并行不悖的原因在于能满足歌词形象鲜明突出的要求。

二、人物形象

词中形象不外人物形象和景物形象。要使其形象鲜明突出，必须采取适当的形式。人物形象和景物形象有其一致性也有其各自不同的表现规律。

人物形象的表现形式有人物特写镜头，人物藏于环境、景物之中，主角与配角，正面与反面等，多种表现方式。

岳飞《满江红》、辛弃疾《水龙吟》的人物特写都很出色：“怒发冲冠，凭栏处、潇潇雨歇。抬望眼，仰天长啸，壮怀激烈。”(《满江红》)岳词安排自己在一阵暴风骤雨之后，登上城楼，这就好像戏台上安排英雄在一通紧锣密鼓之后出台一样，渲染了紧张热烈的气氛。人物一照面，陡然见“怒发冲冠”，令人为之惊耸。紧接着是抬眼远望沦陷的北国河山。然后是仰天长啸，长啸之后才转入沉想。几个有力的动作既突出了英雄叱咤风云的气概，也披露了英雄的内心世界。“落日楼头、断鸿声里，江南游子。把吴钩看了，栏杆拍遍。”（《水龙吟》）落日的余晖令人黯然神伤，离群的孤雁，又从楼头哀鸣而过，一位抱着收复祖国河山的愿望毅然从北国来到江南的英雄志士，是多么想立刻冲上前线驰骋疆场啊！可是他横遭压抑，报国无门，于是只有看着宝刀切齿，拍打栏杆泄愤了。这看吴钩、拍栏杆的动作也勾画了一个爱国志士的形象。朱敦儒的“先生筇杖是生涯，挑月更担花”（《朝中措》）、“摇首出红尘，醒醉更无时节”（《好事近》）刻画了一个飘然物外、与世无争的形象，从艺术表现看也是很出色的人物特写。凡是有人物描写镜头的词，大体上抒情主人公的形象都是外露的，除去特写部分形象意趣突出显现之外，其余部分也都是环绕这一中心逐层展现。岳词于出现人物特写镜头之后，接着抒写的是对战斗生涯的回忆、对国耻未雪的羞惭、对进犯者烧杀掳掠的愤恨，以及收复河山的壮志，都是英雄内心世界的袒露。辛词在看吴钩、拍栏杆之前，是为主人公的出场作导引和铺垫。看吴钩，拍栏杆之后，也转入更深层的内心感情。无论鄙夷不屑或赞叹、仰慕，均属看吴钩、拍栏杆的内蕴。朱敦儒《朝中措》表现超轶尘世、沉醉烟霞，正是“挑月担花”的注脚。《好事近》描写渔翁活计，也是“摇首出红尘”的所作所为。所以凡作品中有抒情主人公的特写镜头则可作深入理解作品的中心和线索。

然而多数词作中抒情主人公的形象不是直接站出来亮相，而是隐藏于环境、景物之中。如辛弃疾《水龙吟·过南剑双溪楼》所表现的情感内容与上举的同调词基本一致，而抒情主人公的形象则有意用景物和典故织成的帷幕隐藏起来了，他不时一露锋芒，心粗、眼钝的人是看不明的。录词如下：

举头西北浮云，倚天万里须长剑。人言此地，夜深长见，斗牛光焰。我觉山高，潭空水冷，月明星淡。待燃犀下看，凭栏却怕，风雷怒，鱼龙惨。　　峡束苍江对起，过危楼，欲飞还敛。元龙老矣，不妨高卧，冰壶凉簟。千古兴亡，百年悲笑，一时登览。问何人又卸，片帆沙岸，系斜阳缆？

开篇即写恢复壮志，不比上篇徐徐引出。但起头五句不明言“遥岑远目，献愁供恨，玉簪螺髻”，而用“西北浮云”，不说“看吴钩”，而用雷焕宝剑入水，长数丈、精光彻天的典故加以演化。“我觉”三句，转入高寒空寂，暗喻恢复中原壮志落空的悲凉，与“可惜流年，忧愁风雨”大旨相同，而一暗一明。“待燃犀下看”四句表现的是不畏险阻，甘赴国难，与“休说鲈鱼堪脍，尽西风，季鹰归未？求田问舍，怕应羞见，刘郎才气”意思相近，后者用反诘鄙薄语调强调出自己的抗战意志，这里却只就典故联想发挥，而敛藏了锋芒。下片“峡束”三句借两水互相冲激造成“欲飞还敛”的景象，写自己理想与现实的激烈冲突，与“倩何人唤取，红巾翠袖，揾英雄泪”同一悲慨。英雄有泪本是不轻弹的，英雄有泪而至倩人揩拭，这也是一个特写镜头了。而此处则是言水，以水的柔顺而有这等壮烈，形象何等深刻！何等鲜明！何等美艳！直到“元龙老矣”六句，作者才揭开帷幕，却仍不用

“江南游子”的真实身份出现，而假托为三国的陈元龙；又不再有一丝悲慨，而竟在盛暑炎天高卧于冰壶凉垫，将千古历史的兴亡与百年人生的悲笑，只付之一时的登览，这是以假乱真、以歌当哭，悲哀有过于真人真泪。结拍言不知何人和我一样，又在此沙岸卸帆系缆。笔意悠闲复悠闲，寓意却深而又深：此人也像我一样歌哭悲笑吊古伤今呢，或竟是许汜、张翰那样求田问舍与寻觅鲈鱼、菰菜呢？实际上二者均有，非此即彼。此亦可悲，彼亦可悲。君看斜阳在缆，皆已途穷。国家之衰亡，人生之破灭，均在斜阳之中了。像这类着重描写环境景物又多用典故的词，要把握抒情主人公的情感脉络应在弄清典故的基础上，首先分解主人公的行为过程。如下图所示：

登楼：
- 观潭：看（浮云、长剑）——想（斗牛光焰）——感（山高、潭空水冷，月明星淡）——再看（风雷怒、鱼龙惨）
- 观峡：看（峡束苍江，激流飞湍）——卧（高处、冰壶凉垫）——登览：
  - 所感（历史、人生）
  - 所见（人、帆、沙岸、斜阳）

然后将词中出现的景物和人分别归并，并仔细体认其间的关系与各自的意义。如下图所示：

楼：
- 潭：剑——星月、风雷、鱼龙 / 潭下因果变化（观察结果）；高山、危栏、燃犀 / 潭上观察角度与条件
- 峡：激流　冰壶、凉垫（我）；人、帆、缆、沙岸、斜阳（他）

我——都可悲可叹——他

词中的人物一般是抒情主人公一人，但也有出现两人及多人的，如非对社会的客观描述而属词人主观抒情，则须注意与词人的关系，有的是主角与配角的关系，有的是正面人物与反面人物的关系。以辛弃疾两首《水龙吟》为例，《登建康赏心亭》中的张翰、许汜属批判对象，陈登、刘备属赞扬的人物，设想中的红巾翠袖的女子则可视作配角。《水龙吟·过南剑双溪楼》中的陈元龙属词人自称，“系斜阳缆”的人则有意不作判别，任他在想象中作正反两种身份。张孝祥《六州歌头》牵涉各阶层人物最多，有行旅、牧羊人、金寇将士、南宋爱国将士、使金使、沦陷区父老、参与宴会的爱国人士、作者。须将他们的关系理顺，方有利加深理解，试分别如下：

正面人物：	爱国将士、与宴诸人、作者 主要人物	沦陷区父老 次要人物
反面人物：	使金冠盖使、朝中主和派 我　方	名王、骑兵、鼓乐队 敌　方
群　众：	我方行旅、敌方放牧者。	

附《六州歌头》：

长淮望断，关塞莽然平。征尘暗，霜风劲，悄边声。黯销凝。追想当年事，殆天数，非人力。洙泗上，弦歌地，亦膻腥。隔水毡乡，落日牛羊下，区脱纵横。看名王宵猎，骑火一川明。笳鼓悲鸣，遣人惊。　念腰间箭，匣中剑，空埃蠹，竟何成！时易失，心徒壮，岁将零。渺神京。干羽方怀远，静烽燧，且休兵。冠盖使，纷驰鹜，若为情？闻道中原遗老，常南望，翠葆霓旌。使行人到此，忠愤气填膺，有泪如倾。

三、景物形象

景物形象的表现有大与小、虚与实、显与隐、主与客等多种方式。这里所说的景物形象与景物概念不同，是指表现每一特定思想、个性、情感、趣味的场面、环境、景物。它们在适应表现某一特定内容上变化其表现方式。要体认词中景物的内涵必先体认抒情主人公的思想情感，然后用以观察体认词中的景物。因此可以说，词中直接流露思想感情的词语是景物之眼，读者须发现这些景眼，用以观照全词的景物，方能让词中的景物都放出光彩，且都集中到一个光源上，不然景物将成为死景。以辛弃疾词为例，《破阵子》词描写了壮士英勇杀敌的场景，只有看到“可怜白发生”一语表现爱国志士的悲愤之情，然后用以观照全词，方知以壮写悲。又如《贺新郎·别茂嘉十二弟》，铺叙了许多送别之苦的历史故事，其中有男有女，还有鸟类、花草等有生之物。必须抓住“谁共我，醉明月”一语，联系辛弃疾所处时代和个人的遭遇，方知“语语有境界”。如果孤立分析，必然支离破碎，甚至陷入现象、史实的罗列与考释之中。再如《鹧鸪天·代人赋》：

陌上柔桑破嫩芽，东邻蚕种已生些。平冈细草鸣黄犊，斜日寒林点暮鸦。　山远近，路横斜，青旗沽酒有人家。城中桃李愁风雨，春在溪头荠菜花。

词中主要是描写农村景物和农事活动，有阡陌、桑蚕、山冈、黄犊、山路、酒家、青溪、荠菜，这一切究竟表现何种思想和感情，全赖末句点醒。有了末句，方知这些景物中都充满着农民纯净朴厚的品德和农村祥和温馨的气氛。你看老农们为柔桑破芽、蚕种初生而感到异常欣喜，牧童放牧的小牛犊饱食嫩芽后在呼唤它的妈妈。乌鸦觅得食物后回巢安息，在田间辛劳的人们随意到酒家喝上一盅，他们不会像城里、官场上的人那样，成天陷入你争我夺、尔虞我诈之中，到处潜伏着风险。在这里牛犊、乌鸦的形象已是农村环境与农民品质的一部分了。

王夫之《姜斋诗话》提出“有大景，有小景，有大景中小景”之说，虽就诗而言，词也不例外。就《鹧鸪天》来说，词中所描写的是由老幼、耕织、工休所组成的广阔农村的普遍景象，这是大景；溪头荠菜花是小景，而大景中之柔桑、蚕种、牛犊、暮鸦、山路、酒旗等，则是大景中的小景。大景是对农村整体状况的概括，小景则是对农村局部和农民个体的刻画。大中含小，小中见大；着眼于小，落脚于大。表现广阔的社会如此，表现一己的日常生活感受也是如此。如秦观《浣溪沙》：

漠漠轻寒上小楼，晓阴无赖是穷秋，淡烟流水
大　小　小　大　大
画屏幽。　自在飞花轻似梦，无边丝雨细如愁
小　小　大
以上为大
空帘闲挂小银钩。
小　极小
此句为小

词中较充分地体现了大景和小景的协调关系。首句写广布天宇的微寒从地平面上漫进了小楼，这是由大化小。二句言这造成轻寒的雾霭是整个晚秋气候的代表，又由小见大。一、二句由楼外到楼内，三句则内外结合：楼外是淡烟流水之大，楼内是画屏之小，内外都显得幽冷。下片“飞花”与“梦”为小我，“无边丝雨”与“愁”为大千世界，将无力自持的小我置于万劫不复的大千世界之中。最后一句以小小之“银钩”关锁全文，言以上所见都是因昨晚梦愁在心，欲钩帘消闷，而帘卷所见益增愁绪，因而挂起与放下十分矛盾。作者不说女主人注目于银钩，而以小景结篇，中着一“闲”字，让这百无聊赖的小玩意集中体现女主人的心情，也作为作者和一切受晚秋政治气候压抑的士人的写照，堪称滴水见大千。

词中写景，非必眼前的实景，有时写彼时彼地的景，有时只出于想象，因此又有实景与虚景之别。如：

长忆别时。景疏楼上，明月如水。美酒清歌，留连不住，月随人千里。别来三度，孤光又满，冷落与谁同

醉？卷珠帘、凄然顾影，共伊到明无寐。　今朝有客，来从濉上，能道使君深意。凭仗清淮，分明到海，中有相思泪。而今何在？西垣清禁，夜永露华侵被。此时看、回廊晓月，也应暗记。

——苏轼《永遇乐》

词前有序云："孙巨源以八月十五日离海州，坐别于景疏楼上。既而与余会于润州，至楚州乃别。余以十一月十五日至海州，与太守会于景疏楼上，作此词以寄巨源。"词中写到四处月夜景色：

①与孙巨源坐别之景："景疏楼上，明月如水。"

②今日对月思念之景："孤光又满……卷珠帘、凄然顾影。"

③别后月照清清淮水中的相思泪。

④孙巨源今晚在中书省"夜永露华侵被"，看"回廊晓月"。

四处月景只②处属眼前实景。①处是回忆之景，③处是虚构之景，④处是想象之景。①③④三处均属虚景。词人通过两人同时同地赏月、异时异地观月与同时异地观月，写出了两人深厚的友情。于此可见虚实景的交错并用是词人驱遣景物的妙法之一。

景物有显有隐。描绘鲜明，固然如在眼前；朦胧隐约，有时效果更好。如"几许渔人飞短艇，尽载灯火归村落"（柳永《满江红》），描写渔船点灯夜归，远望只见点点渔灯在水面飞驰，渔船与渔人留给读者想象，画面既美，内蕴又丰。秦观"高城望断，灯火已黄昏”（《满庭芳》）与姜夔“望高城不见，只见乱山无数”（《长亭怨慢》）描写黄昏在船上回望城楼上恋恋不舍的心上人，或见灯火，或见乱山，而所望之人都已隐去，这灯火、乱山正足以使隐去的人愈益浮现在作者和读者眼前。姜夔的“淮南皓月冷千山，冥冥归去无人管”（《踏莎行》）描写千山冷月之明，也正是突出冥冥之中的伤心女子。

景物有主有宾。借以表现题旨的属主，借以反衬题旨的属宾。如秦观《望海潮》，追怀当年在洛阳应策出仕结伴同游的热烈欢快，结入此次旧地重来的冷落凄凉。梅英、东风、桃花、柳絮、华灯、明月、笙笳、飞盖等，渲染当年“芳思交加”的景物是宾；黄昏的烟霭，歪斜的酒旗，归巢的乌鸦，缥缈的流水是主。虽然对当年的描写胜于今日，但作者是以当年的热烈欢快反衬今日的冷落凄凉。读到眼下的烟霭、酒旗、乌鸦、流水，再回思今日的梅英、东风和当年的桃花、柳絮等物，无处不悲。词中景物若有不同感情色调，则必须认准谁主谁宾。

景有主观之景与客观之景。带感情而出的景属主观的景，不带情感色彩的景属客观的景。试比较晏殊的两首《清平乐》：

金风细细，叶叶梧桐坠。绿酒初尝人易醉，一枕小窗浓睡。　　紫薇朱槿花残，斜阳却照栏干。双燕欲归时节，银屏昨夜微寒。

红笺小字，说尽平生意。鸿雁在云鱼在水，惆怅此情难寄！　　斜阳独倚西楼，遥山恰对帘钩。人面不知何处，绿波依旧东流。

两词均属怀人。前首“金风细细，叶叶梧桐坠”“紫薇朱槿花残，斜阳却照栏干”，客观描述景物的情状，不带感情色彩。后首上片固然是抒情，下片四句也情景兼有。客观之景耐人寻味，主观之景容易理解。

四、人物形象与景物形象的关系

人物形象与景物形象在一首词里同时出现，两者之间常不能截然分开，它们之间具有关联性和一致性。如韦庄《浣溪沙》：

清晓妆成寒食天，柳毬斜袅间花钿，卷帘直出画堂前。　　指点牡丹初绽朵，日高犹自凭朱栏，含嚬不语恨春残。

词中人物是一位盛年不偶深怀迟暮之感的艳妆女子，词中景物则是春末夏初之景，特别突出牡丹初绽朵的形象。牡丹春末开花，虽然艳丽，但丧失了春光，与“含嚬不语恨春残”的女子的心思正好互相映衬。韦庄的《思帝乡》披露少女对陌上风流年少的热烈追求，也妙在“杏花吹满头”一语以景见心，表现爱情的幸福和美所组成的花絮在她心中翻飞。

张先《天仙子》中的人物形象和景物形象的关系更加微妙：

> 《水调》数声持酒听，午醉醒来愁未醒。送春春去几时回？临晚镜，伤流景，往事后期空记省。　　沙上并禽池上暝，云破月来花弄影。重重帘幕密遮灯，风不定，人初静，明日落红应满径。

上片“临晚镜”三句描写人照影而感叹容颜衰老、往事后约成空的形象，下片“云破”句则描写花弄影而不断凋落的形象，两相对照，又以景补人：花弄影憔悴凋零的原因是天上的风，此风方向不定，用重重帘幕也遮挡不住。它实际上巧妙地补充说明了人照镜而衰老、成空，乃是人世风云的播弄。下片“沙上并禽池上暝”一句则有意用鸳鸯的亲合与“往事后期空记省”作反衬，使词人感到人反不如禽，禽鸟夜来风至，互相依傍，而人则各奔东西，有约也枉然。

景物形象不但可以对人物形象产生衬托对比的功效，也可起某种调剂作用。景物之奇壮可调和情感之柔弱，景物之纤柔可调和情感之豪壮，产生刚柔相兼的美感效果。前者如范仲淹的《渔家傲》，情感柔弱，有“家万里”之叹，还有白发流泪之悲，故欧阳修有“穷塞主词”的批评。[①] 然而全词毕竟又不失其壮，究其原因，除了有“燕然未勒归无计”一语点明“先天下之忧而忧”的精神而外，也赖景物的奇壮表现了作者的心胸襟抱。“千

---

① 宋魏泰《东轩笔录》卷十一：“范文正公守边日，作《渔家傲》乐歌数阕，皆以‘塞下秋来’为首句，颇述边镇之劳苦。欧阳公尝呼为‘穷塞主之词’。”

嶂里，长烟落日孤城闭”，是景物描写，也是白发将军的环境描写。处此雄奇特立的环境中的人物，虽弱犹强。后者如陈亮《水龙吟·春恨》，徐釚激赏其“幽秀”(《词苑丛谈》)，而刘熙载则认为“恨芳菲世界，游人未赏，都付与莺和燕”，“言近旨远，直有宗留守（泽）大呼渡河之意”(《艺概》)。原因是英雄荷戟负剑立于芳菲莺燕之中，仍不失英姿壮概。

景物形象与人物形象在互相配合上还有明暗隐显的不同搭配方式。大略言，有人景俱明、人景俱暗、人显景隐、景显人隐数种。前引韦庄《浣溪沙》《思帝乡》二词人物形象与景物形象均十分鲜明。前引秦观《浣溪沙》人物形象与景物形象均较朦胧隐约。至于人显景隐与景显人隐的情形，可以下录二词为例：

倭堕低梳髻，连娟细扫眉。终日两相思。为君憔悴尽，百花时。

——温庭筠《南歌子》

雨过残红湿未飞，疏篱一带透斜晖，游蜂酿蜜窃香归。　金屋无人风竹乱，衣篝尽日水沉微，一春须有忆人时。

——周邦彦《浣溪沙》

温词着重表现少女娇美姿容和相思情态，而景物仅点出“百花时”三字作为人物的远背景出现。暗暗表明女子盛年无偶，就像百花盛开却无人欣赏一样。周词满篇景物，明言“金屋无人”，只见风竹影，不见人影。仔细体认“衣篝尽日水沉微”一句，衣服晾在笼子上，屋里点着沉水香，再加上结尾点明忆人，原来是人物藏在床上被中，是昼寝怀人之作。回头再体会，上片句句是写怀人之因，首句描写春天将要离去，二句写一天又在百无聊赖中打发了，总未见到心上人。三句则因游蜂的酿蜜窃香反激不得与美人遇合的落寞惆怅。

景物与人物的不同搭配方式，出于各人的艺术风格，产生不同的艺术效果。韦庄风格明朗，又写男女热烈的恋情，故无论人物形象与景物形象均十分鲜明。秦观词重委婉含蓄，又表现少女莫名的惆怅，故人物、景物均影影绰绰。温词注重欣赏少女的娇美，对其发髻和眉毛的描写实际上已当作了一朵鲜花，加以篇幅短小，故以百花为背景，突出“这一朵”。周词善于勾勒景物，又注重结构安排，故人藏景中；全景均以词人面目出现，红雨、斜晖固然有其文采、美艳，游蜂窃香也见出非尔雅君子。

在一首小词里，无论是主观抒情还是客观叙事，人物形象一旦出现，它的特质是稳定的，对景物形象起支配作用，而景物形象则有其适应性。如秦观写落花，“柳下桃蹊，乱分春色到人家”（《望海潮》），极艳极乐；“春去也，飞红万点愁如海”（《千秋岁》），画面仍旧极艳，而情感则极悲。这是同一景物中渗透了不同感情。“花影乱，莺声碎”（同上词）中非但未渗透悲情，恰恰是极耳目之娱的美景，然而作者却随即将它融入深愁之中。又如“斜阳外，寒鸦数点，流水绕孤村”（《满庭芳》），境界苍凉，本出自隋炀帝诗，秦观用入《满庭芳》词，与“山抹微云，天连衰草”等凄黯景象同一画面，曾有人指出“有扞格抵牾之处”，[①]然而终究不失为一首情景交融、境界深厚浑成的名作。究其原因，无论傍晚天边的微云、衰草，或黄昏的高城灯火，均朦胧隐约，增强了它的适应性。秦观常用美景写悲情，而不用反跌法，和他善写迷蒙景象有关。

① 傅庚生《中国文学欣赏举隅·情景与主从》：“‘山抹微云，天连衰草’，‘多少蓬莱旧事，空回首，烟霭纷纷。’‘销魂。当此际，香囊暗解，罗带轻分，谩赢得青楼薄幸名存。此去何时见也，襟袖上，空惹啼痕。’是一种缠绵悱恻之情景。‘画角声断谯门，暂停征棹，聊共饮离尊。’‘斜阳外，寒鸦数点，流水绕孤村。’‘伤情处，高城望断，灯火已黄昏。’是一种豪迈怆凉之情景。二者犬牙交错于一词中，终有扞格抵牾之处。”

第三章　作者与读者

常言道“诗无达诂”，一词多解是常见的事。我们也常听到说对某一词的某种解释是“写出来的”或“想出来的”。因为文艺作品不同于自然科学，运算程序和结论一般不能改变。相反，需要读者的积极参与，需要读者的再创造。诗词与小说、散文之别在于以少胜多，重视激发情感和想象，词与诗之别又在特重比兴寄托。因此对词的鉴赏是较诗文各体的鉴赏更为复杂的问题。这本是本书各章的中心。这里只从作者与读者的关系上探讨正确的分析判断应当遵循的规律。

一、分析理解的差异与偏误

作家通过作品影响读者，作品是作家与读者的中介，它与作家本人已有差别，再达之于不同时期、不同阶层的不同个人，其间变异正如人们的面容只有大体一致而无一个完全相同一样。这是作家、作品、读者这三者差异产生的根本原因。具体分析大约有下列几种情形：作家创作时有意、无意地模糊了形象、意蕴的规定性；作意不明；作品流传致误；读者理解的偏差与深浅。

李煜后期的词作部分记录了他由国君到囚徒特定的悲苦心境，形象、意蕴是比较清楚的。如《虞美人》《浪淘沙》《破阵子》等篇明言“故国”“雕阑玉砌”“玉楼瑶殿”“三千里地”“无限江山”等等。另外一些词则未必能见出他独特的地位、遭遇和独特的心境。如《捣练子令》：

> 深院静，小庭空，断续寒砧断续风。无奈夜长人不寐，数声和月到帘栊！

词中人的环境是一个普通的庭院和普通的居室，他夜长不寐的原因并未说出，也没有任何暗示。作者在写作时本来字字句句都有它独特的内涵。如院的“深”和“静”，体现了他被幽囚丧失自由的感受；庭的“小”而“空”，又是他孤独寂寞心境的写照。这院与庭应该使他联想对比往日的玉楼瑶殿和鱼贯的宫娥，那断断续续的砧声和风声，或许令他联想到国亡前后的风风雨雨；那伴随砧声映入帘幕的明月，也应使他想起“空照秦淮”的“玉楼瑶殿”(《浪淘沙》)。但是作者在这里有意无意地抛开了作为被幽囚的帝王独有的感受，单单抓住“深”“静”“小”“空”“夜长”和月明声寒等心理感受，而获得了更宽泛、更普遍的感受性。可以理解为孤独怀人，也可以理解为追怀失去的美好岁月和破灭了的理想，还可以理解为悲悼失去的亲人等等。作为评述考证，需要论定它的特定内涵，作为阅读欣赏则不必拘定一端。这首词也许还可以凭小庭深院的环境而判断为亡国后作。《乌夜啼》则没有任何交代，更加模糊：

> 林花谢了春红，太匆匆！无奈朝来寒雨晚来风。胭脂泪，留人醉，几时重？自是人生长恨水长东！

作者面对的正在凋谢的鲜花不是一朵、一枝，也不是一个小花圃，而是一大片花林。阵阵风雨将大片鲜花无情扫落，在词人看来，那扫落的不是花瓣，而是青春、生命和一切美好的事物。看着红艳艳的一大片，刹那间变成空枝，怎不令人怨恨那造物主的残忍！看那雨中落英，仿佛带着胭红的泪光辞条归土，它是那么依恋，那么令人心醉啊！因为此一别，它永远不能再回到枝头上了！作者看着花飞花落，陷入了对人生的哀感之中。人生应比花草更加美好，人生的寒风雨雪也更残忍，所以作者得出一个沉痛的结论：人生是充满苦恨的，就像那河水席卷满地落红不停地向东流入大海一样！词中形象具有高度概括力，它已经超越了一己的悲哀，表现了深广的主题，一切时代，一切不幸的人们，都能从中看到自己的影子。

对李煜《捣练子令》《乌夜啼》这一类词作，可以从不同角度理解，发掘有深有浅。浅者与其本意接近，深者可超出其本意，但仍遵循作者思想感情发展的轨迹。还有一些作意不明的词可能产生两种截然不同的理解。如李清照的《渔家傲》：

> 天接云涛连晓雾，星河欲转千帆舞。仿佛梦魂归帝所。闻天语，殷勤问我归何处？　我报路长嗟日暮，

学诗漫有惊人句。九万里风鹏正举。风休住，蓬舟吹取三山去！

这首词一般认为是李清照晚期词作，理由是词中化用了屈原《离骚》“路漫漫其修远兮，吾将上下而求索”及苏轼词《水调歌头·中秋》“我欲乘风归去”语意，屈、苏所作均出于不得志的苦闷，正与她晚期无家可归的痛苦心情相一致。她在词中通过梦境的描写表达她要求摆脱现实的苦闷和对自由美好生活的向往。可是也有人认为是她早期的作品，因为词中表现的对自由、理想的追寻，体现了她早年的浪漫气质和豪迈的抱负；词中表现的对艺术的追寻，对缥缈仙境的追寻，以及要求摆脱狭小、寂寞的生活樊笼而渴求壮丽、广阔的精神世界的强烈愿望，均与她早年的生活和思想状况相一致。这两种相互冲突的解释都有道理，在缺乏充分的依据之前，作为学术讨论和作品欣赏都是允许的。

作年可考、情感明朗的词，也可以有不同的理解。如晏几道《临江仙》，可确认写于家道中落之后，表现了痴情公子对早已离去的歌女小苹的深情怀念。词人见落花而伤情，观双燕而念单，又沉浸在对小苹的衣着、神态的忆念之中，应是溺于情而不能自拔了。但康有为却认为“起二句，纯是华严境界”（见《艺蘅馆词选》），意谓能看破红尘。细想也有道理：词开篇即“梦”，昔日的歌舞楼台，一梦醒来原来高高锁起，空无一物；喝酒之时，也许高朋满座，酒醒后，只见帘垂空室。看来确属富含哲理的警世恒言，何况晏几道自序其词有“如幻如电，如昨梦前尘”之语，康语应非妄说。痴情与超脱，仁者见仁、智者见智。也许尚可熔二者于一炉，因事物有两面，人情也有两端。

词在流传过程中词语有变化，有的是流传抄录有误，有的是后人有意更改。因为作者多以填词为小技，不自收捡；而作为歌曲传唱，歌者也必然参与艺术创造，因而词的不同版本的差异远较诗歌为多。语句有了变化，内容自然也就不同了。作为考证必求其忠实原作，作为欣赏不妨择善而从。因为作为歌词流传人口，不应排除他人的加工、改造。如前引柳永“针线慵拈伴伊坐”(《定风波》)。有将“慵”作“闲”的，或许“慵”字属原作，所以晏殊讥笑柳永庸俗，后人改作“闲”，情趣就高雅了。我们不妨作“闲”字看。苏轼词“人间如梦”(《浪淘沙》)有将“间”作“生”的，意虽接近，侧重点不同，“人生”可概括“千古风流人物”，但较泛；“人间”着重指现实社会，作为抒发对朝政的不满，较有力度，不妨作“人间”看。有些词个别词语左右讲不通，是否流传致误，应大胆怀疑。如辛弃疾“醉里挑灯看剑，梦回吹角连营”中的“梦回”二字理解为梦醒符合一般用法，但不合实际。辛弃疾当时身居江西上饶鹅湖，属后方山区，不可能听到连营接寨的号角声。有人理解为回到梦中，作为梦境，固然可信了，但既不合一般用法，又未曾交代入梦与梦醒，为何凭空说继续回到梦中呢？因此“回”字是可疑的。经查《破阵子》从创调之始，至辛弃疾所作，首二句均作成严格的对偶，仅此“回”字与上句“里”字这个方位词不对，若作“中”字则无论对偶、声律、意义均十分妥顺。又查辛弃疾同时与陈亮的唱和词中有“硬语盘空谁来听，记当时只有西窗月……我最怜君中宵舞，道男儿到死心如铁”，正是描写陈亮中宵起舞，月夜独语，想当然这盘空硬语就是梦中指挥千军万马英勇杀敌了。“回”“中”两字在印刷体字形上也有相似之处，拓印模糊时极易造成讹误。这样说，并非认为可径直将“回”字改为“中”字，只是说明阅读欣赏唐诗宋词要考虑到版本错讹变化多的实际状况，于迷惑处应放出自己的眼光，突破迷障，提高阅读欣赏水平。

深入理解一首词需要对作家生平、思想、流派、风格有所了解，但忌带成见。一旦带上成见就像戴上有色眼镜，看不清作品的本色。如吴文英的词从当代词人张炎讥为“七宝楼台”之后，数百年来人们多以为堆砌辞藻，“碎拆下来，不成片段”，[1]其实经近年叶嘉莹等学者的缜密分析，结构颇为严密。又如周邦彦身为大晟府提举，为王朝制礼作乐，又曾献诗蔡京，人们总以歌功颂德的帮闲看待其人其词。其实《清真词》里也颇有不满朝政、批判现实的词作。罗忼烈先生就以为《满江红》词表现了政治上的苦闷、对革新派的同情和对当权派的愤恨与讽刺。结拍“最苦是、蝴蝶满园飞，无人扑！”将当权派比作满园乱飞的披着美丽外衣的害虫，要唤起人们起来扑灭它，这是何等精神气魄！[2]《瑞鹤仙》“叹西园，已是花深无地，东风何事又恶？”竟把矛头指向了君王，又是何等的胆量！相反的情形也存在，如辛弃疾公认

① 《词源》卷下：“吴梦窗词，如七宝楼台，眩人眼目，碎拆下来，不成片段。”

② 见江苏古籍出版社《唐宋词鉴赏辞典》周邦彦《满江红》鉴赏文。

为爱国志士，他的《破阵子》《摸鱼儿》等一度被人认作辛弃疾的自我歌咏，不肯分香予人。其实是赞美、同情陈亮、王正之等与自己志同道合、遭遇一致的人。苏轼唱和章质夫杨花词的《水龙吟》固然好，但舆论一律，竟将名振当年的章词压得喘不过气来。其实章词虽不及苏词，却“曲尽杨花妙处”，立意也高，自有其独到处。

二、探索创作规律与形象内涵

词人创作一首词一般应经历由情感的触发到深化，然后进入艺术形象的创造。读者读到的是艺术成品，若能逆探其创造过程，则有利于把握作品的内涵，加深理解。俞平伯说：“自学之法，当明作意。要从创作的情形回看，联系作者与读者。”（《论诗词曲杂著：略谈诗词的欣赏》）特别是某些看似琐碎而无意义的好作品尤须这样读。以周邦彦《瑞鹤仙》为例：

悄郊原带郭，行路永、客去车尘漠漠。斜阳映山落，敛余红，犹恋孤城阑角。凌波步弱，过短亭、何用素约？有流莺劝我，重解绣鞍，缓引春酌。　　不记归时早暮，上马谁扶？醒眠朱阁。惊飚动幕，扶残醉，绕红药。叹西园、已是花深无地，东风何事又恶？任流光过却，犹喜洞天自乐。

词写黄昏送客，又过小亭小憩酣饮，醉后被送至一间楼阁之上，醒后扶醉绕西园散步。乍读如一则日记，且似乎毫无意义，但从词人似闲非闲处透出一股对社会政治的不满情绪，以此为线索，思考词人每一细节就能发现他的情感触发点：

①送走朋友心怀依恋，见斜阳余晖照孤城阑角，与依恋心情相映照。

②归路经园亭与女子邂逅相遇，又有流莺动听，饮酒至醉。

③风吹酒醒，回忆醉后女子扶上马，眠朱阁的情景。

④带着朦胧醉意赏花西园，见满园鲜花，在惊风中舞动。

⑤想不问世事，求仙问道。

以上五件事细想都有诗情画意，是诗的素材。它包括友情、恋情、春光之美、闲适之乐。如何围绕一个中心串联起来？诗人本有受旧党排挤的一怀牢愁，可将它作串联线：朋友依恋是因为志同道合同遭排挤打击，女子的柔情蜜意是出于对词人遭遇的同情，喝酒、赏花是为了消除苦闷，求仙问道可以彻底摆脱世事纷扰。如何结构成篇，既围绕题旨又不露痕迹呢？词人考虑结果是在结尾轻点：要入神仙洞府，不记世上流年。这句话似轻却重，言其轻是作者无所谓的生活态度，言其重是因为它与全诗对友情、艳情、爱美之情形成鲜明对比。这结语陡转是提醒读者以上别友后的所作所为都是出于无可奈何的排遣。那么心中究竟有什么苦闷呢？词人在结局之前再安排了一句似是而非、似爱又恨的话：他本来是到西园赏花的，可又说花太多占掉了地方。东风还在吹，似乎还嫌空地太多。读者寻迹追索到此，已觉醉翁之意不在花草之间了。回看篇首，友人“客去车尘漠漠”，离城而去，似有所迫，与词人“花深无地”的感叹若合一辙。联系当时保守派到处安插党羽排斥异己，就顿然悟到友人遭到排挤而自己也即将同其命运了。如果只写到“花深无地”，粗心的读者也许仍不觉察。怎样再点醒一下呢？古人以日托喻君王，又因日出东方，也以“东君”喻君王。这里正是写春天，所以词人想到用一个“东”字点醒，用“东君”嫌太露太险，用“东风”乍露复掩，又安排“惊飚”与之相呼应，妙不可言。构思至此，一线贯串，首尾呼应，画龙点睛，血脉畅通，真如周济所说“结构精奇，金针度尽”(《宋四家词选》)。追寻作者构思至此，又疑罗忼烈先生“刺民穷财尽而犹横征暴敛”(《周邦彦清真词笺·瑞鹤仙附记》)之说有所偏离了。

从作者的创作规律可以推演作品的内涵。反之，从对作品形象、情感内涵的分析也可验证作家的创作规律。作品的形象、情感内涵可分规定性和可变性两方面。即已见的事物，已定的情感，显露的局部、显示的断片属规定性，接近与类似联想、情理的合理推导、隐藏的整体、模糊的续片属可变性。仍以上词为例：

读者从词中见到的是带郭的郊原，友人远去时扬起的迷蒙的车尘，友人远去后的斜阳远山，孤城阑角的余红；归路上经过一间小亭，有步履轻盈的多情女子劝饮，其时亭外有流莺歌喉婉转，亭外系着鞍马，亭内有酒食；醉后醒来发现躺在朱红的楼阁上，有惊风掀动帘幕；女子搀扶他到西园观赏芍药花。通过这些事物读者可以展开接近、类似与对比联想。可以由朋友的长路与车尘想到他渺茫的前程和被迫离去的官衙华屋。由女子的轻盈步履可以想象到她其他美好的情态。由她的突然出现可以想象她就住在附近。由短亭饮酒，可以推想这酒食是刚才饯别朋友时剩下的，还杯盘狼藉。喝醉的时候已是黄昏，是那位深情的女子扶他上马，因词人住所远，女子住所近，所以就住在女子的朱红楼阁上。由女子的行为举止可以推想出是一个地位卑贱却有情有义的妓女，又由“流莺劝我”来看，可能暗示是一位歌妓。词人本来酒困未消，是一股惊风把他吹醒了。女子搀扶他赏花时，因园中花木茂盛，道路显得狭窄，故有“花深无地”之叹；又因醉酒怕风，故觉风“恶”。此时他联想到朝中旧党力排新党，令新党人士无路可走，自己也终遭驱逐，于是想到应该跳出仕途风波，求仙访道。

词中已定的情意是对朋友的依恋，女子的深情劝慰，怨花深无地东风恶，希望清静安乐。由我依恋朋友可以推导朋友对我的依恋；由斜阳恋孤城阑角可推导出君王迷恋小人，王朝有衰败没落趋势。辛弃疾《摸鱼儿》“斜阳正在，烟柳断肠处”由此脱胎。由女子今日情义可推知往日对我的情义。由对东风的怨恨可推知词人对旧党势力不断膨胀、新党进一步受到排挤的痛恨和怨愤。

词中显露的局部是朋友离去，与女子饮酒、眠朱阁醒来、西园赏花等情景。隐藏在这种情景背后的是政治舞台上新旧党争的前前后后。词中显示的断片是今日朝廷的斗争，在断片的背后是斗争的继续发展及王朝最终归宿的模糊的续片。

列表如下：

规定性		可变性	
已见的事物	郊原带郭，车尘漠漠。斜阳余红、孤城阑角。凌波女，短亭、流莺、鞍马、酒食。 朱阁、帘幕、风、西园、红药。	接近类似与对比联想	友人渺茫前路、城内官衙华屋。 女子情态、短亭景色、上马与醉眠情景。 醒后搀扶赏花情景。 官场险恶与洞天的安乐。
已定的情意	对朋友的依恋，女子的深情劝慰。 怨花深无地，东风恶。 希望避开仕途风波，成仙得道。	情景的合理推导	朋友的依恋、君王迷恋小人、王朝衰败没落。 女子往日情意。 对旧党势力不断膨胀、新党进一步受到排挤的痛恨和怨愤。
显露的部分	朋友离去情景，与女子饮酒解闷情景、眠朱阁醒后情景、西园赏花情景。	隐藏的整体	新旧党争的前前后后。
显示的断片	今日朝廷斗争的一个侧面。	模糊的续片	斗争的发展与王朝的最终归宿。

三、正确运用再造想象

文学艺术的创作、欣赏的全过程都是一种创造性活动。写词是一种创造，读词是一种再创造。一首好词，应给读者留下艺术再创造的空间。容许不同阶层、不同经历、不同素质的读者都有可能发挥自己独特的再造想象。但这种再造想象必须符合作品形象情感的规定性，只在可变性范围内发挥。而且这种可变性是对应的规定性所允许的，超出可变性范围的想象应予排斥。以吴文英《三姝媚·过都城旧居，有感》为例：

湖山经醉惯，渍春衫、啼痕酒痕无限。又客长安，叹断襟零袂，涴尘谁浣？紫曲门荒，沿败井，风摇青蔓。对语东邻，犹是曾巢，谢堂双燕。　　春梦人间须断！但怪得、当年梦缘能短。绣屋秦筝，傍海棠偏爱，夜深开宴。舞歇歌沉，花未减，红颜先变。伫久河桥欲去，斜阳泪满。

这首词在爱国题材一章中谈到，有的认为是“过故居”“有感于昔盛今衰”，有的认为是“过故居、思故国”或“过故都思故都”，此外还有人认为是过故居思故姬之作，又有人认为兼有思故姬与思故国两条线索。如果我们将过故居、过故都与感盛衰、思故都、思故国、思故姬两组因子互相搭配，有一搭一、一搭二、二搭一多种方式，那么还可以增加数倍不同解释。这诸多不同解释在没弄清吴文英作词年代和他的生活情景以前都没超出可变性范围。如读者有过失去亲人的不幸，不妨从思故姬角度理解，“故都”只作实地，不具政治含义，“谢堂”二字则只是借代故居。结合作者《莺啼序》所写，全词可作如下理解：

十载西湖，曾记得有多少次和你一起被杭州美丽的湖山所陶醉，又有多少次高楼系马或渔灯分影，醉倒在你的怀抱。你预感到“春宽梦窄”，好景不长，泪水与酒浆一起泼洒在我的长衫上，至今还瘢痕点点。今天当我又一次来到杭州时，你已离开人世，我衣衫破烂、污垢，你再也不能帮我缝补浆洗了。过去你住过的门庭已经荒凉，残败的井沿上苔蔓长得很厚很长，在阴风中摇摆不已，再不见你汲水的身影了。当日伴随我俩的双燕，如今却在东邻的屋梁上作巢定居了。我也知道人间的欢欣只不过像春梦一样不会长久，但没想到我们的梦竟是那样短暂！当年你在华丽的室内，宴会桌上，依傍海棠花抱着秦筝弹奏美妙的乐曲，如今人去房空，鬼影森森，看不见你的舞姿，听不到你的歌声，只有海棠花依旧开得很艳丽，却不见你的红颜。没奈何离开我们的故居，来到了河桥上，久久地伫立，想到当年在桥上并肩照影，在桥下月夜荡舟，如今“事往花委，瘗玉埋香”，黯淡的斜阳照着我们的孤魂鬼影，已无法久留，我只得含着满腔的泪水离去。

有过亡国之痛的，多愿作另一种理解：

太平时期多少回被美丽的湖山陶醉，面临亡国惨祸，又多少回为它的沉沦而醉酒悲啼，春衫上无数的酒痕、泪斑记载着那由欢快到辛酸的岁月。今天我又一次客居当年的首都，身上的衣服虽然断裂破碎，积满污垢，作为一个流亡的遗民哪还有心去缝补浣洗！原来繁华的里巷门庭，如今因主人流亡而显得异常荒凉，只见那败井断垣上长满着青青的藤蔓，在寒风中飘摇。当年官宦人家的燕子，如今已在蒙古贵族的堂上呢喃对语了。南宋的君臣沉浸在享乐之中，却不知欢尽悲来。等到国破家亡，仍惊叹惋惜享乐的岁月如此短暂。想当年，他们在铺锦张绣的豪华住宅里，宴会歌舞，侍女依傍海棠，歌妓弹筝帘下，直至夜深不散。如今再也看不见舞影，听不到歌声。鲜花依旧盛开，而红颜已经憔悴，有的已经成了刀下之鬼。我伫立在河桥上，看着、想着，等到想离去之时，眼下的一切映照在斜阳之中，都仿佛是泪水凝成。

至于悼亡之情与亡国之恨结合的理解，则只需将以上两种解释融合起来，注意不使两线发生冲突即可。如“对语东邻，犹是曾巢，谢堂双燕”，应解作：见燕子双双呢喃对语，令我想起我俩过去的幸福欢爱。如今双燕依旧，而我们俩生死永诀，怎不令人心碎！那双燕本来栖息在我们的屋梁上，如今却巢于东邻，又令我想起刘禹锡的诗句：“旧时王谢堂前燕，飞入寻常百姓家。”在改朝换代之际，有多少人像我们一样，因国破而家亡啊！杨铁夫《笺释》既说“燕指姬”，又说“燕指降元一般人物，元起东北，故曰东邻”，这就使一爱一憎两种形象发生冲突了。又如“舞歇歌沉，花未减，红颜先变”，可解作：国家衰亡，繁华逝去，歌舞已变成悲啼。如今海棠盛开，而你却由红颜化成了阴魂。俞陛云《唐宋词选释》释为“朱颜老去”，杨铁夫《吴梦窗事迹考》释为“国未老而降者已相踵”，一比爱姬，一比叛贼，相互排斥，恐怕也不宜同时兼有此二义。

以上各种不同理解只是阅读的初步，还谈不上全面、深入的理解。作者创作一首有分量的词作，积聚了多方面的感受，表现了多方面的才情、素养。其中包含历史洞悉、现实观察、生活阅历、心理素质、道德观念、文学修养、审美鉴赏等诸多要素。它是一个综合体，是对一个作家的心灵进行观察的窗口。正如苏轼观庐山的感受：“横看成岭侧成峰，远近高低各不同。不识庐山真面目，只缘身在此山中。”（《题西林壁》）了解庐山不易，了解一篇成功的艺术品更不易。因此对一篇作品的分析应该提倡“立体性的阅读”和“创造性的阅读”。

所谓“立体阅读”即把作品视作一个多要素、多属性、多层面的综合体来挖掘，要求从多方面、多角度、多层次理解作品的内涵。既看到它的水平面，又看到它的垂直面，还要看到它的动态发展。即以上论词来说，从生活内容看，它包含了私情和公愤两大方面，私情又包括个人的江湖流落与爱情悲欢，对生活的热烈追求与理想幸福的幻灭等多层次；公愤包括对祖国河山和人民的热爱同情和哀怜，对祖国沦亡的哀伤悲悼和反思等多层次。从分析角度看，可以有爱情悲欢、人生忧患、国家安危等多个角度。从艺术表现来说，可以从结构、语言、风格、手法等多方面探讨它与所表现的时代、生活内容、情感特质的种种联系。阅读欣赏时应多方尝试，不拘成法，不守一端。如历来分析词的结构多以时间、地点、人物、场景等外在因素为线索，因而认定吴文英的某些词作是“七宝楼台”“碎拆下来，不成片段”。叶嘉莹教授在《拆碎七宝楼台》（见《迦陵论词丛稿》）一文中却以内在情感为线索分析其结构特点，显示出了吴词的细密和严谨。《齐天乐·与冯深居登禹陵》（见下篇第三章）上片站在会稽山上，却出现了雨夜禹庙神龙飞入镜湖与恶龙斗争，战而胜之的情景；下片坐在西窗灯下，却又回到了白天登览的禹陵和会稽山上，显现出“积藓残碑，零圭断壁”和山色烟雾，甚至还出现来春赛神会的热闹情景。地点从山上到山下，从室内到室外，不断转移；时间由今返古，由古至今，又由宏观的古到微观的昔，由宏观的今到微观的“同剪灯语”，再到明春的“画旗喧赛鼓”，初读令人眼花缭乱、目不暇接，真有“七宝楼台，眩人耳目”之感。但若从心理感受来看，既是目送残鸦而寄慨现实，心怀神禹，当鸦没天际、神驰禹庙之际，有关大禹神灵的传说在想象中出现就是意想中事；白天同友人同游会稽禹陵，晚上剪灯共语也自然话及白天共同的见闻，一切又都顺理成章。其实吴文英的写法就是西方现代派提倡的意识流文学的写法，现代派认为人的过去的意识，经常会浮现出来与现在的意识交织在一起，因此可以不按情节的先后、事情发生的早晚，而按人物意识流程来结构作品，打破以时间为序的叙述方式，不受时间、空间的限制，随着人物的意识流动，通过自由联想来表现主题和组织情节。允许出现过去、现在和未来的相互颠倒、彼此渗透或相互重叠，并常以正在进行的事件为中心，触发人的意识不断向四面八方辐射，形成一种网状式的立体结构。吴文英的部分词作就正是运用这种创作方法。只是通过立体的、创造性的阅读方为人发现、阐明。

立体性的阅读往往能达到创造性的效果，但要达到创造性的目的尚需有一种创造的欲望。要在作品中寻求未曾被人发现的或一直被歪曲了的内容和表现方式，即令是一句一字的发现，不仅有助于对全篇的正确理解，而且将大大激发阅读欣赏的热情、锻炼敏锐的分析鉴赏力。上千年的文学遗产，本来就虫蛀尘封，有许多地方已难见其真实面目。加以时代的变化，旧的意义可能被淹没，新的意义可能被发现，甚至作者自己也未曾料及的意义经善于创造的读者发现而令世人惊喜。如周邦彦《少年游》，周济以为“再过一分，便入山谷恶道”（《宋四家词选》），前已分析词的下片“低声问：向谁行宿，城上已三更。马滑霜浓，不如休去。直是少人行！”数语颇带性爱的挑逗性，然而全词读后却并无轻佻之嫌。其中奥妙难明，读俞平伯解说则有恍然大悟之感。

《读词偶记》云，“其上写景、其下纪言”“言中有景，景中有情”，又说“并刀如水，吴盐胜雪”八字，“状冬闺景物，至‘明’而且‘清’，与感觉心象，匀融无间……明清之源唯在于简，简斯明且清矣。”这就是说，八个字的冬闺之景代表了女主人明且清的情性，这明且清的鲜明的印象来自于语言的简洁。这就解答了挑逗而不轻佻的奥妙，原来女子“明”且“清”的情性通过八个字已深深印入读者心中，将下片女子言语中的挑逗成分大部分排除了，虽然“休去”的结果难免同眠共枕，但她的心意本是关心体贴。同眠共枕只留在读者对男女双方爱情发展的设想中。这种超越性爱的真情显得分外感人，也分外美。平伯父俞陛云说：“下阕代记留宾之言，悄深而语俊，宜其别后回思，丁宁片语，为之咏叹长言也。”（《唐宋词选释》）这里牵涉到当今的性格化、典型化的艺术原理，也牵涉到心理学、美学、修辞学等广阔的领域，给读者以极大的启发，其中许多应超出作者的本意。读者超越作者的情况似乎不可理解，倘若认识到阅读欣赏不是被动的接受而是一种主动的再创造的活动，那就不足为奇了。当然，前面已经说过，这种创造活动应在作品形象意蕴的可变性范围之内，不能任意虚构。万云骏先生曾批评过类似写散文或短篇小说那样，纯用幻想代替作品分析的作法。[1]

① 见万云骏《诗词曲欣赏论稿》二百八十九面。

第四章　词人与词中人

五七言诗大都是诗人的主观抒情，抒情主人公大体上是诗人自己。词的体制较为复杂，有许多为人代言的词和咏物词，又特重比兴寄托，还有类似赋体、戏曲体、小说寓言体，等等。这些词的抒情主人公或仅仅与词人有某种联系，或纯是他人的形象；有的词没有单一的抒情主人公，词中有多个形象荟萃、组合。他们有的协调一致，有的则互相矛盾；即使词的抒情主人公是代表词人自己，也不拘定是词人的实人实事，往往比诗有更多的假托和虚构。词中抒情主人公的复杂情形极易造成混乱，甚至众说纷纭，莫衷一是。因此，正确辨析词中抒情主人公的状况，对某些词来说，就是十分必要的了。李渔在《窥词管见》中说到词中“人我难分”的情形，比作戏台上演戏，有时自言自，有时代人言；有时独唱，有时多个角色迭唱问答，却没有生、旦、净、丑的角色，全由一人包办。“神而明之，存乎其人。”意思是理解与否没有妙诀，只有看各人的水平。我们认为问题虽复杂，标准仍旧是有的。

一、从词语、逻辑辨析

表意的准确性是一切文学作品遵循的基本准则。因此，一首词中语词的准确含义和词里词外的种种逻辑关系，是辨析该词抒情主人公状况的主要依据之一。

传说李白作的《菩萨蛮》，抒情主人公是男性还是女性似乎都讲得通。词云：

> 平林漠漠烟如织，寒山一带伤心碧。暝色入高楼，有人楼上愁。　　玉阶空伫立，宿鸟归飞急。何处是归程，长亭连短亭。

品味这首词，还是作女性抒情较适合。其一，词中描写男性怀人多写异乡凭栏，描写女子怀人多写高楼独居。这词的上片写主人公在楼上眺望，而不是凭栏。其二，词用“伤心碧”写对寒山的感受，用“空伫立”描绘主人公有所待而终归失望的情态，符合女性的心理；“高楼”“玉阶”（或作“玉梯”）也符合女性的环境。最早以怀疑语气提出该词抒情主人公是男性而非女性的是清代许昂霄《词综偶评》：“玩末二句，乃远客思归口气。或注作‘闺情’，恐误。”所谓“末二句”，实际所疑是“何处是归程”一句，认为游子叹路途遥远则可，作为居人只宜怨望中不见。其实望中既不见，而天色又晚，则自然感到游子归程的遥远了。欧阳修《踏莎行》:“楼高莫近危栏倚。平芜尽处是春山，行人更在春山外。”也是从闺中居人的角度，就望中所见，设想游子归程之遥的。另一首相传为李白作的《忆秦娥》也是代女子抒写思念之情，只因点明了是“秦娥”这个旦角唱的，才不会误解。词的结语气象宏阔:“西风残照，汉家陵阙。”前人说连范仲淹、夏竦这些伟男子都唱不出。[①]这样雄浑的男高音，岂能不误会成生角（男演员）或净角（花脸）所唱?

晏殊的《蝶恋花》与李白的《菩萨蛮》有类似情形。录晏词如下:

> 槛菊愁烟兰泣露。罗幕轻寒，燕子双飞去。明月不谙离恨苦，斜光到晓穿朱户。　　昨夜西风凋碧树。独上高楼，望尽天涯路。欲寄彩笺兼尺素，山长水阔知何处?

晏词本来也是写闺人念远的，但晏殊子晏几道有异议，认为“先君平日小词虽多，未尝作妇人语也”（胡仔《苕溪渔隐丛话》)。后来，王国维又将“昨夜西风凋碧树，独上高楼，望尽天涯路”，看作诗人忧生之词，又认作古今成大事业大学问者第一种境界，[②]所以至今有人认定词的主人公是男性。看晏几道语意是说他父亲的词别有寄托，并不一定否认抒情主人公是女性，王国维也没将

---

① 王国维《人间词话》卷上:“太白纯以气象胜。‘西风残照，汉家陵阙。’寥寥八字，遂关千古登临之口。后世唯范文正（仲淹）之《渔家傲》，夏英公（竦）之《喜迁莺》，差足继武，然气象已不逮矣！”

② 《人间词话》卷上:“古今之成大事业大学问者，必经过三种之境界。‘昨夜西风凋碧树，独上高楼，望尽天涯路’，此第一境也。”

它坐实为哲理词，而且说：“然遽以此意解释诸词，恐晏欧诸公所不许也。”（《人间词话》）词中描写主人公的生活环境是秋菊、幽兰、罗幕、燕子和高楼、朱户，显然是少女或少妇的居室，“愁烟”“泣露”，也带有纤弱的女性形象，“彩笺”一般也属女性的用品，从头至尾，处处着女性色彩。有人将词的末二句“欲寄彩笺兼尺素，山长水阔知何处？”深文曲致，强作男性抒情，甚至说词的抒情主人公怀疑他爱恋的女子变心嫁人。应该说，在封建社会里，女子变心，弃笃厚君子而去，应该说是不典型的，也就难以从中透视出某种人生哲理了。

晏殊的两首《踏莎行》词，内容相近，抒情主人公却有不同说法。录两词如下：

细草愁烟，幽花怯露，凭栏总是销魂处。日高深院静无人，时时海燕双飞去。　　带缓罗衣，香残蕙炷，天长不禁迢迢路。垂杨只解惹春风，何曾系得游人住？

小径红稀，芳郊绿遍，高台树色阴阴见。春风不解禁杨花，蒙蒙乱扑行人面。　　翠叶藏莺，朱帘隔燕，炉香静逐游丝转。一场愁梦酒醒时，斜阳却照深深院。

“细草愁烟”一首，因有凭栏销魂、深院无人、海燕双飞及“垂杨只解惹春风，何曾系得游人住”等语，作为写闺中离愁，没人怀疑；而“小径红稀”一首没点明抒情主人公的身份，却一直被认为是词人自身的伤春之作。实际两词从题材内容到写法都是一致的。两词的上片都有登楼或登台眺望的描写，下片都写闺人院落的愁思。景物也大致相同：郊外有花草杨柳，庭院有莺燕炉香。试将词中语句细加比较："细草愁烟，幽花怯露，凭栏总是销魂处"与"小径红稀，芳郊绿遍，高台树色阴阴见"，都写闺中人登楼或登台目送行人远去，触景而生离恨；"日高深院静无人，时时海燕双飞去"与"翠叶藏莺，朱帘隔燕……一场愁梦酒醒时，斜阳却照深深院"，都借深院人静，写别离后的寂寞愁苦，以莺燕的安闲自得反衬自身的寂寞伤楚；"带缓罗衣，香残蕙炷"，与"炉香静逐游丝转"，都借日中香静引逗无边的相思；"垂杨只解惹春风，何曾系得游人住"，与"春风不解禁杨花，蒙蒙乱扑行人面"，一怨柳丝只管牵动离愁，不能系住行人；一怨杨花扑打行人眼睑，隔断闺中人的视线，同是借杨柳无情痛抒无穷的离恨。两词主要的不同在于时序，一写初春，一写晚春。至于抒情主人公，应都是闺中少妇。这是既从本词的词语内涵又从同类词的逻辑联系中推知的。

二、从词人的生活、思想、文艺观与创作方法辨析

有些词的抒情主人公是不容易从词语、逻辑上辨析清楚的，还得结合词人的生活、思想以及文艺观、创作方法等加以甄别。

以贺铸的《青玉案》（见上篇第一章）为例，词的抒情主人公可以理解为一位男性失恋者，也可以理解为一位一见钟情的痴情年少，还可理解为深怀幽恨清愁的词人自身。实际上目前三种

解释都并存。取第一种理解，“锦瑟华年谁与度？月桥花院，琐窗朱户，只有春知处”，是抒情主人公对自身的感叹；取第二种理解，是抒情主人公对女子的青春意识和生活环境的痴想；取第三种理解，女子并非现实女子，而是凌波仙子，是词人理想意愿的化身。我们看词中写到横塘路，作者自命词题也是《横塘路》，这是值得我们注意的。横塘路在苏州市西南郊，词人晚年不得志，在横塘建房居住，自号镜湖遗老。龚明之《中吴记闻》卷三载：“铸有小筑在姑苏盘门之南十余里，地名横塘。方回往来其间，尝作《青玉案》词。”既是晚年不得志的退隐之作，则第一和第三种理解应互为表里，而作为失恋者的形象只能取其画面艺术形象的内蕴，不应和作者的身世联系，误作写实，认为是“贺铸在暮春时节写的怀念一个女子的作品”，令老词人有失恋之苦。我们还可将此词与作者的《六州歌头》合看。《六州歌头》中“恨登山临水，手寄七弦桐，目送归鸿”数语与《青玉案》中“一川烟草，满城风絮，梅子黄时雨”数语，前者写一腔悲愤，后者写满怀愁绪，应都是表现有才不见用，对“供粗用，忽奇功”的强烈不满。

晏几道的《鹧鸪天》（见中篇第一章）几乎无不把它当作词人自身生活的写实，说来也不是没有道理的。晏几道少年时期浮沉酒中，以声色自娱，“彩袖殷勤捧玉钟，当年拚却醉颜红。舞低杨柳楼心月，歌尽桃花扇影风”的生活确曾亲历过，“从别后，忆相逢，几回魂梦与君同”数语，也确系词人的心迹。《小山词自跋》云：“而君龙疾废卧家，廉叔下世，昔之狂篇醉句，遂与两家歌儿酒使俱流转于人间……追唯往昔过从饮酒之人，或垅木已长，或病不偶……感光阴之易迁，叹境缘之无实也。”身处穷困凄凉，往昔富贵欢乐情景难免梦惹情牵，所谓“梦魂惯得无拘检，又踏杨花过谢桥”是也。然而词的结句“今宵剩把银釭照，犹恐相逢是梦中”，却不可轻断为词人亲受。两句出自杜诗：“夜阑更秉烛，相对如梦寐”（《羌村》），杜诗写夫妻历尽患难，久别重逢，悲喜交集。小晏年青时对莲、鸿、苹、云等歌妓确有一番深情，别后也怀念不已。但已当贫穷落魄，很难想象有深夜把灯照人的密约深情，而小晏与妻相戏有“愿君同此器，珍重到霜毛”之句，足见夫妻情笃，也不应有这类事。那么这两句究竟应如何理解呢？答案仍在《小山词自跋》中：“不独怜其所怀，兼写一时杯酒间闻见，所同游者意中事。”这就是说，他的词不仅写了自身的经历，也糅合了他人的生活感受，其中有“杯酒间闻见”，也有“同游者意中事”，并非完全写实。“剩把银釭照”一语，可作多种设想，词的情感既健康，意蕴也更深广了。假若坐实在小晏身上，尽管用上许多赞美之词，却只会使词人感到难堪。

还有一层需要注意，宋人的艳词，大体上沿袭齐梁宫体诗的趣尚，所谓“立身先须谨慎，文章且须放荡”（萧纲《诫当阳公大心书》）。后人有所不知，一一断之以事实，以致欧阳修作《望江南》被诬为与外甥女有乱，周邦彦作《少年游》被说成是与京师名妓李师师相狎，避宋徽宗，躲在床下的所见所闻。我们看《望江南》词是写抒情主人公爱上了一个尚未成熟的十四五岁的天真少女，因为她尚年幼，一直隐忍未提出，也不过是常见的爱情错位的喜剧性情节，格调虽不高，却不能和外甥女扯到一起。周邦彦所写也许与他的狎妓生活有关，但也不能看作写实。特别是词中女子闺房的温馨明洁，女子的温情体贴，突出的是爱情的美好纯洁，诬作床下窃听是对文学的无知。许多优美的词作，就是由于这种无知而蒙尘受垢失去光辉，不少词人并为此声名狼藉。遵萧纲“放荡”之说而作词，难免走上庸俗色情一路；但词人于中领悟大胆言情的道理，突破诗词仅写一己或一人的感受，从而获得更高的意境、更强的艺术感染力，这确属宋词对诗艺的一大拓展。小山词正是大胆地融“杯酒间闻见”和“同游者意中事”于一己的感受之中，才使他的部分词作超越了个人的生活真实，达到了更高的艺术真实，获得了强烈的艺术感染力。

三、从艺术的真实性与完美性辨析

若说晏几道的《鹧鸪天》是有意识地追求某种艺术真实，那么也有一些词（包括晏几道的某些词）本来只是写自己感受的，但抒情主人公的客观形象已大大超越了词人的主观意图。这一类的词与其说抒情主人公的形象即词人的形象，不如说抒情主人公的形象属某一特定的艺术形象，只要词人作词时是沉浸在艺术形象之中。

晏几道自作词大胆言情，却说他父亲“未尝作妇人语”，认为《玉楼春》中的“年少”一词是“青春”的代词（见胡仔《苕溪渔隐丛话》），表现了他艺术见解的模糊和不彻底性。如果我们按晏几道的说法将晏殊词“绿杨芳草长亭路，年少抛人容易去”句中的“年少”认作“青春”的代名词，则读此词索然无味。晏殊《玉楼春》的艺术魅力正在于词中多情的少女形象，而不在于词人青春易逝的教诲。不管词人作词的主观意图如何，他必须首先沉浸在多情的少女形象之中。

据说秦观应试未中而作《画堂春》寄慨，因为词中有“杏园”，是新进士宴游之地。词云：

> 落红铺径水平池，弄晴小雨霏霏。杏园憔悴杜鹃啼，无奈春归！　柳外画楼独上，凭栏独捻花枝。放花无语对斜晖，此恨谁知？

秦观词继承楚辞香草美人的传统表现手法，常将自己身世和纯真的、不能掌握自己命运的少女联系起来。这词兴许是借少女伤春写自己怀才不遇的悲哀，可是这个少女的形象写得太真切了，特别是从“凭栏独捻花枝”跌入“放花无语对斜晖”，写出了天真少女满怀希望骤然破灭的无限悲哀，近乎一尊优美生动的浮雕。面对它，词人怀才不遇的主观意图不得不退避三舍了。

人们往往用读诗的方法来读词，将词人的形象取代词中抒情主人公的形象。如对秦观名篇《满庭芳》（见下篇第三章）有三种不同的解释：一说词人写官场失意，二说为会稽太守席上所见某女子而作；三说写词人与他眷恋的一个女子的离别情景。看来这三种解释都不很恰当，都有损于艺术形象的真实性和完美性。关键问题就是将词人的形象取代了抒情主人公的形象。还是周济独具慧眼，指出“将身世之感，打并入艳情，又是一法”(《宋四家词选》)。即是说，词中的形象是运用艺术手段完成的艺术形象，既非单纯的身世之感，也非专为某女子而作。

词至南宋，吸取了多种艺术表现手法，艺术形象愈显得复杂多变，已不能凭词中某一形象来确定词人的形象与抒情主人公了。如辛弃疾的《沁园春·将止酒戒酒杯使勿近》：

> 杯汝来前！老子今朝，点检形骸。甚长年抱渴，咽如焦釜，于今喜睡，气似奔雷。汝说：“刘伶，古今达者，醉后何妨死便埋。”浑如此，叹汝于知己，真少恩哉！　　更凭歌舞为媒，算合作平居鸩毒猜。况怨无小大，生于所爱；物无美恶，过则为灾。与汝成言，勿留亟退，吾力犹能肆汝杯。杯再拜，道麾之即去，招则须来。

词中出现了“吾”（“老子”）和酒杯的形象，“吾”呼酒杯前来，义正词严地怒斥酒杯的阴险狠毒，表示要与酒杯绝交。而酒杯则外恭内黠，再拜道：“麾之即去，招则须来。”实际上吾和酒杯代表着戒酒人的矛盾心情，词的抒情主人公已不再是一个独立的形象，而化成了“吾”和“酒杯”两个形象了。刘过的《沁园春·寄辛承旨》，仿效辛体，又有发展：

> 斗酒彘肩，风雨渡江，岂不快哉？被香山居士，约

林和靖，与坡仙老，驾勒吾回。坡谓："西湖，正如西子，浓抹淡妆临照台。"二公者，皆掉头不顾，只管传杯。　　白言："天竺去来，图画里峥嵘楼阁开。爱纵横二涧，东西水绕；两峰南北，高下云堆。"逋曰："不然，暗香浮动，不若孤山先访梅。须晴去，访稼轩未晚，且此徘徊。"

它进一步将词人的形象化为"吾"与"香山居士""林和靖""坡仙老"四人，"吾"表示乐意趁风雨渡过钱塘江赴招，白、林、苏三人则强留"吾"游西湖，要他等天晴再去访稼轩。其实"吾"和三位西湖不同时代的主人各代表词人一方面的想法，他既想赴招，又留恋杭州西湖的山水风光，且又考虑天气不好，不便上路。最后决定，先在西湖玩，等天晴了再到辛弃疾那里做客，于是写了这首词当书信寄给了辛弃疾作为对他的邀请的答复。以上两首词中的多个艺术形象只具有艺术的真实性，而不具有现实性。假若凭借第一人称和语气确断"吾"为词人形象或抒情主人公形象，而将酒杯与白、林、苏看作是词人形象或抒情主人公形象的对立面，显然是对词旨的曲解。

四、尊重实际，排除成见

以上所谈对抒情主人公的误认，大体上是由于对词体艺术表现的特殊规律认识不清而造成的。如以辨析五七言诗的作法来辨析词；以词人的形象代替抒情主人公的形象；单纯以人称和语气判断；或就词论词，脱离词人的生活思想和创作实际；或又将词人的某一生活内容解释词人的某一首词；甚至为了给某些词的内容找到现实依据而不惜捏造某些事实；等等。除此以外，尚有因为带着某种成见而妨碍对词的抒情主人公作正确辨析的情形。

辛弃疾是一个杰出的爱国词人。他的英雄事迹，他的备受压抑的身世和愤激的感情，是人所共知的。但若排除同时代人具有类似的生活遭遇和思想感情，则是一种偏见了。辛弃疾的大量词作固然是纯粹的自我表现，但也有少量词作的抒情主人公既非某一异性，也非词人自己，而是某一个生活遭遇、思想性格与自己相近的知己。辛弃疾词中某些为某人而赋的词即属此例。如《破阵子》（见中篇第一章），标题是“为陈同甫赋壮词以寄之”。词的抒情主人公本是陈同甫，陈同甫也是一个英雄豪杰，他“生而目光有芒，为人才气超迈，喜谈兵，议论风生”（《宋史·陈亮传》），“曾六达帝庭上书，论恢复大计。又伏阙论宰相非才，无以系天下望”（《名臣言行录外集》卷十六）。还曾身佩利剑到鹅湖与辛弃疾共商恢复大计，别后作词将自己和辛弃疾比作龙虎二剑，又表示要振臂高呼，一举瓦解敌寇，干出一番轰轰烈烈的统一大业。辛弃疾在和词中回忆陈亮在鹅湖做客时中宵舞剑，又在深夜梦中发出喊叫声。这些事实都和《破阵子》词的内容拍合。可是人们都认定词的抒情主人公是辛弃疾自己，而将陈亮排除，充其量让陈亮沾点儿边而已，这是很不公平的。这种偷换抒情主人公的作法，不管自觉与不自觉，对词人的光辉形象不但无益，反而有损。在《摸鱼儿》（见中篇第一章）中，词人先是站在王正之的角度，抒发他受排挤、遭压抑的满腔悲愤，然后对朋友加以劝慰。在“君莫舞”前是代王正之说话，“君莫舞”数句才是词人对王正之的劝慰。王正之一生数遭谗毁，几度罢官，虽曾得孝宗赏识，但终究未得重用。楼钥为王正之写的《墓志铭》称，“皇皇孝宗，知公最深……然中外践敭，终不得一登禁近”。辛弃疾作为王正之多年的知己，二人有着共同的命运，所以在王正之设酒为自己送别时，就小山亭的落红、芳草、画檐、危栏、蛛网、飞絮等，写王正之累遭谗毁的苦闷和送别友人时的依恋。词开篇写风雨送春、春归无路，结尾写黄昏倚栏、眺望肠断，将惜春与惜别、个人升沉与国家兴亡相互联结，是一首有寄托的别情词，在《行为与情感》章已谈到。别情词有变换抒情角度的作法，比如欧阳修的《踏莎行》（见下篇第二章）先写自己的离愁，接写闺中人对自己的思念，结尾“楼高莫近危栏倚”三句转过身来对闺中人加以劝慰。像《摸鱼儿》这样写明为人而赋的词，注释、论述以及读及该词者，几乎无不将辛弃疾取代王正之，以词人的形象取代抒情主人公的形象。令读者只知有辛弃疾，而不知有王正之其人。辛弃疾另外一些为人而赋的词，如《太常引·建康中秋夜为吕叔潜赋》《阮郎归·耒阳道中为张处父推官赋》等，情形也相类似。

对辛词张冠李戴的情形多出于对辛弃疾爱国思想及其英雄事迹的崇敬和赞扬。也有一种与此相反的情形，即某一作家行为上有某些污点，本来他的某些作品也是曲折地表现了词人某种可贵的精神品质的，可是人们在讨论他的词的时候，却有意无意地将词人的形象抹掉了。史达祖可能就是这样一个例子。前已说过，史达祖曾投靠过韩侂胄，当代和后世对他的人品都是鄙弃的，他的名篇《双双燕》向来被认为只是以单纯咏物取胜，其实词在咏物背后深藏着爱国思想：

> 过春社了，度帘幕中间，去年尘冷。差池欲住，试入旧巢相并。还相雕梁藻井，又软语、商量不定。飘然快拂花梢，翠羽分开红影。　　芳径，芹泥雨润。爱贴地争飞，竞夸轻俊。红楼归晚，看足柳昏花暝。应自栖香正稳，便忘了、天涯芳信。愁损翠黛双蛾，日日画栏独凭。

词以大部分篇幅描写燕子欢乐情态，结尾表现房主人对双燕只顾自己的安闲游乐，忘记传递天涯信息的不满，是点题之笔。这首词和同期其他词人的咏物词一样，也是有寄托的。请看他别的词作是怎样写燕子的吧！《阳春曲·杏花烟》云："如今故里信息。赖海燕、年时相识。"《东风第一枝·咏春雪》云："料故园不卷重帘，误了乍来双燕。"这两处的燕子都是和对故园的思念相联系的。再看他又是怎样愤恨和谴责置国家危亡于不顾，而一味追求个人享乐的统治者的吧。《满江红·九月二十一日出京怀古》云："更无人擫笛傍宫墙，苔花碧……老子岂无经世术，诗人不预平戎策。"《秋霁·江水苍苍》云："故园信息，爱渠入眼南山碧。念上国，谁是、脍鲈江汉未归客。”我们将这些词作和《双双燕》联系起来看，“愁损翠黛双蛾”的少妇形象正是词人形象。他关心的“天涯芳信”，正是故园的信息，他的故园又恰好是北宋的首都汴梁；他不满的“看足柳昏花暝”“栖香正稳”的双燕，则是对国家的兴亡无动于衷，见西风起乃思吴中菰菜、莼羹、鲈鱼脍的张翰之流。词人的爱国心迹历历可见，千载以下，无人道及；“双燕”沉迷逸乐，却被认为是人的勤快、美丽等优秀品格的表现，足见成见之深，误解之重！

第五章　人品与词品

人有人品，词有词品。“文如其人”，读其文不能不想见其为人，人品影响其词品，词品反过来表现、印证其人品。词品的高低决定它社会影响的好坏大小，也决定读者阅读的效益。人品与词品有其稳定和变化的大势，又有复杂的相互关系，因此应在具体分析的基础上，确立品评的原则。

一、人品与词品的关系

（一）人品与词品定变的大势

人们常说：“血管里流出来的都是血，水管里流出来的都是水。”古人也说“言为心声”。近代人多以“真、善、美”作为作人与作文的共同标准。作为抒情文学的诗词要求真情流露，词尤以抒情深细、敢于暴露深层意识为其特色。词中所写多为爱情、友情、亲情、乡情、爱国之情等美好温馨的感情。“词之为体，要眇宜修”（王国维《人间词话》），从语言、音律到形式、结构都要求精美，是一种美文学。古人用“娇女步春”形容词从内容到形式的尽善尽美。试想美丽的少女又加以打扮，在美好的春光里舒心地散步，她的外貌、步履和环境之美固不待言，她的内心所激发的情思之美更是无从描绘。人们说欧阳修的文章模样就像他上朝执政一样，袍笏冠履，正襟危坐，支持范仲淹的“庆历新政”，坚持正义立场，不畏强暴，既善且美，但难以亲近，缺乏一种亲切感，也看不透他的内心。他的诗不像文章那样严肃，时而讲个笑话，开个玩笑，所谓“资谈笑，助谐谑”，但又不太注意形象的美，竟出现喝醉酒鼾声如雷苍蝇爬满一脸的模样。[1] 词中出现的欧阳修则是一个风流倜傥的美少年，有时还竟变成一个美貌多情的少女，他向人们坦率亲切、娓娓动听地诉说他的欢乐苦闷与爱情相思，因而真、善、美三个字都得着了，和他的人品取得了高度的一致。应该说词与诗文比较，的确更逼近于作家的人品，且更充分地展现了他的品位。

张耒《东山词序》云：“或者讥方回好学能文，而唯是为工，何哉？余应之曰：是所谓满心而发，肆口而成，虽欲已焉而不得者。”王国维《人间词话》云：“词人者，不失其赤子之心者也。”都是说明词这种文体最能表现真性情。一般来说，词品表现人品，人品的高低，影响词品的高低，但也不尽然。沈祥龙《读词随笔》阐述得更准确更严密，他说：“古诗云：‘识曲听其真。’真者，性情也。性情不可强，观稼轩词知为豪杰，观白石词知为才

① 欧阳修《六一诗话》：“退之（韩愈）笔力无施不可，其资谈笑，助谐谑，叙人情，状物态，一寓于诗，而曲尽其妙也。”欧阳修诗《奉呈原父舍人圣俞直讲》：“中年鼻鼾尤恶声。痴儿掩耳谓雷作，灶妇惊窥疑釜鸣。苍蝇蠛蠓任缘扑”。

人，其真处有自然流出者，词品之高低，当于此辨之。”这就是说，词曲固能见真性情，真品格，但这种性情、品格并非那么单纯，人品也并不等于词品，尚需细“听”属纯属驳，孰轻孰重，要属自然流露的才能代表他的词品。人品与词品均非一成不变，有总体与局部，一生与一时，主流与支流，善恶、美丑的交叉等情形。单就词品来说，还有一个思想与艺术的分途问题。

辛弃疾的词从总体来看，爱国精神、爱国热情达到了时代的顶峰，堪称英雄豪杰，为了实现国家的统一，乐意赴汤蹈火，英勇献身。但他也有一些消极的流连诗酒、啸傲溪山、意欲忘怀世事的作品。多数词中则是积极的情绪和消极的情绪互相伴生。如名篇《水调歌头·舟次扬州和人韵》，上片回忆当年战胜金主完颜亮的战役，“汉家组练十万，列舰耸层楼”，我水军阵势威严；“季子正年少，匹马黑貂裘”，词人少年英俊，气概非凡。下片则转写经受摧挫以后“倦游欲去江上，手种橘千头”的消极避世思想，并劝诫朋友“莫射南山虎，直觅富民侯”。就其词作的主流来看，确称“豪杰”之品，即令流连湖山也可透过烟浪云影望见豪杰的项背。支流不能与其主流截断联系，却也不可等量齐观。朱敦儒也有一些爱国精神强烈、气概不同凡响的词作，但“摇首出红尘”（《好事近》）与辛弃疾的牢骚语不同，他对“挑月担花”（《朝中措》）兴趣果然颇浓，因此他的爱国词从总体来讲，品位应比辛弃疾低。同理，姜夔也有“却笑英雄无好手，一篙春水走曹瞒”（《满江红》）的豪情，却长期沉浸在“小红低唱我吹箫”

的“烟波十四桥”的境界里，[①] 毕竟只是一个“才人”。

柳永和周邦彦属另一种情形。他们的人品总的说来并不高，他们有正义感、同情心，受压抑，敢吐露对朝政的不满，但不免歌功颂德以求进身之阶；又生活放浪少检，有其庸俗一面，善恶美丑交叉，人品不高。但两人是专业词人，在词的创作上成就很高，他们的某些词作艺术上的光辉即足以令读者叹赏不已，情感内容的庸俗面往往被艺术光辉所遮掩。如柳永的《雨霖铃》(见下篇第一章)本是写与青楼妓女的私情，这在任何时代都不是道德所许可的，然而它却能令读者感受到爱情的真挚可贵，才人流落江湖的值得同情，终被列为宋金十大曲之一，广为传唱。《望海潮》(见上篇第五章)目的在颂扬杭州太守的政绩，难说没有某种代价和私情，但它能使读者感受到祖国江山的多娇与人物的繁丽，竟至令金主亮起投鞭渡江之志，也不应排斥于上品之外。周邦彦《少年游》尽管突出了女子心地的明清和温馨，仍隐约可见作者轻薄佻达的劣根，[②] 而《西河·金陵怀古》缅怀古今，胸襟博大感慨遥深，与王安石《桂枝香》并驾前驱。[③]《满江红》“昼日移阴”借香草美人抒发政治苦闷和对当权派专横肆欲的愤恨，“背画栏，脉脉悄无言、寻棋局”，于美人寂寞无聊的神态中透发出关乎国家前途命运的深沉思虑，结语“最苦是、蝴蝶满园飞，无人扑”，竟暗示盼望铁腕人物扑灭横行无忌的朝中小人，表现

---

① 姜夔《过垂虹桥》诗：“自作新词韵最娇，小红低唱我吹箫。曲终过尽松陵路，回首烟波十四桥。”

② 参见中篇第三章周词分析。

③ 参见上篇第三章周、王二词介绍。

了豪迈的气概和坚贞的政治品质。[①] 词中“枕痕一线红生玉”“宝香薰被成孤宿”等对美人面容睡态的描写非但不见庸俗、色相，反使形象显得更高雅动人。总之，人品与词品从整体和主流来看，有各自的稳定性、一贯性；但从具体行为和具体作品来看，又有各自的驳杂性和差异性；从人品与词品的关系看，有两者的一致性，也有各自的独立性。

（二）人品与词品关系的几种类型

人品与词品的关系十分复杂，要准确地判断谁的品位高低是相当困难的。历代有不少人作过品评，不同时代、不同品评者有不同的标准，都没有得到公认。我们今天也不可能完成这项工作，最后的结论实际上是没有的。至于人品与词品关系的几种类型则有可能分辨清楚。这是品词的主要依据。大致划分，可有下列四种类型。

一类是人品与词品均属上乘，李煜、晏殊、张先、欧阳修、晏几道、苏轼、秦观、贺铸、李清照、张孝祥、陆游、辛弃疾、姜夔、刘辰翁、王沂孙、张炎等属这一类。他们的人品没人提出怀疑，词的评价都高。只李煜作为一国之君，政治上有得有失，宫廷生活有些荒乐，有人不满，有所指责。但论其身份与处境也在所难免，且其有影响的词作多作于国亡之后，囚徒生活颇令人同情，又秉性尚纯正，词作分外感人，故仍不失为品格高的词人。

---

① 参见中篇第三章周词分析。

在这些上品的词人中，又因其成就与影响的大小可分为三个不同的层次：第一层当推苏、辛二人，无论其德操行事或政界、文坛声望，也无论其题材内容、艺术水平与作品数量，都居领先地位，是词坛的魁杰。第二层应数李煜、晏几道、秦观、李清照、姜夔数人，他们的胸襟视野不及苏辛广大，才情也不及苏辛宏博，但他们的人品均有可称道，如李煜、晏几道的真纯笃挚，秦观的坚贞纯良，李清照的忠爱坚韧，姜夔的正直清高，均给人以鲜明突出的印象。他们的词作均有较高的建树，影响深远，高者为苏辛所不及。其余属第三层。晏殊、欧阳修立朝廉直、刚正不阿，奖掖后进，开启后学；张孝祥、陆游堂堂正气，爱国爱民；刘辰翁、王沂孙、张炎哀念国事、荣辱与共；张先、贺铸事迹不多见，但看张与晏殊相公交厚，贺与赵宗室联姻，二人才高位卑，应属中有所守、有所不为者。此数人的词作均有各自特色和一定影响。

二类是人品属上乘，词品稍逊。黄庭坚、张元幹、陈亮、刘克庄等属这一类。这类词人刚正不阿、爱国爱民，词作成就可观，但略逊于一类词家。其中黄庭坚成就影响较大，却嫌流品杂、情趣俗，曾有“下割舌地狱”之讥。其余数人均较粗犷。

三类是人品有瑕疵，不同程度影响词品。这一类又可分为三种情形：一种是政治品质有疑。如冯延巳、朱敦儒、史达祖、吴文英等。冯延巳作为南唐相国，朝政不修，被认为“专蔽嫉妒”，有“五鬼”之称。朱敦儒曾为秦桧所用，史达祖投靠过韩侂胄，政治上均有污点。吴文英属江湖游士，难免歌功颂德，又多投赠之作。又一种是生活品质有疑。如韦庄、温庭筠、柳永等。韦庄一度生活放浪，风流逸乐，过着“骑马倚斜桥，满楼红袖招”（《菩萨蛮》）的浪漫生活。温庭筠有饮酒、赌博、嫖娼等放纵行为，《旧唐书》有“士行尘杂”“不修边幅”的评语，词也“侧艳”。柳永“薄于操行”“纵游倡馆酒楼”（《苕溪渔隐丛话》后集卷三十九引《艺苑雌黄》），品行也不为人所重。词作中有不少庸俗色情的描写。从怀才不遇的愤怒和对封建礼法不满的角度看，有其积极意义，但这种作法终归是消极的，站在今天的高度观察，仍不宜予以肯定。还有一种是政治品质与生活品质均有疑。如周邦彦，初因献《汴都赋》为王朝歌功颂德而得官，后又提举大晟府，更为没落王朝制礼作乐，这是政治品质上的疑点；“疏隽少检，不为乡里推重。”《宋史》所记不为无因，宋人笔记所记秽行虽多无稽之谈，但也很难一一廓清，况词中诸如“马滑霜浓，不如休去”（《少年游》）、“土花缭绕，前度莓墙”（《风流子》）、“夜色催更，清尘收露，小曲幽坊月暗”（《拜星月慢》）等寻花问柳、越墙潜户之事，累累津津乐道，则生活品质也当有疑。

四类是人品与词品均有可取，又均有瑕疵。如刘过，为人慷慨重义气，志大心雄，一腔忠愤，可惜放浪江湖，玩世不恭，靠向达官贵人投诗献词为生。词作慷慨悲凉，真有“笔底六月冰雹寒”（陆游《赠刘改之》）之感，又富于创造性，但也有纤巧卑弱的文字游戏。

二、品评的几项原则

根据以上对人品与词品定变大势与关系类型的分析，可以得出以下几项品评的原则：第一，品词应参照人品；第二，词品不等于人品；第三，应分辨作家词品与具体作品的词品；第四，词品的高下应以思想、艺术水平为主要依据。

（一）品词应参照人品

在词的鉴赏中，常常有溢美的情况。为了发掘作品的价值，不顾作者的原意，对于作品中流露的庸俗、落后甚至丑恶的东西加以回避和美化。对柳永、周邦彦的恋妓之作的分析就常常出现这种情形。前已谈到词人与艺妓的爱情在封建时代的上层社会本是有其积极意义与情感光辉的，但要看其情感底蕴，分辨纯洁高雅与庸俗色情。同一作家的不同作品可以有不同的品格。如柳永、周邦彦有许多这类作品，品格千差万别。柳永《雨霖铃》、周邦彦《瑞鹤仙》等属此类词的上品，但中品、下品也不少。柳永劣迹较著，词作通俗明朗，较易分辨，为他遮掩美化的情形少些。周邦彦劣迹较隐，又有王国维等为他开脱，词作雅丽含蓄，遮掩美化的情形多见。如《瑞龙吟》“章台路”,《风流子》“新绿小池塘”,《拜星月慢》“夜色催更”等篇情调都不高。

《瑞龙吟》写的是狎妓的体验，罗忼烈先生学问博洽，证得此词为借“章台感旧”表现政治的沧桑之感。[①]词中用了三位“风流人物”——刘禹锡、李商隐、杜牧的故事，背后的一段政治上的辛酸史与周邦彦密合，应属可信。但这不能说明作者的思想感情是健康的、高尚的。一则借以表现政治感受的狎客形象是庸俗、色情的，他所追求的政治理想则是一个初学拉客的妓女，他怀念的是女子“乍窥门户”，引诱嫖客的情态，他感叹不已的是如今她又属于别人。总之，表现的是一种低级庸俗的情趣。作者借以形容的也恰恰是轻薄的杨花。试与秦观的词作一比较，则显然两种境界：秦观《踏莎行》（见上篇第一章）也是借男女之情写政治上的失意，词人所追求的是一位桃源仙女，她连面容都未显露，表现的是一种纯精神的联系，但“雾失楼台，月迷津渡，桃源望断无寻处”所包含的形象是格外的美，所引发的情愫也格外的浓挚、纯雅、高尚，梅花、红鲤、潇湘之比也切合他高雅的情操。二则周邦彦的政治沧桑本身未必包含深刻的社会意义，也未必值得同情。如以秋娘比章惇，章本是借新法徇私舞弊、结党营私的人物。词人寄望于“秋娘”的是“吟笺赋笔，犹记燕台句”。据分析这“燕台句”是指他歌功颂德一再进献的进身之阶——《汴都赋》，则词中“知谁伴，名园露饮，东城闲步”所表现的正是欲同流合污而不能的怅惘之情。[②]刘熙载说：“周美成词，或称其无美不备。余谓论词莫先于品。美成词信富艳精工，只是当不得一个贞字。是以士大夫不肯学之，学之则不知终日意

① 见江苏古籍出版社《唐宋词鉴赏辞典》周邦彦《瑞龙吟》鉴赏文。

② 参见《唐宋词鉴赏辞典》周邦彦《瑞龙吟》鉴赏文。

萦何处矣。”《艺概》之言道中了周词的要害，他用生活上的不洁形容、比附政治上的不洁，正是自然流露，代表了他的词品。即如为他开脱的王国维也认为“永叔、少游，虽作艳语，终有品格。方之美成，便有淑女与倡伎之别。”（《人间词话》卷上）

《风流子》词据王明清《挥麈余话》载，是周邦彦任溧水令时所作，“其时主簿之姬有色而慧，美成常款洽于樽席之间。世所传《风流子》词盖所寓焉。……词中新绿、待月，皆簿厅亭轩之名焉。”垂涎于同事之姬，大损德行，确不可轻易加罪于人，有辱斯文。前辈为之辨诬，认为属一般的怀人之作，也无政治寄托，这是公正的、可信的。但为提高其思想境界，认为“不妨把它和《蒹葭》以及《离骚》中的“帝阍”“瑶台”相提并论，这又未免脱离词作实际，有溢美之嫌。[①] 录词如下：

> 新绿小池塘，风帘动、碎影舞斜阳。羡金屋去来，旧时巢燕；土花缭绕，前度莓墙。绣阁里、凤帏深几许？听得理丝簧。欲说又休，虑乖芳信；未歌先噎，愁近清觞。　　遥知新妆了，开朱户、应自待月西厢。最苦梦魂，今宵不到伊行。问甚时却与，佳音密耗，寄将秦镜，偷换韩香？天便教人，霎时厮见何妨？

词写男女双方已经约好当晚相会，但男方由于某种情况不能赴会，他隔着池塘和庭院望着对面楼上女子的窗户。池塘里泛起了新绿，楼上的帘影带着斜阳的余晖映在碧波之中，这美丽的帘影

① 参见《唐宋词鉴赏辞典》周邦彦《风流子》鉴赏文。

在想象中映衬着心上人，又时而被风卷起，渴望一见其容颜与身影，极具诱惑力。这时燕子飞过，又令他想起过去欢会时曾与它作伴，今天它可继续自由来往女子的金屋，而自己却不能。眼前的院墙是前次翻越过的，那上面的莓苔和缭绕在土墙上的藤花还很熟悉。可是即令黄昏月上，也不敢再轻举妄动了。正当急不可待之时，从绣阁风帏中传出女子弹奏凤求凰的乐曲，越发按捺不住相思浓情。想写信另行约会，又怕有失错；想用歌唱一吐郁结，还未开口先已咽不成声；想借酒浇愁，又怕愁上加愁。这样折腾的结果，时已黄昏月上，他又想象女子已梳妆打扮，打开房门，在西厢等待他再次越墙相会，可是她却没料到他今晚不但无法赴约，很可能一夜无眠，连往常的梦中相会也不可能了。只有把希望寄托于来日的约会，即便是短暂的相会也好。从全词内容来看，越墙穿户、窃玉偷香乃主人公所为，而女子也不安分。此种描写在《西厢》里针对封建礼教对男女爱情的扼杀有其积极意义，在这首小词里并无任何社会背景的交代与暗示，而又将单纯的卑污行径加以美化，实在不能称之为理想的化身。从艺术表现看，运用对照写法，男女双方一明一暗，互相激射，层层深入，既有诗情画意，又有戏剧情节，起结过渡，前后照应，手法高超，但词品却不宜拔高。其余如《拜星月慢》写“小曲幽坊月暗”的狭邪之游，也难比杜甫的《佳人》，《尉迟杯》追念京都的“冶叶倡条”和“珠歌翠舞”，也难比杜甫的“每依北斗望京华”了。①

① 参见《唐宋词鉴赏辞典》周邦彦《拜星月慢》《尉迟杯》鉴赏文。

（二）词品不等于人品

人品对词品的影响固然不可忽视，但词品并不等于人品。正如周邦彦写男女欢爱、相思离别的词作多流露庸俗、低级趣味，却也不排除另外一些词作如《蝶恋花》《夜游宫》《瑞鹤仙》等表现了真纯高雅的情操。以冯延巳为例，前已谈到后人称为“五鬼”，又称为一“佥人”，即行为不正的小人。至于不正行为则有称“狠愎不识大体”，有称“善柔其色”者。[①] 因而有人带着成见去看他的词，如张惠言《词选》谓《蝶恋花》数章，“忠爱缠绵，宛然骚辨之义。延巳为人，专蔽嫉妒，又敢为大言，此词盖以排间异己者，其君之所以信而不疑也。”意谓词意忠爱缠绵，是柔色事上，达到遮掩自己的妒心、排斥异己、一人专宠的目的。陈廷焯进一步发挥张惠言的意思，说道：“正中之《蝶恋花》首章云：‘浓睡觉来莺乱语，惊残好梦无寻处。’忧谗畏讥，思深意苦。次章云：‘谁道闲情抛弃久，每到春来，惆怅还依旧。日日花前常病酒，不辞镜里朱颜瘦。’始终不渝其志，亦可谓自信而不疑，果毅而有守矣。三章云：‘泪眼依楼频独语，双燕来时，陌上相逢否？’忠厚恻怛，蔼然动人。四章云：‘泪眼问花花不语，乱红飞过秋千去。’词意殊怨，然怨之深，亦厚之至。”（《白雨斋词话》）均从柔色争宠上理解。周济则持又一说：“数词缠绵忠笃，其文甚明，非欧公不能作。延巳小人，纵欲，伪为君子，以惑其主，岂能有此至性语乎？”（《宋四家词选》）不管是伪装忠爱缠绵或从

① 参见夏承焘《唐宋词人年谱》三十七至三十八面。

深心流出，二说都全是从词品与人品的一致性上理解。

其实一首词意境的高下并不完全由人品决定，尚有其他多种因素。在分析冯词上，冯煦的眼界较陈、周二人开阔，他认为时当“周师南侵，国势岌岌……翁负其才略，不能有所匡救，危苦烦乱之中，郁不自达者，一于词发之”，所以“其旨隐，其词微，类劳人、思妇、羁臣、屏子郁伊怆怳之所为”(《阳春集序》)。他从肩负一国重任的角度，分析他的写作心态，比较接近实际。

按陈、周二人意见，四词均写忠爱缠绵，那么，一则将君王比作寻花问柳、出入章台的荡子有失忠爱之意，二则第四章既写望而不至的绝望之情，岂能不使女主人公怨而不怒呢？显然不能成立。冯煦的看法与第二章较合，那种病酒、消瘦、孤苦无告的情形与他当时的处境相似，而其余二章则不过是一般的离别相思、男女恩怨之情。以第一章为例：

> 六曲阑干偎碧树。杨柳风轻，展尽黄金缕。谁把钿筝移玉柱？穿帘海燕双飞去。　　满眼游丝兼落絮。红杏开时，一霎清明雨。浓睡觉来莺乱语，惊残好梦无寻处。

词写少女醒后情态。运用倒叙，先写她慵懒地偎依着回廊曲栏边碧绿的杨柳树，望着阳光下像黄金般绽放的花絮，追寻她黄金般美好的梦境。这时弹筝声起，把少女从梦境中再次唤回。这筝声也惊起了栖息在梁上的双燕，从她身边飞过。这筝声和双燕令她羡慕，又令她难受。她正当青春年华，却不得琴瑟之好和比翼双飞，因此心情由欢快陡然转入悲苦。回头看黄金般的柳花已变成落絮，伴随游丝在空中飘扬，再看那开得红艳但花期短暂的杏花，正当盛开之时，却遭清明时节的风雨摧残。这柳絮杏花，令少女领悟到红颜易老、青春速逝的情景，因而好梦再无寻处了。词的前八句只是纯客观地描绘少女偎树，观杨、杏、燕子，听筝的情景，直到结尾才点出她是被莺声从美好的梦境中唤醒，来到碧树下寻梦的。可是终于愈寻愈远。看来这位少女很像《牡丹亭》里的杜丽娘，也有“惊梦”“寻梦”的情节。冯延巳曾出镇抚州，或许对汤显祖带来一些影响，或纯是一种历史偶合。词的内容本是自金昌绪《春怨》诗以来写黄莺惊梦的闺情诗老套数，词人只是着意在构思、结撰上下功夫，沉浸在少女独特的环境、心境所构成的艺术境界中，不可能想到要借此暗示对君王的忠爱缠绵之意，也不可能从对君王“忠爱缠绵”或“忧谗畏讥”的本心出发而构思出这样美妙的意境。作家的思想、观念、情绪、性格等会影响作品的内容和表现，但艺术构思仍有其独特性。政治眼光与艺术眼光是有差异的，不能因人品低而轻易贬抑其词品。

（三）分辨作家词品与具体作品的词品

有的作家留下的作品品格几乎一致，有的品格不一。优秀作家偶尔也有品格低下之作，品格低劣也容许有较好的作品。需要作具体分析。

南宋姜夔词八十四首，品格清高，前后一致。也不仅是词，他的诗文也无不代表他的品格。北宋舒亶则不同，他刻薄少恩，追逐名利，词作虽称“思致妍密”（王灼《碧鸡漫志》卷二）、“不减秦、黄”（丁绍仪《听秋声馆词话》卷二），但逐臭心理时时流露，如羡慕别人：“戏彩光浮衮绣，听鸣珂、响逼云霄。”（《满庭芳》）追想自己曾春风得意：“纵马杏园西，归来香满衣。”（《菩萨蛮》）《浣溪沙》更借下棋直道其德行：“黑白纷纷小战争，几人心手斗纵横，谁知胜处本无情。”

有些作家前后期生活思想有大变化，词作品格也有变化。如李煜早期词淫靡，晚期词悲壮；晏几道早期词轻艳，晚期词沉挚；李清照早期词较浅薄，晚期词极沉厚。朱敦儒享年最高，处宋金对峙时期，时战时和，他的词作也时而激昂慷慨、爱国爱民，时而挑月担花、问酒寻茶。大词人苏轼、辛弃疾却偏爱游戏笔墨。苏轼的词有“隐栝”“回文”“集句”“嵌字”等。他人很少染笔，他却饶有兴味，甚至把前人的好文、好诗、好词改得淡乎寡味。辛弃疾为词中豪杰，却格外有许多祝寿、咏药名、咏美人等无聊的词作。前面谈到的舒亶人品不高，却也有几篇好作品。如：

芙蓉落尽天涵水，日暮沧波起。背飞双燕贴云寒，独向小楼东畔、倚阑看。　　浮生只合尊前老，雪满长安道。故人早晚上高台，赠我江南春色、一枝梅。

——《虞美人·寄公度》

舒亶依附新党，手狠心毒，后来祸及自身，方才反思，此词剖白了他的内心世界。它的表层意思是写秋晚念友，深层则是写自己政治上的感受。词的上片写送别之景，词人站在楼头，凭栏目送，只见汴京的三十六陂，荷花荷叶都已凋尽，一片浩渺的寒波里，涵容着整个天宇。时值日暮，双燕贴着低压的寒云畏惧风波，背向西飞。表面纯属写景，实际景中有人，意谓朋友二人在宦海荣华消尽、风波又起之时，被迫分离。双燕本是不分离的，于今却畏惧风波，背向急飞，宦海风波之恶可想而知。下片写别后之事，意谓朋友去后，空虚寂寞，心灰意冷，将困守陋巷，绝意仕进，希望故人到了江南后速报佳音，互叙友情，砥砺名节。赠梅系用南朝宋陆凯折梅题诗寄范晔的故事。《荆州记》："陆凯与范晔交善，自江南寄梅一枝，诣长安与晔。题诗曰：'折梅逢驿使，寄与陇头人。江南无所有，聊寄一枝春。'"此后人们用这个典故都取它严格区别于污浊的功名利禄的纯洁高尚的友情，这里也不例外。同时送别公度的《蝶恋花·置酒别公度座间探题得梅》可证："雪后江城红日晚。暖入香梢，渐觉玲珑满。仿佛临风妆半面。冰帘斜卷谁院？"词以赞叹语气描写在酒楼上望见谁家的庭院帘幕卷处露出一株含苞待放的红梅，在夕阳映照下显得特别美艳，像美人临风露出半面一样。其时正当雪积庭院、冰凝绣帘，梅花有冰雪之姿。下片接写细看此梅，原是故人江南所寄。分明是以梅花迎寒而放互相砥砺，今有将结语认作期望故人一旦得到朝廷信任提拔，不忘帮助我重新获得失去的东西。这样理解固然符合作者一贯的思想作风，也和他多首词中所表现的品格一致，舒公实在叫屈不得。但若从转变角度看，也未尝不可破格。

（四）词品的高下应以思想与艺术水平为主要依据

人品只是鉴赏的参照系，词品的高下，还应依具体词作的内容深浅与词艺高低而定。上述舒词形象地揭示了统治阶级内部权力之争的激烈程度。“芙蓉落尽天涵水，日暮沧波起。”既写出了汴京的自然环境，更写出了汴京元祐党争的政治气候，与李璟的“菡萏香销翠叶残，西风愁起绿波间”（《浣溪沙》）异曲同工。它使人们联想到《红楼梦》第五回所写的“气昂昂头戴簪缨；光灿胸悬金印；威赫赫爵禄高登；昏惨惨黄泉路近！”和“看破的，遁入空门；痴迷的，枉送了性命。好一似食尽鸟投林，落了片白茫茫大地真干净。”作者对现实作了冷静、深刻的观察，在“昏惨惨”“白茫茫”的首都汴京选择了一条逃避风浪、洁身自好的道路。词的内容是有一定深度的。从艺术表现看，从“沧波”到“云寒”再到“雪满”“梅开”，意境浑融，思深语妍，确有“不减秦、黄”之感。以上只是就《虞美人》一词而论，绝不是说舒亶的词都应提到这个高度来认识。舒亶词的总体评价是另一回事。

人品有疑的作家固然应视其具体作品的状况分别对待，人品、词品均高的词家同期的相同题材内容的作品也须视其思想、艺术水平而分别定其高下，不能说得一样好。以陈亮的三首词为例：

危楼还望，叹此意几人曾会？鬼设神施，浑认作，天限南疆北界。一水横陈，连岗三面，做出争雄势。六朝何事，只成门户私计？　因笑王谢诸人，登高怀远，也学英雄涕。凭却长江管不到，河洛腥膻无际。正好长驱，不须反顾，寻取中流誓。小儿破贼，势成宁问强对？

——《念奴娇·登多景楼》

不见南师久，漫说北群空。当场只手，毕竟还我万夫雄。自笑堂堂汉使，得似洋洋河水，依旧只流东。且复穹庐拜，会向藁街逢。　尧之都，舜之壤，禹之封。于中应有，一个半个耻臣戎。万里腥膻如许，千古英灵安在？磅礴几时通？胡运何须问，赫日自当中。

——《水调歌头·送章德茂大卿使虏》

闹花深处层楼，画帘半卷东风软。春归翠陌，平莎茸嫩，垂杨金浅。迟日催花，淡云阁雨，轻寒轻暖。恨芳菲世界，游人未赏，都付与、莺和燕。　寂寞凭高念远，向南楼一声归雁。金钗斗草，青丝勒马，风流云散。罗绶分香，翠绡封泪，几多幽怨？正销魂，又是疏烟淡月，子规声断。

——《水龙吟·春恨》

三词均表现对国土沦丧的义愤和收复祖国河山的信心与决心，而思想深度和艺术感染力却有不同。就对国土沦丧的义愤来说，“凭却长江管不到，河洛腥膻无际”，说得太浅、太直、太露，缺乏深度和力度。只强调江山之辽阔壮丽而不能驱除敌寇，这是太浅；说“管不到”，这是太直；呵斥为“河洛腥膻”，这是太露。“尧之都，舜之壤，禹之封。于中应有，一个半个耻臣戎”强调的是祖国数千年的文明史和英才辈出的民族，有深度；运用愤激、让步语，避免了埋怨语的直露，加强了力度。以上二者均缺乏形象、意境，不耐人寻味。“恨芳菲世界，游人未赏，都付与、莺和燕”，即眼前之景，包容多方面内容，又含蓄地指出问题的关键在于苟且偷安的决策人物身上，“言近旨远”，深度、力度胜于前者。就鼓舞收复失地统一祖国的信心和决心来说，“正好长驱，不须反顾，寻取中流誓。小儿破贼，势成宁问强对？”口气虽大，但语言轻飘，中气不足；“且复穹庐拜，会向藁街逢”，以退为进，以屈见伸，分量较重，但仍欠含蓄，有“叫嚣”之嫌；“寂寞凭高念远，向南楼一声归雁”，以南楼的一声归雁，唤醒芳菲世界里沉睡的人们，足以警顽起弱，既形象，又含蓄有力。所以刘熙载独激赏后章，以为“有宗留守（泽）大呼渡河之意”（《艺概》卷四）。

综上所论，品评词作应以人品高下与词艺高低作为观察的视角；应以词作内容的深浅与表现的优劣，作为微观考察的目标；应以人品与词品、整体与局部的结合审视，作为品评作家作品的调试标；应以作家在词史上的地位，作为从宏观上把握品评分寸的指示针。

下篇　技巧手法

第一章　活用字、词、句、段

《文心雕龙·章句》:“夫人之立言，因字而生句，积句而成章，积章而成篇。篇之彪炳，章无疵也；章之明靡，句无玷也；句之清英，字不妄也。振本而末从，知一而万毕矣。”刘勰在这里清楚地说明了诗文的整体与局部的关系，字、词、句、段是诗文的基础和根本，只有基础雄厚，才能建成高楼大厦；只有根深叶茂，才能结出丰硕果实。词是“要眇宜修”的精美的文体，又配合音乐歌唱，字、词、句、段讲究精严，既包含诗文的一般规律，更有它独特的地方。以下按由小到大的顺序，分析它的特点。

一、调、题、序与声、韵

词的格律非常严，声、韵、句、段都有定规，所以作词又称填词。但作词的规矩并非为束缚词人而立，而是为抒发感情，影响听众、读者服务的，所以词家一旦掌握了其中规律，则不但没有束缚之苦，反而感到十分畅适。有人说是带着镣铐跳舞，舞姿更加优美。这是从听众、读者的角度来说的。从作者的角度来说，应类似舞蹈演员穿上适当的舞衣，配合音乐和灯光、道具，在具有一定规格的舞台上跳舞，不但舞姿比野外的徒舞要美，舞蹈者的感受也应分外轻松愉快。

作词都需要选调，这本是一种限制，但词调极多，万树《词律》载有六百六十调、一千一百八十余体，康熙《钦定词谱》载有八百二十六调、二千三百零六体。篇幅有大小，情调有悲欢，节奏有缓急，可以自由选择。唐宋词人多数老于此道，还常常自创新调。词调既可以与内容相切合，也可与内容、情调毫不相干。如白居易《江南好》赞美江南风光，张志和《渔歌子》描写渔人生涯，苏轼《洞仙歌》记蜀主与花蕊夫人在摩诃池上避暑，秦观《鹊桥仙》描写牛郎织女鹊桥相会，姜夔《扬州慢》悲怆扬州连遭兵祸，辛弃疾《破阵子》向往驰骋疆场，等等，词调与内容一致。而更多的词则与调名并不相关。最有意味的是柳永赴考落榜，自称“白衣卿相”，取其词调为《鹤冲天》，意思是说落榜算不了什么，才子佳人像神仙一样风流。充分表现了他傲视王侯的气概。因为词调与内容的联系可紧可松，可有可无，所以仁宗皇帝只能就其内容加以呵斥，而不便指责他用的词调包含强烈的对抗意识了。可见词调在运用上的灵活性。

词调的妙用还在于它可以代替词题，诗文不能没有题目，像人不能没有名字一样。而题目取得不好会成为累赘，特别是爱情诗一经题目点破，就可能失去它的魅力，所以李商隐的一些爱情诗干脆以《无题》为题。词有了调名，题目取不取就都两便了。诗歌发展至唐宋，题目越来越长，如陆游的爱国诗名篇，有题作《五月十一日，夜且半，梦从大驾亲征，尽复汉、唐故地。见城邑人物繁丽，云：西凉府也。喜甚，马上作长句，未终篇而觉，乃足成之》，共四十八字。学生有的读不断句。又如陆游绝句题《予十年间两坐斥罪，虽擢发莫数，而诗为首，谓之“嘲咏风月”。既还山，遂以“风月”名小轩，且作绝句》。诗是好诗，只可惜题目比外国的人名更难记。题目一般是不加标点的，碰到这种长题不能不标了。词就没这类问题，它一般不标题目，用调代题，有题也短。实在有话要说，可作小序处理，不必认作题目，像苏轼、辛弃疾等人的词就多用小序。也有爱在词前加以发挥的，因为不必作题目用，作为小序已另辟天地，大有用武之地。姜夔的词序就格外用力，人称词、序双璧。如《庆宫春》“双桨莼波”、《齐天乐·咏蝉》、《一萼红》“古城阴”、《念奴娇》“闹红一舸”、《湘月》“五湖旧约”等的序都是优美的散文，《凄凉犯》“绿杨巷陌”的序竟是一篇乐论。词题的灵活性由此可见。

律诗两句用韵，一韵到底，只押平韵，不押仄韵，更不许平仄通押，实在有些呆板；又规定一百〇六个韵部，作诗不得越出韵部，有的韵部只有二三十个字，怎能做得好诗！制绳自缚，全没必要。词韵就没这些问题，押韵方式十分灵活。有一韵到底，也有中间换韵；有平上去通押，也有分押；有用平韵，也有用仄韵；有的可平可仄，有的平仄韵交错；不同的词调有不同的作法。韵部划分没有那么细，一般收纳为十九个韵部，韵字宽松，有回旋余地。如贺铸《水调歌头·台城游》句句押韵。周邦彦《关河令》不仅每句押，而且句中还有韵：

秋阴时晴渐向暝，变一庭凄冷。
（平）（仄）（平）（仄）

伫听寒声，云深无雁影。更深人去寂静，但照壁孤灯相
（平）（平）（仄）（仄）（平）

映。酒已都醒，如何消夜永？
（仄）（仄）（仄）

八句中有十二个韵，其中“晴”“声”属平声“庚”韵，“庭”“听”属平声“青”韵，“灯”属平声“蒸”韵，而“暝”属仄声“径”韵，“冷”“影”“静”“永”属仄声“梗”韵，“映”属仄声“敬”韵，“醒”属仄声“迥”韵。同韵部平仄间用，因心情抑塞凄苦，听以仄韵居多。除句末八韵外，句中的“晴”“庭”“听”“灯”四韵都是关键词语，想必歌唱时有掩音，听后印象鲜明。苏轼《醉翁操》描绘泉声，用韵尤其出神入化：“琅然，清圆，谁弹？响空山。无言，唯翁醉中知其天。月明风露娟娟，人未眠。荷蒉过山前，曰有心也哉此贤。”前头两句五韵。料想唱时五个字音韵悠长而平稳，毕现出倾听、神往、赞

美、追寻、叹惋的多种神态。然后韵脚转疏，表现醉翁听泉的悠然心会。后来《王西厢》描写张生、莺莺隔墙和诗、莺莺与张生相见，又被红娘唤回。张、崔四目相望，张生如痴如醉，忽听得宿鸟飞腾，猛吃一惊，唱道，“我忽听、一声，猛惊。元来是扑剌剌宿鸟飞腾，颤巍巍花梢弄影，乱纷纷落红满径。”就是模仿这种用韵的妙处，表现张生由全神贯注到惊愕，再到清醒、回味的情景。足见用韵之妙，出于文字之外。

四声的运用，词也较诗灵活，取律诗平仄调匀、节奏鲜明的优点，又利用句式长短参差的特点加以变化。七字以下，大体依律诗作法，七字以上则当作复合句来写，将五字或七字作基干，其余作领头字或领头短语。如柳永《八声甘州》和《雨霖铃》：

“对——潇潇暮雨洒江天”，“更那堪——冷落清秋节”。

仄　　平平仄仄仄平平　　仄仄平　　仄仄平平平

这就在律诗的严整中添进了活泼的因子。律诗上、去、入三仄声不加分辨，词人熟知其中差异，按照不同情况，或区分或不区分。一调之中，仄声字十之六七可以概填，十之三四须斟酌上、去、入三声。煞尾位置重要，考究尤其严格。像辛弃疾《永遇乐》煞尾“尚能饭否”四字应作“上平去上”最能表现怀疑、诘问、愤慨而又不多发露的情态，特别是第一个字必用上声抑扬的声调才有深厚的意味。这些地方都说明词的声韵能适应抒发情感的需要，灵活多变。

二、句式种种

词的句式多变，省略、倒装、错落、对偶、领字、叠字等比较常见。除省略句大体类似诗歌外，其余都有其独特的用法。

先说省略句。省略句的主要目的有二：一是语言简练，情意突出；二是有意模糊，造成感受的丰富多样性。围绕这两个目的省去的多是些陈述、交代、连接、过渡等成分。

辛弃疾“自开元、霓裳曲罢，几番风月？”（《贺新郎·听琵琶》）、“千古兴亡，百年悲笑，一时登览”（《水龙吟》）属语言简练的一般要求。前者在“几番”前省去了“到如今”的意思，后一句是“千古兴亡，百年悲笑，都在一时登览之中”的省略。在散文中是不能省的，省了要断气。词中的这些成分省去则不仅无妨，反而增加感染力。前者省去后感慨语气加重；后者省去后，合前两句成三联对：“千古”百年”“一时”是数对，“兴亡”“悲笑”“登览”是名对。通过历史长河和瞬间的连接对应，既突出了感情的深刻性，也表现了自己不以个人荣辱为念的宽阔胸怀。炼词最终是为了炼意。

“六朝旧事随流水，但寒烟、芳草凝绿”（王安石《桂枝香》），“林莺巢燕总无声，但月夜、常啼杜宇”（陆游《鹊桥仙·夜闻杜鹃》），属调动读者直接感受性的例子。有人说前者在“但”字后省去了一个“见”字，后者“但”字后省去了一个

“听”字，这样讲也可通。但严格说来，不说明“见”和“听”是让读者产生更丰富的直接感受，因为对外物的感受因人而异，有的善用视觉，有的善用听觉，而各种感觉又是相通的。看到某种形状、颜色可以联想到它的声音，还可以触摸到它的质地。如果作者界定为“见”或“听”，岂不限制了读者的感受性和想象力？“寒烟芳草凝绿”，给读者的第一感受未必是颜色和形态，感受敏锐的读者可能直接产生凄凉的内心感觉。“月夜常啼杜宇”，给读者的第一感受更未必是声。有的读者也许并未听过或并未分辨过杜鹃的啼叫声，他可能首先联想到杜宇冤魂啼血的典故，眼前浮现出满山鲜红的杜鹃。文学作品，特别是诗词，应培养读者对形象感受的敏锐性，诱发读者的想象力。“闹花深处层楼”(陈亮《水龙吟》)，有人说“处”字后省略一“见”字，有的说省一“是”字，其实都是，又都不是。作者在这里省去一字，却使读者获得了更丰富的感受性，任你怎样设想都不失其基本含义，也不失其意境的美。“时靸双鸳响，廊叶秋声。”(吴文英《八声甘州》)第二句前省去的只能是“是”字，却不宜加，加了就变味。“是廊叶秋声”意在认定“时靸双鸳响”属错觉，是从属服务于上一句；而仅用“廊叶秋声”则意味着从数千年前“时靸双鸳响”的想象中惊醒，又再沉浸在“廊叶秋声”的眼前现实境界之中，是以上句服务于下句，意思是当年吴王的霸业已随双鸳响声的消失而消失，如今的南宋王朝也像秋风中的落叶已经敲响丧钟了。

至于一词两用及词类的活用则是古汉语的成例，可不作省略句看待。

倒装句有本句倒、两句倒、多句倒等多种类型。作用一为合律，二为加强表现力。如“一夜风吹开”倒作“吹开一夜风”（王安石《菩萨蛮》），“任平生一蓑烟雨”倒作“一蓑烟雨任平生”（苏轼《定风波》），“谢他酒朋诗侣，香车宝马来相召”，倒作“来相召，香车宝马，谢他酒朋诗侣”（李清照《永遇乐》），大体上都是为了合律。以下数例都是为了加强表现力：“系缆斜阳”表现的是在斜阳中系缆，斜阳说明的是时间。“系斜阳缆”（辛弃疾《水龙吟》）用斜阳修饰缆绳，说明缆绳带着黯淡的色彩，也说明系缆的人带着灰暗的心情。“白发谁家翁媪，醉里吴音相媚好”是直言白发翁媪，酒后语言甜美。倒作“醉里吴音相媚好，白发谁家翁媪？”（辛弃疾《清平乐》）是写作者乍听到甜美的对话以为是一对年轻人谈恋爱，近前一看，才发现是白发翁媪。表现了作者的惊异神情，突出了老人心情愉悦。“潇潇雨歇，凭栏处，怒发冲冠”，平铺直叙，倒作“怒发冲冠，凭栏处、潇潇雨歇”（岳飞《满江红》），“怒发冲冠”四字放在开头，振起全篇，“潇潇雨歇”与“凭栏”不再是单纯叙述交代，而是为渲染英雄服务了。辛弃疾的“献愁供恨，玉簪螺髻”（《水龙吟》）也是倒装，把“玉簪螺髻”置于拍尾，将对祖国河山的赞美与对侵略者的切齿痛恨交织在望眼之中。

错落句是有意将某一个词或某一个短语插入句中或变乱原来的顺序，使它增加某种含义或调整其中的关系。如“舞榭歌台，风流总被雨打风吹去”（辛弃疾《永遇乐》），如果作“舞榭歌台，总被雨打风吹去”，语句平顺，插入“风流”二字，语气似断似续，原来的意思仍旧还在，又增加了多层意思：一是当年京口的舞榭歌台是孙权在敌人鼻子底下创建的，这种千古盛事如今已无人敢为，讽刺当权的主和派人物投降退让，无所作为。二是当年舞榭歌台上的太平繁华景象已一去不复还了，这是针对当前京口的衰败景象而发的感慨。三是当年舞榭歌台上的风流人物也已无影无踪，令人感到“前不见古人，后不见来者”，这是愤慨朝廷无人。插入仅两个字，增加的意蕴却是几倍，类似数字上加了一个平方根一样。“五月渔郎相忆否？小楫轻舟，梦入芙蓉浦。”（周邦彦《苏幕遮》）作者的意思是他昨晚做了一个梦，梦到五月间和家乡捕鱼垂钓的年轻伙伴摇着小船，进入荷花荡。醒后怀念少年朋友，不知他们是否也怀念自己。顺写应该是：“梦小楫轻舟，五月入芙蓉浦，渔郎相忆否？”可是将“梦”字置于句首，则仅仅是记梦，而作者要表现的是小楫轻舟捕鱼垂钓不仅是梦中的事，也是与少年朋友共同经历过的，相忆的也正是这共同的愉快生活情景，所以将“五月渔郎相忆否？”置前，“小楫轻舟”的少年生活紧随，梦字接续，将梦作为往日生活的衍生物，又将往日生活融入梦中。而且与芙蓉浦连接，体现梦境的美，还回头点醒篇首的“燎沉香，消溽暑”是为入梦创设条件。安妥一字，带动全篇。前人评周词“下字运意，皆有法度”，这是一例。辛弃疾“四十三年，望中犹记，烽火扬州路”（《永遇乐》）是将一个短语错落于句中。它按逻辑顺序应将“望中犹记”置于“四十三年”之前，但那样强调的是当年的战火，将“四十三年”置前，强调的则是将近半个世纪了，国仇尚未洗雪，岂能不思振奋！所以下文再以“神鸦社鼓”的麻木不仁，激起廉颇虽老、志在一搏的壮烈情怀。周济言辛词变北宋就景叙情为即事叙景，“使深者反浅，曲者反直”(《介存斋论词杂著》)，谢章铤则说：“学稼轩，要于豪迈中见精致”(《赌棋山庄词话》卷一)，这里的短语与前引“风流”一词的穿插错落句法，也可想见作者用心之细。难怪“日数十易，累月犹未竟”(见岳珂《桯史》)。清代况周颐说“改词须知挪移法，常有一两句语意未协，或嫌浅率。试将上下互易，便有韵致。或两意缩成一意，再添一意，更显厚”(《蕙风词话》)。这种“挪移法”就是我们这里说的颠倒、错落的句式。

对偶句的运用是诗家的基本功，但有愈用愈板的趋势。词中用偶句并无定规，却几乎无调不用，用而使人不觉，用法极为灵活。大略说来，除诗中所用的形式外，尚有如下数种变化：即领字对、隔句对、三联对、重头对、重腰对、重尾对。领字对如“又酒趁哀弦，灯照离席”，“念月榭携手，露桥闻笛”(周邦彦《兰陵王》)分别用“又”“念”一个字领起一偶句；“那堪片片飞花弄晚，濛濛残雨笼晴”(秦观《八六子》)，用“那堪”二字领起一偶句；“更那堪鹧鸪声住，杜鹃声切”(辛弃疾《贺新郎》)，用“更那堪”三字领起一偶句。隔句对，如“望一川暝霭，雁声哀怨；半规凉月，人影参差”。“砧杵韵高，唤回残梦；绮罗香减，牵起余悲。”“想寄恨书中，银钩空满；断肠声里，玉箸还垂。”(周邦彦《风流子》)每对中一句与三句、二句与四句作成对偶。一、三两对前多有一个领字“望”“想”。三联对如“渐霜风凄紧，关河冷落，残照当楼”（柳永《八声甘州》），以一“渐”字领起三个对句。重头句如“一竿风月，一泓烟水”，“潮生理棹，潮平系缆”（陆游《鹊桥仙》），两偶句间或重头一字，或重头二字。还有三重头的，如“无穷官柳，无情画舸，无根行客”（晁补之《忆少年》）。重腰对如“江上舟摇，楼上帘招”“风又飘飘，雨又萧萧”“银字笙调，心字香烧”“红了樱桃，绿了芭蕉”（蒋捷《一剪梅》），两对句中重复中间一字。重尾对如“才下眉头，却上心头”（李清照《一剪梅》），“开时似雪，谢时似雪”（晁补之《盐角儿》）。前者重两字尾，后者仅只头上“开”“谢”二字不同，重一个大尾巴。

律诗规定中四句作对偶，词中凡字数相等的邻句，无论两句或三句四句，都可作成偶句，字数不相等的邻句，只要是上句字多，下句字少，也可以用领字占去多出的字，然后作成偶句。是否作成偶句除尊重成例外，几乎全由作者自由选择。

词中对偶的妙处还在于奇偶相生，寓严整于变化之中，节奏明快流畅，气韵生动。如“念柳外青骢别后，水边红袂分时，怆然暗惊”（秦观《八六子》），将七、六、四字句，处理成领字、对句与单句，节奏多变，语调、神情毕现。秦观“纤云弄巧，飞星传恨，银汉迢迢暗度”与“柔情似水，佳期如梦，忍顾鹊桥归路！”（《鹊桥仙》）李清照“落日镕金，暮云合璧，人在何处？染柳烟浓，吹梅笛怨，春意知几许？”（《永遇乐》）无论陈述、感叹还是疑问，语气都很畅足。苏轼“乱石穿空，惊涛拍岸，卷起千堆雪”（《念奴娇》）景色的壮丽，气势的豪迈，其中也有奇偶相生的句式之力。

领字句与领字对不同，它所领起的不是对偶句，而是散句。如“念去去、千里烟波，暮霭沉沉楚天阔”（柳永《雨霖铃》），“对潇潇、暮雨洒江天，一番洗清秋”（柳永《八声甘州》）。领字句属词中关纽，领字多用去声，振起声调，或承上启下。这里“念”与“对”都是去声领头字，歌唱时类似现在弹词艺人的提腔和说书人的一声拍板，用以警动听众，这种效果是诗中没有的。

叠字句有一字叠至六字叠不等。一字叠如陆游《钗头凤》“错！错！错！”“莫！莫！莫！”表现无比痛悔和极度悲哀。李清照“知否？知否？”“争渡，争渡”，表现激动情态或紧张气氛都恰到好处，绝不同于诗文中起强调或加强语气作用的重叠。

三、句子的组合

诗歌大体两句一意、用句号定句，句意的完整与用韵基本一致。词的句有长短，韵有疏密，还有许多颠倒错落的句式，由单句组成一个完整的句意的句组的方式也灵活多变。划分句意既不能按两句或四句的句数，也不能按用韵与否来判断，也不能完全按顿、逗、句的标点理解。如晏殊《浣溪沙》上下片各三句，人们对句、逗和韵的定法很不一致。“一曲新词酒一杯，去年天气旧亭台，夕阳西下几时回？无可奈何花落去，似曾相识燕归来，小园香径独徘徊。”这是龙榆生《唐宋名家词选》的标点。而《全宋词》则在用韵处用句号，因此除下一片第一句外，都用句号。俞平伯《唐宋词选释》上片连作一整句，下片前两句作一整句，结句独标一句。文研所《唐宋词选》又将上片一、二句合为一整句，第三句独成一句，下片连成一整句。张璋、黄畲《历代词萃》则又将上下两片均分为两整句。各种不同的标点法对词意的理解会带来一些差异。又如前引苏轼《醉翁操》多作“琅然，清圆，谁弹？响空山，无言”。这样语句虽破碎，却似乎更能表现对音乐的陶醉感。还有人在“山”字后断，将后句作“无言，唯翁醉中知其天”，似乎也可通。句子组合的灵活性带来了分析鉴赏的难度。因此，必须分辨词中各种类型的句组，妥善处理与词谱断句、用韵的关系。要准确分辨句型，妥善处理关系，又须从全词的构思、立意来观察判断。

词的惯用句组类型大致有因果、并列、补足、辩证、领属、问答等。秦观《望海潮》“梅英疏淡，冰澌溶泄，东风暗换年华”是因果关系，只是先果后因，有东风才有梅花开谢和冰块融解。显然三句相连，不宜分割。前后没有交代是回忆，应是眼前景象。接下去“金谷俊游，铜驼巷陌，新晴细履平沙”是叙述句，叙述的是当年和朋友到洛阳的金谷园、铜陀街游赏的情景，这三句究竟是写今还是忆昔？假如顺接前文，则是写今，但后面有“长记”二字，表明这三句和后三句所记是同一件事，两组句子属并列关系，应归入“忆昔”。再从全篇的意旨看，是以昔日的热烈欢快对比今日的凄凉愁苦，这三句表现的心情是欢快的，应当属忆昔。“长记”二字一手拉前，一手拉后，将“细履平沙”与“误随车”两件事拉在一起了。“长记”后面的句型又变为因果关系了，因为絮翻蝶舞，引动了年轻人的非非之想，竟不自觉地跟随在少女的车子后面跑。所以“长记”后的三句是一个整体。考虑到“长记”二字既管前面的叙述句，又管后面的因果句，“长记误随车”单独句断也可以，但必须知道它与后文的因果关系，不能割断。“柳下桃溪，乱分春色到人家”是补足上句，意思是何止“絮翻蝶舞”，还有一排排的桃树，落英缤纷，随风散入两旁的人家。无知的桃花还如此风流，也难怪多情的年少词人有此等荒唐了。不知这两句与上三句的关系，这两句的意思在理解上也就呆了。

晏几道《临江仙》“梦后楼台高锁，酒醒帘幕低垂”是辩证关系。梦中回到往日的歌舞欢乐之中，梦后见楼台已被高高锁起；喝酒时互相劝饮，聊以忘忧，酒醒后帘幕低低垂挂，室内只有孤身。因往事成梦而醉酒，酒后又进入梦乡，梦与酒、理想与现实就是这样难解难分，这样从辩证角度理解，诗意才浓。作一般陈述句，分别按两句字面理解则淡乎寡味。接下去三句是领属关系：“去年春恨却来时：落花人独立，微雨燕双飞。”是词人醒后在明月楼头回忆去年春天相忆情景，用以垫起今日相思之苦，一是晚上，一是白天，互相补充。第一句统领二、三句。在“却来时”后用句号也不妨，但在理解上必与下联，而不应与上联。与上联，“落花”二句就没有依附。有人硬将它与上联，而只得将“落花”二句也作眼前情景看，可是那是白天才有的事，半夜三更即使独立于落花之下，也不可能见到燕子在微雨中比翼双飞的情形。观结语“当时明月在，曾照彩云归”仍见明月，则“落花”二句，也不可能是写作者从晚上进入了白昼，只可能是梦醒时在月下回忆的往事。

前引晏殊《浣溪沙》与苏轼《醉翁操》上下语意是问答关系，《浣溪沙》上片提出一个带哲理意味的问题“夕阳西下几时回？”下片实际上是对此问的回答：太阳有升有落，鲜花有开有谢，燕子有去有来。落了的不能倒回去，谢了的不能再开，去了的也不一定再来。但今天落了明天还会再升，今年谢了明年还会再开、今年去了明年还会再来，不过已不再是毫无变化的同一个太阳、同一株鲜花、同一对燕子。正如哲学家所说的，两只脚不可能同时踩入同一条河流。因为河水一分一秒不停地在流。“小园香径独徘徊”正是包蕴着对这一哲理的深沉的思考。根据对全词主旨的理解，《词选》上片以逗断句连成一整句作问，下片以逗断句连成一整句作答，较能揭示作者的深意。至于《醉翁操》开篇按韵断还是作六言、五言句，前已说明各有利弊。但“无言”显系针对“谁弹”之问而作的不答之答。若将“无言”归入下句，将“响空山”悬于问后，将问答隔断，“响空山”三字非问非答，似乎不很妥当了。

四、节奏的安排

词为应歌而作，音乐之美，非案头诗可比。乐谱唱法虽已暗昧不明，但节奏仍有可观。王国维评周邦彦词："读先生之词，于文字之外，须更味其音律。今其声虽亡，读其词者，犹觉拗怒之中，自饶和婉，曼声促节，繁会相宜，清浊抑扬，辘轳交往。"（《清真先生遗事》）词的音乐性不是周邦彦一人独具，不过他精通音律，能总其大成而已。今纵览唐宋词可得下列几方面的音乐节奏美：即音节调配，奇偶相生，骈散相间，句调变化，平仄互节，五音协畅。今以柳永词为例：

> 对潇潇暮雨洒江天，一番洗清秋。渐霜风凄紧，关河冷落，残照当楼。是处红衰翠减，苒苒物华休。唯有长江水，无语东流。　　不忍登高临远，望故乡渺邈，归思难收。叹年来踪迹，何事苦淹留？想佳人、妆楼凝望，误几回，天际识归舟。争知我、倚阑干处，正恁凝愁！
>
> ——《八声甘州》

先看词的音节和谐美。有人谈到柳词善于调和各句的尾音节，如《雪梅香》全词二十句，结尾以三字为一音节和以两字为一音节的各十句。我们从中得到启发，调和均匀固然美，三字音节与二字音节或一字音节的交替使用，不一定那么均匀，仍旧美。如果能配合情感的变化还更美。《八声甘州》共十八句，其中以三字音节结尾的六句，以二字音节与一字音节结尾的十二句，是一与二之比。但考虑三字音节结尾读唱所占时间较长，也基本均衡。如按八声，即八拍来分，更可看出它的均衡变化。见下表：

拍	一	二	三	四	五	六	七	八
音节	3 3	2 2 2	2 3	3 2	2 2 2	2 3	2 3	1 2

从表中可以看出，除第六拍和第七拍外，其余相连各拍都有变化。而六、七两拍的内容一写自身淹留之苦，一写佳人望归之切，正是两相对照。前人说此处有“照花前后镜，花面交相映”之妙。音节的重叠正好反映了词中男女双方心情的重叠。再看每拍的安排与情感内容的关系：第一拍写登楼观景视野开阔，万象俱呈，节奏宜舒缓；第二拍写自然界变化迅速，节奏宜急促；第三拍写迅变趋于结束，故由急转缓；第四拍由自然界的沉寂转入内心的悲慨，故由缓转急；第五拍写归思殷切，所以加急；第六、七拍已如前述，有意重叠。尚需注意，六、七两拍包含男方的深深反思和女方无穷的懊丧，宜以多音节尽收曲折；第八拍写愁思凝聚郁结，宜以最短最重的音节收住，故以一、二音节搭配，以所用韵中开口度最大的“愁”字结尾。最妙的是那个单音节“处”字，它占着收煞前的突出位置，收结全文，最有力量，

像腾跳前的踏板，着力一点，跳出数米以外。又与篇首的单字音节“对”遥相呼应，“对”也罢，“处”也罢，角度都是在楼头栏边。好像布袋的两个耳朵，连接一处将那斑斓的景物和缠绵的情思都扎在里面了。

每句结尾的音节固然重要，每拍起头的音节处理得好也能体现节奏和感情的变化。《八声甘州》八拍起头的音节是一、一、二、二、二、三、三、三。从中可以看出，音节由少到多，由单到繁，体现情感的逐渐深化。“叹年来”“想佳人”“争知我”三字音节的连续出现，显示内心情感郁结，柔肠寸断。

八拍中，每拍句数不等，成二、三、二、二、三、二、三、二的组合，奇偶相生，读起来有抑扬抗坠之妙。

语调的变化是该词节奏美的又一因素。它包含有描写、陈述、疑问、感叹，极尽变化之能事。

还不应忽视它的领头字。柳词善用领字，这里用单个领头字“对”起篇，颇能增添气韵。好像戏台上帝王将相出台前的一声亮嗓，惊动全场。

柳词骈散相间的特点应数《望海潮》《玉蝴蝶》等阕较突出。限于篇幅，以他的小令《少年游》两首对比：

长安古道马迟迟，高柳乱蝉嘶。夕阳岛外，秋风原上，目断四天垂。　　归云一去无踪迹，何处是前期？狎兴生疏，酒徒萧索，不似少年时。

参差烟树灞陵桥，风物尽前朝。衰杨古柳，几经攀折，憔悴楚宫腰。　　夕阳闲淡秋光老，离思满蘅皋。

一曲阳关，断肠声尽，独自凭兰桡。

两首词都是写游览长安的感触。第一首是游东郊乐游原，第二首是游南郊灞陵桥。第一首仅写个人身世漂荡，第二首将个人身世之悲融入历代兴亡离合之中，较前首更有思想深度。但第二首乍看纯是散句，没有偶句；而第一首骈散相间，上下片两头是散句，中间是偶句。偶句整齐而美，散——偶——散，散——偶——散，像扭秧歌一样，走两步扭一扭，两根腰带时起时落，显得比散句更美。人们往往更喜欢第一首，应与它骈散相间有关。但细心的读者也会发现第二首也有它骈散相间的美。原来它运用的是句中对："衰杨"对"古柳"，"夕阳闲淡"对"秋光老"（意对）。这种句中对的普遍运用，也是词的一大特色。当句对又加句中对时，读起来特别好听。如："烟柳画桥，风帘翠幕"（柳永《望海潮》），"凤阁龙楼连霄汉，琼枝玉树作烟萝"（李煜《破阵子》）。

李清照《词论》："盖诗文分平仄，而歌词分五音，又分五声，又分六律，又分清浊、轻重。"诗词对比，感到律诗限用平声作韵脚实在狭隘，作茧自缚。平声平顺宽和，适于表现舒适欢快的感情；仄声跌宕逼仄，适于表现抑塞悲闷的感情。而自古诗词以愁苦之言为好，李白、杜甫、白居易，苏轼、陆游、辛弃疾，无不如此。所以写词准许用仄声作韵，实在是词家一大快事。于是柳永的《雨霖铃》、苏轼的《念奴娇》、秦观的《踏莎行》、贺铸的《青玉案》、周邦彦的《兰陵王》、李清照的《声声慢》、陆游的《钗头凤》、辛弃疾的《摸鱼儿》、陈亮的《水龙吟》、姜夔的《齐天乐》、吴文英的《莺啼序》，等等，名家名篇无不以仄声作韵。而且他们的作品中用仄韵的一般都比用平韵的多。律诗先仄后平，先抑后扬，词则往往先平后仄，先扬后抑，符合理想、志节受压抑的状态和心境。还以柳永词为例：

寒蝉凄切，对长亭晚，骤雨初歇。都门帐饮无绪，留恋处、兰舟催发。执手相看泪眼，竟无语凝噎。念去去、千里烟波，暮霭沉沉楚天阔。　多情自古伤离别，更那堪冷落清秋节！今宵酒醒何处？杨柳岸、晓风残月。此去经年，应是良辰好景虚设。便纵有千种风情，更与何人说。

——《雨霖铃》

全词十韵都是短促一发即收的入声韵，而韵前一句的尾字恰恰多是开口度大而悠扬的平声字。读起来就像边说话边哽咽哭泣的样子。只是按现代汉语的语音来读已经体现不出，而且有的已不共韵部了。

平仄韵交错使用时，又可以用变化的节奏表现不同的情感神态。如辛弃疾《西江月·遣兴》：

醉里且贪欢笑，要愁那得工夫。近来始觉古人书，信著全无是处。　昨夜松边醉倒，问松：我醉何如？

只疑松动要来扶，以手推松曰：去！

上下片各两个平韵，一个去声韵，一扬一抑，表现潇洒放浪的生活态度和对现实人事的鄙夷不屑，也切合醉人说话先拖调然后跌断的语气，令人想象到他的醉态。

韵还有轻柔与重浊之别。可比较下两词：

细雨斜风作小寒，淡烟疏柳媚晴滩，入淮清洛渐漫漫。　雪沫乳花浮午盏，蓼茸蒿笋试春盘，人间有味是清欢。

——苏轼《浣溪沙》

漠漠轻寒上小楼，晓阴无赖似穷秋，淡烟流水画屏幽。　自在飞花轻似梦，无边丝雨细如愁，宝帘闲挂小银钩。

——秦观《浣溪沙》

苏词用“寒”“滩”“漫”“盘”“欢”五韵，属开口度大的鼻音，较重浊，其中浊音“漫”字属上片末，位置重要，又重叠，加重了重浊感。秦词用“楼”“秋”“幽”“愁”“钩”五韵，属撮口双元音，较轻柔。苏词用重浊韵抒发学士大夫深沉的思虑和坦荡的胸怀，秦词用轻柔韵描写女子美好而幽微的情思，声情密合。

声也有唇、齿、舌、鼻、喉的不同，运用得当，也可达到妙境。如李清照《声声慢》用了大量并不美听的舌齿音，恰当地表达了她凄苦无告的心情，取得了很好的艺术效果。

作词特别重视去声字，因为去声字最响亮。万树认为词中去声最紧要，“名词转折跌荡处，多用去声”（《词律》）。前已说过，领头字多用去声，因领头也往往是转折的地方。唐圭璋先生更进一步指出“换头处、收尾处，亦往往用去声”，“用在收处，极有余韵……令人讽诵不厌”（《词学论丛·论词之作法》），又重去、上连用，音律更抑扬有致。唐先生指出《雨霖铃》中“对”与“晚”，“骤”与“雨”，“帐”与“饮”，“泪”与“眼”，“竟”与“语”，“暮”与“霭”，“自”与“古”，“纵”与“有”，“更”与“与”等或直接相连，或隔一、二平声字相连，也是有意造成音律的美听。

第二章 运力起、结、过片

古人作词最重起、结、过片，认为是词中三个关节要害，要精心安排，使血脉贯通，比作常山之蛇，击打一处，首尾相救。即使是短小的令词也不例外。作者运力的地方，也应是读者鉴赏的重点。对于小令、中调来说，起、结、过片几乎已包括全词，所以对于起、结、过片的鉴赏实际上是对全词的分段剖析。

一、开　　头

诗文都重开头，好的开头有人形容为凤头，有人形容为爆竹开花，有人形容为开门见山，或云出远岫。刘熙载《艺概》指出："大抵起句非渐引即顿入，其妙在笔未到而气已吞。"所谓"渐引"是远远写来，逐渐引入题旨，像远山升起云雾那样自然飘逸。所谓"顿入"是开门见山，不吞吐、不绕弯的意思。两种作法都像凤头或爆竹开花那样美。

先看渐引类。有写景引入与叙述引入两种作法。用写景引入的居多，要求景中含情，景物美而真。

诗词中一切景语都是情语，几乎没有专为写景而写景的。不过感情既外化为景物就不像感情本身那样确定。前已说过，景物有它的适应性，有的读一句，就可体会出感情色彩。如“寒蝉凄切”（柳永《雨霖铃》）知是悲苦，“簌簌衣巾落枣花”（苏轼《浣溪沙》）知是欢欣；有的须见到一个完整的画面才能判断，比如“大江东去，浪淘尽，千古风流人物”（苏轼《念奴娇》），光凭头一句，只见壮，须读完两句才知壮中有悲。“楚天千里清秋，水随天去秋无际。”读完两句，仍旧只见壮；要读到“遥岑远目，献愁供恨，玉簪螺髻！”（辛弃疾《水龙吟》）才见悲感。“候馆梅残，溪桥柳细，草熏风暖摇征辔”（欧阳修《踏莎行》）一、二句是偶句，固然不可分。但读完后仍旧不知表达哪种感情，须读到第三句才知写离愁。还须了解“闺中风暖，陌上草熏”（江淹《别赋》）的出典和以柳眼梅腮形容佳人的传统作法，才知是一种细腻缠绵的离愁别恨。还有些词须读到最后才揭晓。如张昇《离亭燕》：

> 一带江山如画，风物向秋潇洒。水浸碧天何处断？霁色冷光相射。蓼屿荻花洲，掩映竹篱茅舍。　云际客帆高挂，烟外酒旗低亚。多少六朝兴废事，尽入渔樵闲话。怅望倚层楼，寒日无言西下。

开篇两句总写风景之美，以下分写水、洲、帆、旗之美，似乎是抒写欢愉之情，直到出现“六朝兴废”和作者“怅望”之情，才知是感叹兴亡，结以“寒日无言西下”，将大片美景，涂上一层黯淡的色彩，因此写景是到最后才完成。这种作法像射箭一样，引满了再发。

无论欢快与悲愁，从美感的角度来看，景物都应该是美的。“簌簌衣巾落枣花”固然美，“寒蝉凄切”将离人难舍难分的真挚情谊外化为蝉声，这一艺术形象也给人以美感。柳永《雨霖铃》、欧阳修《踏莎行》、苏轼《浣溪沙》表现的是柔美，苏轼《念奴娇》、辛弃疾《水龙吟》则是壮美。范仲淹“碧云天，黄叶地。秋色连波，波上寒烟翠。山映斜阳天接水。芳草无情，更在斜阳外”（《苏幕遮》）描写碧云、黄叶、水波、寒烟、斜阳、芳草，都是轻柔、香暖的景物，但构成一个开阔的画面，体现刚柔相兼的美。

景物还应具有真实感，不真实的景物不能给人以美感。比如写秋天不能出现春天的景物。有人指出舒亶《虞美人》描写河南开封“芙蓉（荷花）落尽”时，还有“背飞双燕”，不真实（是否如此，尚待验证）。有人认为范仲淹“芳草无情，更在斜阳外”中的芳草是作为眼前现实存在，那意味着秋天里出现了春天的景物，也不真实。有人回避矛盾，将“芳草”作为故乡的指代，固然它有这层意思，但若排除作者美好的景物想象，也有损于画面的美。应将芳草作为想象中的存在，比较合理。又如写白天不能出现晚上情景。张先就曾指出柳永《轮台子》前面说到“匆匆策马登途，满目淡烟衰草”已经是天亮了；赶了一程路后，又说“楚天阔，望中未晓”，认为语意颠倒。

景物的真实感还体现在全词环境景物的一致性、交代性和联系性上。如果词中景物出现了某种矛盾状态，交代不清，或缺乏联系，也就不能给读者以真实感。以欧阳修《踏莎行》为例：

候馆梅残，溪桥柳细，草薰风暖摇征辔。离愁渐远渐无穷，迢迢不断如春水。　　寸寸柔肠，盈盈粉泪，楼高莫近危栏倚。平芜尽处是春山，行人更在春山外。

"梅残""柳细""草熏""风暖"，都是初春同时出现的景物，让读者鲜明地感受到春天刚刚到来，和心中的离情同时涌动，不是暮春的衰败，更不是夏天的热烈，这是景物的一致性。"候馆"与"摇征辔"联系，前有旅馆景物，后有路上感受，交代行人已离开旅馆上路，这是交代性。诗词不能像散文那样，时间、地点、人物、情节一一单独交代，而往往让读者从场景的变化中领会。"候馆""溪桥""草熏风暖"以及"迢迢不断"的"春水"相联系，又表明行人离开旅舍，走过溪桥，步上阡陌，沿着溪流而行的过程。这是景物互相间的联系性。这种联系性包含着交代性，但又更细微。词中写景包含饱满的感情，优美的形象，又具备真实性、一致性、交代性和联系性，才能将读者逐渐引入作者预定的某种思想境界。

欧阳修《踏莎行》开篇的写景中包含有人物的活动，较容易找出它的交代性和联系性。有些看似以单纯写景开头的词切勿把它看成呆景。如范仲淹"碧云天，黄叶地。秋色连波，波上寒烟翠。山映斜阳天接水"（《苏幕遮》）应知头一句写陆路行役之苦，次句写水路行役之苦，第三句合陆路与水路而言，然后逼出思乡之情。“塞下秋来风景异，衡阳雁去无留意。四面边声连角起，千嶂里，长烟落日孤城闭。”（《渔家傲》）应设想作者站在城外观景，直至城门关闭，进入元帅府。“纷纷坠叶飘香砌。夜寂静，寒声碎。真珠帘卷玉楼空，天淡银河垂地。”（《御街行》）前两句描写听叶落不眠，后一句写起来卷帘望星月。三首词的景物描写中都包含有人物的活动，不是死景，是活景。

用叙述引入题旨的，要求有情趣意味、有生活底蕴，切勿平板、枯涩、一览无余。如“一曲新词酒一杯。去年天气旧亭台。夕阳西下几时回？”（晏殊《浣溪沙》）叙述词人登亭台、观夕照，饮酒唱曲，颇富生活情趣。这亭台是去年曾经登临的，因而引发了一系列美好的回忆；这夕阳如此美艳，引发了他对宇宙、人生的深邃思考。而这一切都包含在酒杯与歌曲之中，令人产生丰富的想象与无穷的回味。又如“水调数声持酒听，午醉醒来愁未醒。”（张先《天仙子》）叙述词人中午因愁而醉，因醉而眠，酒醒后愁闷仍旧郁结心头，重又拿起酒杯来听唱《水调歌》，作为消愁解闷。从词人极度苦闷又无法排遣的情景中透发出深厚的生活底蕴。它引导读者细读全词，果然从“临镜”与“弄影”的对比中，领会到人世的风云变幻带给人们心灵上的疮痍的巨痛。有人说这词仅是抒写伤春惜别的感情，这未免辜负了作者的苦心。“梦后楼台高锁，酒醒帘幕低垂”（晏几道《临江仙》）叙述词人梦后酒醒时透过低低垂挂的帘幕，望见对面月色中的楼台已高高锁起。使读者联想到这就是沈廉叔、陈君龙家的楼台，现“君龙疾废卧家，廉叔下世”，昔日为词人“舞低杨柳楼心月，歌尽桃花扇底风”的莲、鸿、苹、云等歌女，“俱流转于人间”，故楼台已高高锁起。从往昔欢歌妙舞的梦境中醒来，陡然在眼前出现黯淡冷寂的楼台，令人触目惊心，产生“如幻如电，如昨梦前尘”之感。读完全词再回味这两句，觉得意味无穷，不限于“怀念歌女小苹”，是将小苹典型化了。即令起头是叙写离愁别恨、闺情相思，也要耐人咀嚼。比如：“梳洗罢，独倚望江楼。过尽千帆皆不是，斜晖脉脉水悠悠，肠断白蘋洲。”（温庭筠《梦江南》）词写女子盼望外出的丈夫回来。为了写出她的失望，开篇先突出她的满怀希望。你看她梳洗打扮，一个人单独登上望江楼瞭望，等候丈夫的船只归来，心想这次一定会回，要好好和他单独亲热一番。“梳洗罢，独倚望江楼”一字不闲。

再看顿入类。有描写顿入与抒情顿入两种。

描写顿入一般是抒情主人公的人物特写，要求带有鲜明的性格特征和深刻的社会生活烙印。“怒发冲冠，凭栏处，潇潇雨歇。抬望眼，仰天长啸，壮怀激烈。”（岳飞《满江红》）通过对头发、眼神、声音、心情的描写和雨后高楼的托垫，一个叱咤风云的英雄形象，矗立在读者面前。他将对祖国河山和人民的爱化作对敌人的刻骨仇恨，为未能立即收复祖国河山而心情不能平静。这是宋金对峙的时代造就的民族英雄的形象。“先生筇杖是生涯，挑月更担花”（朱敦儒《朝中措》），突出的是一个超脱世情、飘然物外的世故老人形象。他像铁拐李一样，靠一根竹杖过生活，它可以把他带到月下、花前，带到没有是非憎爱的境界。这是政治斗争尖锐激烈、人们沉溺于声色歌舞的南宋社会的产儿。

以人物特写镜头开篇的词，一般来说题旨是很鲜明的，所以称之为“顿入”。但也有出现人物特写镜头后，题旨仍旧不很明了的。如“旧时月色，算几番照我，梅边吹笛”（姜夔《暗香》），浮现在眼前的是一个高人雅士的形象。他流落江湖，无依无靠，只有月色终年相随；他不愿低三下四逢迎讨好，品质像梅花一样幽香，所以特别喜爱与梅花做伴；他过着“小红低唱我吹箫”的艺术生涯，一管箫笛是他最爱的活计。月下梅边吹笛的形象反射出当时社会的污浊、官场的风险、物质享乐的腥臭。但是全词是怀念情人还是写范成大的品格气节，甚至寄托有君臣家国之恨，还有争议。不过，不管作哪种解释都不能脱离这一形象的思想和性格特征，而且这一形象特征支配着词中描述的整个行为过程。从这个角度来看，《暗香》开头的人物特写仍旧是起着顿入题旨的作用。

顿入类又以抒情顿入居多。这一类要求带景带事而出，要有深刻的现实生活感受。“春花秋月何时了，往事知多少！”（李煜《虞美人》）表现作者国亡囚宋以后，痛不欲生，见春花秋月，必定痛伤往事。这“春花秋月”与“往事”，勾起了他对“四十年来家国，三千里地山河”的无限追忆，其中有多少欢乐！有多少懊伤！有多少悔恨！“明月几时有，把酒问青天。不知天上宫阙，今夕是何年？”（苏轼《水调歌头》）词人带着醉意吐露他内心的苦闷。他本向往一个光明的社会，可是现实却是如此污浊，所以转而羡慕月球的光明纯净。但是月球上既有宫阙，也就有国君、年号了；既有国君、年号的变异，也就难免有争权夺利的政治斗争了；既有争权夺利的斗争，也就难见光明纯净了，因此产生“高处不胜寒”的预感。在这里“青天”“明月”“宫阙”的景和宫中纪年，都是苏轼深刻的现实生活感受，通过醉后恍惚的精神状态，作为潜意识流露出来的。启人想象，耐人寻味。“更能消几番风雨？匆匆春又归去。惜春长怕花开早，何况落红无数！”（辛弃疾《摸鱼儿》）感叹眼前的风雨又连及过去的历次风雨，人称词的开篇是“从千回百折中喷薄而出”，又进入千回百折之中，这大自然的风雨象征着词人和王正之遭到的讥谗和毁谤，象征着投降派对爱国志士的摧残和打击，也象征着敌寇的不断侵扰；这春天和红花又代表着两位朋友和一切志士美好的理想愿望，代表着国家的前途和命运。总之，抒情顿入的词，以它所包蕴的极丰富的社会生活内容和极深的感慨，指引读者对全词作深入的发掘，又验证读者的感受是否正确、深入。

也有属人物特写，却并非表现题旨，而是与题旨相反相成。这种起头，处于渐引与顿入之间。如“醉里挑灯看剑，梦回吹角连营”（辛弃疾《破阵子》）从表现陈亮壮声英概的豪壮形象来看是顿入，但从表现壮志不酬的悲慨来看则又是从反方向引入了。这种情形需灵活对待，可左右逢源。

二、结　　尾

好的结尾有人比作豹子尾，是说结得有力；有人比作“临去秋波那一转”，是说结得动人；还有比作流泉归海的，是说既说尽又包含说不尽的意思。不好的结尾，人们比作画蛇添足或强弩之末，意思是开头和腰身本来都是生动有力的，只因没有收好尾而令人扫兴。相反，前面写得平平，尾收得好，却可以掩掉前文的瑕疵，令人爱不释手。从文学艺术作用于人们的心理来看，结尾的特殊功能是不可忽视的。刘熙载指出：“收句非绕回即宕开，妙在言已止而意无尽。”（《艺概》）所谓绕回，是余音绕梁、经久不去的意思；所谓宕开是指从题旨上延伸拓展开去，深入一层。

绕回类一般体现为写景结尾，因为景物对情感有很大的包容性和适应性，用景物结尾，最能含有余不尽之意。

结尾写景和开头写景一样，都要求景物具有美感和真实性、生动性。如“一川烟草，满城风絮，梅子黄时雨”（贺铸《青玉案》），烟草、风絮、梅雨都是春天迷蒙而又广漠的景象，结合起来构成一幅具有朦胧美的图画，用来表现因一见钟情所引发的莫可名状的闲愁恰到好处。但人们往往只注意它的生动性和美，认为三种景物不是同时存在的实景而是对闲愁所作的三种形容。这就是说它不具有真实性。既然不具真实性，生动性和美也就不复存在了。因此有人考察出烟草、风絮、梅雨分别出现在江南的

二、三、四月，它们虽不是同时存在，却是互相衔接的，作者用以表示他的闲愁不仅充满广阔无边的空间，也将延续漫长的时间。这样解释揭示了作品的构思，也披露了作品的美蕴。古人作词知道真实性的重要，当现实眼前之景不足应用时，常以想象的景结尾，如“明日落红应满径”（张先《天仙子》），想象风雨对花木的摧残，并暗喻人世的风雨对人生的摧残。“平芜尽处是春山，行人更在春山外”（欧阳修《踏莎行》），想象妻子站在高楼栏边瞭望，楼前是一片开阔的草地，草地外是一座座山，山上长满了茂密的草木，行人还在青山之外。一句话，是绝对看不到的了。“明月夜，短松冈”（苏轼《江城子》），想象妻子的灵魂在明月之夜，出现在山冈坟地的矮矮的松树下。这种想象的真实性要比现实眼前的真实性宽松得多，贺铸的烟草、风絮、梅雨也是想象中真实的景。

作为结尾的景物描写，还须考虑与开篇的景物描写相呼应。这种呼应有时能产生极佳的效果。如苏轼《念奴娇》用“江月”呼应开篇的江水，既表现从白天到晚上的游览过程，体现结构的完整，又以月作为逝水和千古风流人物的见证，从月的有情与水的无情，生发出“不知江月待何人，但见长江送流水”（张若虚《春江花月夜》）的悲感。月与水的呼应还导入对宇宙人生的思考。《前赤壁赋》：“客亦知乎水与月乎？逝者如斯，而未尝往也；盈虚者如彼，而卒莫消长也。……唯江上之清风，与山间之明月，耳得之而为声，目遇之而成色，取之不尽，用之不竭。是造物者之无尽藏也，而吾与子之所共适。”词与文为同时所作，文中有主客问答；词中也有“笑我”之客，只是文中客代表悲观的人生态度，苏子代表豁达通脱，词中则颠倒了位置。“人间如梦”固然有悲哀，“一樽还酹江月”也有“取之”“用之”与共适的超脱。脱离开篇的水，孤立地看篇尾的月，眼光就难免狭隘了。辛弃疾《沁园春》结尾“新堤路，问偃湖何日，烟水濛濛？”是以水呼应开篇的山。烟水蒙蒙的湖水体现的是轻柔的美，而“叠嶂西驰，万马回旋，众山欲东”，体现的是刚健的美。前后呼应揭示了作者筑偃湖山中藏水、以柔养刚的美学趣味和养生哲理。

景物的意义毕竟比较广泛，为了有一定的指向性，多在景物中加入某种暗示的成分，比如辛弃疾《摸鱼儿》结尾“斜阳正在，烟柳断肠处”。按习惯太阳比君王，杨柳比轻浮小人，这里太阳已西斜，光渐黯淡；杨柳已生烟，具有模糊性和迷惑力，斜阳正在烟柳之间，又加“断肠”二字点醒，这就暗示君王听信小人谗言而疏远正人君子。有了这一形象的暗示，词的意境就更深厚，更能回肠荡气了。又比如欧阳修《蝶恋花》结尾“乱红飞过秋千去”，乱红是女子自比被糟蹋、遭遗弃，那秋千则是暗示往日的欢乐。当女子看到乱红飞过秋千，就会痛感到幸福欢乐已永远失去，有车过腹痛之悲了。曹雪芹描写黛玉葬花，选择在往日与宝玉戏耍过的地方，也是这个道理。张先《青门引》结尾“那堪更被明月，隔墙送过秋千影”，也是同一用法。黄庭坚《清平乐》结尾“百啭无人能解，因风飞过蔷薇”，稍加变化，将欧阳修的问花改作问鸟，将秋千改作蔷薇。蔷薇夏天开花，暗示春天已经逝去了。

景与物性质相近，所以也有以物结尾的。景是无生命的，物却往往是有生命的，因此用物结，情感更见浓烈。如“紫骝认得旧游踪，嘶过画桥东畔路”（晏几道《木兰花》），写所恋的女子已经离去，只留下空荡荡的画桥和林荫道。词人不写自己的悲感，而写自己乘坐的紫骝马沿着女子常行的道路悲鸣，取得了情感动荡的效果，被程颐赞为“鬼语也！”（邵博《闻见后录》卷十九）又如“何处高楼雁一声？”（晏殊《采桑子》）写他乡游子，思乡情浓，晚上常被西风和明月惊醒，特别是那一声凄厉的雁叫，将漂泊外乡的游子从沉睡中唤醒，一时想不起眠在何方高楼，任惊醒的乡愁随雁声在天际动荡。无论马嘶还是雁叫，算作景未免牵强，但它的作用和景相似。像戏台上的道具和布景一样，都是为表现剧情和人物而设的，这马嘶和雁叫就相当于道具了。

宕开类一般体现为以抒情结尾。以抒情结尾贵在能了结前事前情，又在前事前情的基础上再透进或拓展一层，也达到余音绕梁、余味不尽的目的。柳永《雨霖铃》写当天当晚的别离苦情，已经十分难堪，结尾又设想到离别上年的时光该怎样熬过。“便纵有千种风情，更与何人说？”一语提起又立即放下，让读者掂量一天的分量与一年的分量，千言万语放在感叹之中。又如苏轼《水调歌头》上片念国家，下片念兄弟，天上人间，户内户外，总是摆脱不开，结尾转入冷静的哲理思考：“人有悲欢离合，月有阴晴圆缺，此事古难全。但愿人长久，千里共婵娟。”将缠绕的情丝全部抖脱，进入一种无忧无喜的境界。但这不是情感的死灭与凝结，而是对奔突失控的情感给予理性制约的尝试。这种制约意味着情感的难以驾驭，也意味着当它突破理性的制控时，可能有更强烈的爆发。辛弃疾《破阵子》全词十句，九句描写陈亮在梦里率领千军万马英勇杀敌，收复大好河山，直到“赢得生前身后名”，才跌入严酷的现实：“可怜白发生！”这种写法人称“悬崖勒马”，意思是鞭着马拼命往意想的目的地进发，直到面临悬崖绝壁，才猛然一惊，勒转马头。

又有借景借物言情，景情、物情兼俱的结尾，从效果来看，有的属绕回，有的属宕开。

绕回类如晏殊《清平乐》写怀人，通篇只写秋来饮酒、赏花、观燕的平静的日常生活，总不说出思念之情，却以“银屏昨夜微寒”作结，暗寓秋来独宿的寒意，是用床边屏风的气温写内心的凄凉。读者领会了这一点以后，转而再思考领会全章，就会觉得那金风、落叶、绿酒、小窗、残花、斜阳以及那即将离去的双燕，无一不带寒意。像一股冷风，从银屏上生出，吹遍满屋、满院。这应该属于绕回了。又如姜夔《扬州慢》描写扬州遭兵火后的衰败凄凉。词人在游遍扬州的街道、园林之后，将他的感情凝聚在红药桥边的芍药花上：“念桥边红药，年年知为谁生？”这红艳艳的芍药花和扬州的凄凉景象形成强烈的反差，将当年赏花的繁华热烈和眼前的衰败冷落都汇聚在一起，又以深情慨叹动荡其间，还呼应上片结尾：“清角吹寒，都在空城。”上片声，下片色，一声一色，荡漾无尽。

秦观《千秋岁》《踏莎行》应属借景言情的宕开一类。前词抒写他贬官处州时的失望和苦闷，还算可以忍受。结尾“春去也！飞红万点愁如海”将愁苦扩向无边，有万艳同悲之意，不仅是眼前个人的愁苦了。后词尽情渲染他贬官郴州的无比愁苦，结尾“郴江幸自绕郴山，为谁流下潇湘去？”再进一层说，郴江水已够凄苦，为什么还要流向最悲最苦的湘妃洒泪沉渊的潇湘呢？言外之意是朝廷的当权者不以将他贬逐到郴州为满足，还要继续加重打击。张先《一丛花令》的结尾也属这一类。女主人公自从送走心上人以后，从早到晚沉浸在离愁之中，最后忽生奇想：“不如桃杏，犹解嫁东风。”它和纯以抒情宕开类的《水调歌头》一样都是从困境中求解脱；不同的是苏词纯从受理性控制的情感出发，以抑制求解脱，张词却是从景物中感受到更强烈的刺激，产生要和命运拼搏的念头。

除上述几种常见的结尾外，还有结以戏剧性情节的，也极生动。如柳永的《八声甘州》是戏剧中的误会法，丈夫为不能回家与妻子团聚感到异常苦闷和悲伤，可是妻子久等不归，以为丈夫不思家，所以丈夫感到异常委屈：“争知我，倚阑干处，正恁凝愁！”这误会又无法解除，就益发想早点回家了。秦观《画堂春》描写少女抱着一束鲜花，满怀希望登上楼头赏春，却发现春天一去无踪，感到格外惊讶，手中的鲜花不觉落地。“放花无语对斜晖，此恨谁知？”描写她乍被惊呆和随后转入凝神沉思的神情，十分生动传神。贺铸《小梅花》思念意中人，彻夜不眠，突然在月下看到窗外的梅花开放，竟误认为是意中人来了。“漏将分，月窗明，一夜梅花忽开疑是君。”这一结尾既有戏剧性又有优美生动的意境。因为女子的娴静、幽雅、香馥、美艳都和梅花相似，梅花在明亮的月光下开放也是合有的事。正当对着月色沉浸在对女子的思念之中，梅花当窗开放，女子的形象就和梅花的形象融为一体，误认女子叩窗而来了。词以误认作结，让读者为之神观飞越，然后悄然离去，真可谓“回眸一笑百媚生”了！

还有一些以哲理性的语言结尾的，也有可观。如苏轼《定风波》写王定国的侍女柔奴，家住京师，随王定国贬岭南，不但不以为苦，反而越活越年青。词以她的话“此心安处是吾乡”作结，既表现了柔奴的心胸见识，也包含广泛深刻的生活哲理。

三、过　片

过片，又称过变或换头，指下片或三片、四片的起头。过片是词中衔接、转换的关节，对于词的结构来说至关重要，写好也不容易。因为大多数词是上下两片的盒式结构，盒底盒盖有相似的地方，另起头绪不仅断了意脉，还会走了原意，接上去说又显得呆板，而且分不出层次；不管另起头绪，还是接上去说，又都很难避免重复。成功的过片应当做到承上接下、藕断丝连，既出新意，又不断意脉。具体的做法可有不同。常见的有意脉相续、情景相融、前后呼唤、上下对应、重笔重开、显出新意等数种。

范仲淹《苏幕遮》上片末句是“芳草无情，更在斜阳外”，换头是“黯乡魂，追旅思”，用黯黯的乡魂上承斜阳和芳草，下开梦与月，用紧追不舍的愁思概括并点醒上片水陆兼程的行役之苦，又开启了下片的酒与泪，这是意脉相续。上片末的斜阳芳草恰好融入黯淡的乡魂之中，这又是上下片的情景相融。姜夔《齐天乐》的过片是牵动全词的：

> 庾郎先自吟愁赋，凄凄更闻私语。露湿铜铺，苔侵石井，都是曾听伊处。哀音似诉。正思妇无眠，起寻机杼。曲曲屏山，夜凉独自甚情绪？　　西窗又吹暗雨。为谁频断续，相和砧杵？候馆迎秋，离宫吊月，别有伤心无数。豳诗漫与。笑篱落呼灯，世间儿女，写入琴丝，一声声更苦。

过片“西窗又吹暗雨”，是接着上片末“曲曲屏山，夜凉独自甚情绪？”来说：已是孤单凄凉睡不着，何况窗外又刮风下雨哩！张炎用作过片不断曲意的范例，其实这里的功力不在于“不断”，而在于“断而不断”。须知词中有一个抒情主人翁庾郎，对蟋蟀声音的感受是通过他来完成的，他的感受有完整性和阶段性。词的上片写庾郎本来愁绪无奈，又听到蟋蟀的“私语”和哀音，面对曲曲屏风上的远山近水，动了哀江南的乡关之愁。表现了由吟赋到闭合铜铺（关门），经过石井，进入内室，直到登床的全过程。下片是写庾郎在床上遥想西窗外与蟋蟀关联的事物，将个人之愁推向家国之恨。因此，从开篇到“甚情绪”是一个完整的片段，是截断。过片由“夜凉”引出“暗雨”，又将断了的再接起来，而且自然融合无间。如果将“曲曲屏山，夜凉独自甚情绪”当作织妇不眠，那上片就没有小结束，过片就显不出来了。这种除开头、结尾，中间浑然一体都作蟋蟀声处理的认识，实际上是抹煞了过片，谈不上作范例了。

陆游《钗头凤》与姜夔《扬州慢》的过片既出新意，又照应开头。陆词痛抒与前妻被迫分离的悲苦，上片写过去，下片写眼前，这种安排，过片要防今昔不分或断裂。“春如旧，人空瘦”，照应开篇“红酥手、黄縢酒，满城春色宫墙柳”，意思是今天的春色仍旧是当年“满城春色宫墙柳”的春色，唐婉捧过酒肴果品招待我，这种温暖如春的情意也没有变，只是从她捧酒的双手看出已不是当年的红酥，而显得消瘦了。过片与开头今昔对比分明，又紧针密线，丝丝入扣。有人不理解过片与开头的关系，将开篇作为陆、唐沈园相会时唐给陆送酒果的面前情景，这就使全词语意凌乱，过片也看不出来龙去脉了。姜词感慨扬州的衰败凄凉，上下片分别写白天和晚上的所见所闻所感。如果从白天到晚上一顺写来，也未尝不可，但缺乏一唱三叹的情致。过片用“杜郎俊赏”呼应开篇的“竹西佳处”与“春风十里”，既唤醒了杜牧的诗意，也跌宕出今日的深悲。

晏殊《蝶恋花》（见中篇第四章）、柳永《雨霖铃》（见下篇第一章）、苏轼《水龙吟》（见上篇第四章）的过片属重笔重开。如晏词写离别相思，上片运用倒叙，已从晚上对月无眠写到了清晨燕子飞去，景情俱见。下片要出新意，必须有异军突起之势。过片“昨夜西风凋碧树”妙在借罗幕内的燕子飞去，将女主人公的视野从栏槛的菊、兰引向高高的梧桐，因见梧叶凋落，有可能望得更远，顿时闪现一线希望，以为可以望见心上人归来，所以有“独上高楼，望尽天涯路”的举动，将相思从上片漫漫的时间推向无边的空间，终于创造了比上片更高远的境界。柳词过片“多情自古伤离别，更那堪冷落清秋节！”头一句从历史的高度收束上片的离情，用“更那堪”再逼进一层，类似撑竿跳高，用竹竿点地，利用冲力腾空而起，然后从百尺竿头，飞了出去。苏轼《水龙吟》咏杨花过片“不恨此花飞尽，恨西园落红难缀”，呼应篇首“似花还是非花”。先说既然“非花”，飞尽也就无所悔恨了。然而又说它毕竟又还是花，和百花的命运相关联，当它飞尽之日，也就是西园百花凋谢之时了。同理，思妇的命运也牵连着千万人的命运，因此当她遭风雨摧残，化作尘土和流水之时，能不洒一掬同情之泪？苏轼在此，先用“不恨”退一步蓄势，紧接着用一“恨”字腾跳，令观者为之叫绝！

第三章　变化结构体式

词的结构变化与词的体式变化互相关联，词的结构变化需要词的体式和它相适应，词的体式变化又提供词的结构变化的条件。同时，词的结构与歌唱的关系也是值得注意的，歌唱给予词的结构以一定的约束。当词的结构脱离了听歌的要求时，它就逐渐脱离歌坛而成为案头文学了。所以，词的发展中，也是词的结构体式的发展演变史，又是词的结构与音乐歌唱的关系史。

一、小令短调结构种种

词在它的初生阶段，形式短小，就好像一首民歌小调，结构单纯，往往只是一幅简单而有特色的素描。如张志和的《渔歌子》“西塞山前”（见中篇第二章），只写了西塞山前一片美好的山水景色和一个烟波钓徒的形象，自然景色提供了人物的生活环境，也揭示了人物的性格特征。反过来，人物的性格特征也渗透了对自然景色的描写，两者水乳交融，形成了一个十分紧密的小个体。尽管作者一意未尽，连续写了五首，也只是一个一个紧密的小个体。读者既没有必要将其个体分析为几个片段，作者将五首词组织成一个整体也是松散的。这种单一结构的词也包括部分分片的小令，如温庭筠的《菩萨蛮》(见中篇第二章)。词的体式虽有上下片之分，但词的内容是浑然一体，写的是女子起床梳洗打扮的过程和她的相思慵懒情态。两句一意，紧相承接，中间没有较大的间隔和跳跃，只是几个镜头的剪接。

单一结构的词容量有限，为了表现更丰富的内容、更深广的意境，词人多采用篇幅稍大的有上下片的曲调；又为了与上下片体式相协调，多取上下对称的盒式结构。上下片以情景、时间、空间划分的居多，也有兼多种界划的。如范仲淹的《苏幕遮》是以情景分。上片“碧云天，黄叶地。秋色连波，波上寒烟翠。山映斜阳天接水。芳草无情，更在斜阳外”，这是描写秋天空阔荒寒的景色，用来衬垫离情。下片“黯乡魂，追旅思。夜夜除非，好梦留人睡。明月楼高休独倚。酒入愁肠，化作相思泪”，这是抒写离人思乡的愁绪。上下两片，好像一个精致的梳妆盒，一面是底，一面是盖。又如辛弃疾的《鹧鸪天》是以时间分。上片写青年时期:“壮岁旌旗拥万夫，锦襜突骑渡江初。燕兵夜娖银胡䩮，汉箭朝飞金仆姑。”下片写衰老时期:“追往事，叹今吾，春风不染白髭须。都将万字平戎策，换得东家种树书。”用少年时的豪情壮志反衬中年以后的碌碌无为，也仿佛盒子的阴阳两面。再如苏轼的《水调歌头》是以空间分。上片写户外饮酒赏月歌舞的尽兴尽欢，下片写户内的辗转无眠。户外与户内，热烈与孤凄共同构成月夜的生活内容，又共同围绕着明月而展开描写，有如盒底、盒盖共同装起一块璧玉。以上范仲淹的《苏幕遮》又兼以内、外，以日、夜划分，苏轼的《水调歌头》又兼以国事、家事划分。此外，以时间为别的，也多有以古、今，以昼、夜划分；以空间为别的，也多有以男女两地与人间、仙界划分；以情景为别的，也多有以醒、梦，以生、死划分，等等。

有的词形式上有上下片之分，内容上是一贯到底，却又不同于前面所说的单一的结构体式，其特点是将结尾回应篇首。好比抽出一段丝，又将头尾结在一起，又好比一个一个环扣，互相扣搭，造成一种环状结构。如晏几道的《临江仙》（见上篇第一章）：词从酒醒的寂寞回想到去年的相思，并一直追忆到初见面时的情感交流，最后回到眼前清冷的月色中。读者不禁又从当前的情景追想到词中尚未写到的词人与小苹的种种来往，以及他们的欢乐与痛苦，这就形成了一股感情的回流。又如周邦彦的《苏幕遮》：

> 燎沉香，消溽暑。鸟雀呼晴，侵晓窥檐语。叶上初阳干宿雨。水面清圆，一一风荷举。　　故乡遥，何日去？家住吴门，久作长安旅。五月渔郎相忆否？小楫轻舟，梦入芙蓉浦。

词的开篇是写词人点起沉水香，消除了潮湿和暑热所带来的不适，安然进入了梦乡，却不直接点出入睡，而接以“鸟雀呼晴”暗示醒来，既有醒来，自然有入睡了。起床后，词人到户外观赏荷塘景色。因词人是杭州人，杭州荷花最盛，故见荷思乡。又联想到昨晚的梦：五月时节，与家乡的渔郎，摇着小船，进入芙蓉浦捕鱼、垂钓。词的末尾补充说明了词的开头，“燎沉香”是为了安眠。以梦作为环扣，扣住了开篇未说出的入睡。也取得了与上词同样的艺术效果。

两词结构如图所示：

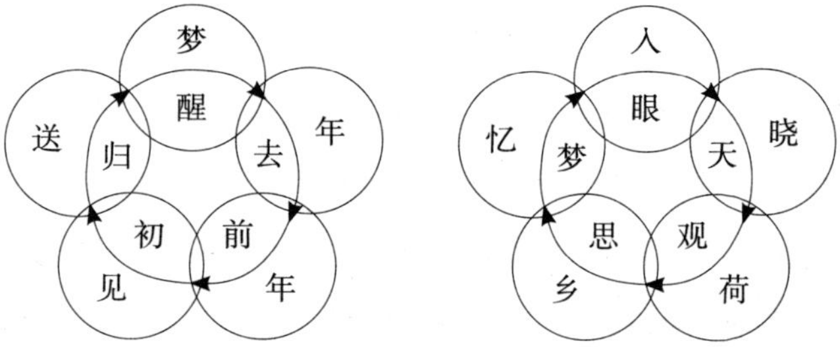

临江仙　　苏幕遮

令词篇幅太窄，变化不大，词人遇到要表现的内容较宽广、情节较复杂时，不得不采用流行于民间的联章体式。如白居易《忆江南词三首》：

江南好，风景旧曾谙：日出江花红胜火，春来江水绿如蓝。能不忆江南？

江南忆，最忆是杭州：山寺月中寻桂子，郡亭枕上看潮头。何日更重游？

江南忆，其次忆吴宫：吴酒一杯春竹叶，吴娃双舞醉芙蓉。早晚复相逢。

三首词以“旧曾谙”开头，以“复相逢”煞尾，第一首纵览江南风景，二、三首开头以“最忆”“其次忆”分别写江南的两处胜景：杭州和吴宫。一、二首的结尾又以“能不忆江南？”“何日更重游？”的深深叹惋造成波澜起伏。

张志和《渔歌子》是五首联章，分别写“西塞山前”、严陵“钓台”、“云溪湾里”、“松江蟹舍”、“青草湖中”五地的渔父生涯。韦庄《天仙子》五首联章，写刘晨、阮肇入天台，返回人间后对天仙的思念。第一首写因看花而引起回忆；二、三首写天仙思凡由梦而醒；第四首写一群仙女来到桃源洞口望刘、阮归来；第五首回头写刘、阮回到人间后，因不能再见仙女整天酩酊大醉，笑叹人生短暂。又有《菩萨蛮》五首联章（已见上篇第二章），大旨相近，都是寄托留蜀与归唐的矛盾心情。

北宋的联章体有大曲、鼓子词、转踏、诸宫调等多种形式。或演唱故事，或歌咏风景，或写四时节令游赏，或写各种相思情态。大曲如董颖《道宫薄媚·西子词》十首，曾布《水调歌头》咏豪杰冯燕事七首，史浩《采莲·寿卿词》八首，以及相传为无锡南禅寺所请“巫山神女”作的《惜奴娇》九首。鼓子词有欧阳修的两组《渔家傲》各十二首，赵令畤《商调蝶恋花》咏张生、莺莺事十二首等。转踏有晁补之、郑仅等的《调笑》各若干首。至于诸宫调，据王灼《碧鸡漫志》称：“熙丰、元祐间……泽州孔三传者首创诸宫调古传，士大夫皆能诵之。”足见其影响之大，可惜没有作品流传。

二、慢词长调结构的初创及其发展

联章词一般提供民间演唱，词语趋于俚俗，逐渐为文人所鄙弃，而令词又往往浓得化不开，所以词人又从坊间乐工、歌伎学作慢词长调。慢词长调的不断创制，使词人得到挥洒笔墨的广阔天地。北宋词的兴盛与声腔长、字句多、曲折尽意的慢词体式的开拓关系极大。

柳永是最先大量运用慢词的作者。宋翔凤《乐府余论》称："词自南唐以后，但有小令。其慢词盖起宋仁宗朝。中原息兵，汴京繁庶，歌台舞席，竞赌新声。耆卿失意无俚，流连坊曲，遂尽收俚俗语言，编入词中，以便使人传习。一时动听，散播四方。其后东坡、少游、山谷辈，相继有作，慢词遂盛。"柳永慢词最突出的特点是铺叙展衍，写景、抒情、叙事相结合，有场面描写、细节描写、心理刻画，层次清晰，有首有尾。如《雨霖铃》（见下篇第一章）写离别。上片写分手前，从长亭对坐、都门帐饮写到执手登舟，下片写分手以后，又从今宵的预测写到往年的设想。除都门帐饮为补叙外，其余均按时间顺序逐层铺展。它不再是单幅画面，而是一轴长卷。单就景物描写来看就有三处："寒蝉凄切，对长亭晚，骤雨初歇"，这是分别前的场景；"念去去、千里烟波，暮霭沉沉楚天阔"，这是别时的场景；"杨柳岸、晓风残月"这是别后的场景。此外尚有"执手相看泪眼，竟无语凝噎”的细节描写；有“此去经年，应是良辰好景虚设。便纵有千种风情，更与何人说”的内心活动的刻画。又如《迎新春》写汴京的元宵灯火：“列华灯，千门万户。遍九陌，罗绮香风微度。千里燃绛树。鳌山耸，喧天箫鼓。”描写帝都千门万户张灯结彩；大街小巷人们身着绫罗绸缎，经过处，香风飘溢；十里长街的林荫道上，火树银花，挂满彩灯；又叠彩灯成山，在上面奏起喧天动地的鼓乐。它为我们描绘了北宋百年承平的和平繁荣时期首都元宵节的盛况，数十字的小令是无能为力的。《夜半乐》描写城市少女游春：“翠娥南陌簇簇，蹑影红阴，缓移娇步。抬粉面，韶容花光相妒。绛绡袖举，云鬟风颤，半遮檀口含羞，背人偷顾。竞斗草，金钗笑争赌。”描写城南一群娇艳的少女，在红花绿叶的树荫下，步履轻盈。时而抬起头来，美丽的面容和花光相照，那一行行浓艳的鲜花似乎产生了对少女的妒嫉心理。她们有时举起丝绸的衣袖半遮住香喷喷的小嘴，背着人，含着羞，偷看路边的少年男子，头上美丽的发鬟在微风中颤袅，煞是好看！当她们坐到草地上游戏时，竟拔下金钗来，一笑作赌。这一段描写将一群少女的体态风姿、音容笑貌表现得栩栩如生。像《雨霖铃》《迎春乐》《夜半乐》等的场面描写、细节描写等，在短章小令里固然难以实现，即使是数首联章也因零碎，难写得如此淋漓酣畅。

柳永慢词运用铺叙的长处是描写的细腻生动，结构宏丽却比较平直。即令二百十二字的长调《戚氏》，也依照时间顺序，从夕阳西下写到更阑，又写到拂晓。中间感叹自己的一生遭遇，从头数来，也丝毫没有凌乱之感。这种结构我们权且称作直线结构。

秦观学习柳永，又不满柳永的平直和铺叙无余，加以变化，形成了带有错综的或跳跃的结构。如《望海潮》：

梅英疏淡，冰澌溶泄，东风暗换年华。金谷俊游，铜驼巷陌，新晴细履平沙。长记误随车，正絮翻蝶舞，芳思交加。柳下桃蹊，乱分春色到人家。　西园夜饮鸣笳，有华灯碍月，飞盖妨花。兰苑未空，行人渐老，重来事事堪嗟！烟暝酒旗斜，但倚楼极目，时见栖鸦。无奈归心，暗随流水到天涯。

秦观于元祐年间应诏赴洛阳对策、任职，后因党争失势被贬，心情忧郁。这首词就是失势后重经洛阳所作。头两句花开冰融，用欣喜的心情开篇；“东风暗换年华”，将喜逆转；正当要进入今日的凄凉心境时，又突接当年的俊游。在俊游中插入“长记”二字，于欢快之中作荡漾之势。当听众随上片的结束，逐渐由“长记”二字悟入悲境时，下片又以西园夜饮极欢的调子提起，然后用“未空”“渐老”“堪嗟”，从热烈、欢乐的顶峰跌入冷落、凄凉的深谷。用烟暝、旗斜、栖鸦、流水等极力渲染悲情，情感的起伏体现为一波未平、一波又起，一波套一波的波状结构。

秦观的《满庭芳》与柳永的《雨霖铃》无论内容和表现都有相似之处，但结构上仍有不同特点，录出作一比较：

> 山抹微云，天连衰草，画角声断谯门。暂停征棹，聊共引离尊。多少蓬莱旧事，空回首，烟霭纷纷。斜阳外，寒鸦数点，流水绕孤村。　　销魂。当此际，香囊暗解，罗带轻分。谩赢得青楼薄幸名存。此去何时见也？襟袖上、空惹啼痕。伤情处，高城望断，灯火已黄昏。

词从分别之时写到分别之后，似乎与柳词的安排没有差异。但柳词用“执手相看”“今宵酒醒”“此去经年”，交代清晰，秦词则除“引离尊”暗指分别外，其余全凭对词中形象意境的体认。如“斜阳外，寒鸦数点，流水绕孤村”，借离人眼中所见，暗写离人的前路；“香囊暗解，罗带轻分”，用互赠礼物表明即将行船上路；“此去何时见也？襟袖上、空惹啼痕”，用伤心落泪，表明离人已逐渐远去，相望不舍；结以“高城望断，灯火已黄昏”，则意味着去远而望不见人影了。全词以镜头的剪接取代过程的交代，结构呈现跳跃感，如草中走蛇，时隐时现；木工弹线，时断时续，可称作墨线结构。

秦观个别词有注重意象而忽视回护照应、穿插点染等结构手段的倾向。如《水龙吟》词开篇：“小楼连苑横空，下窥绣毂雕鞍骤”，这二句联系前后文细心体认，是写女子盼望重逢，却只见绣毂雕鞍不断匆匆驶过，不见自己所盼望的人。她从眼前“绣毂雕鞍骤”的情景，想到“佳期参差”原来是被“名缰利锁”拘系、驱赶所致。十三个字应非闲笔，可是人们以为“小楼连苑横空”，为都下一妓姓楼，名琬，字东玉。词中欲藏“楼琬”二字。(《艇斋诗话》)苏轼也批评：“十三个字，只说得一个人骑马楼前过。”(《唐宋诸贤绝妙词选》)藏“楼琬”二字不妨，不能仅看作是文字游戏；至于苏轼的讥评，若非传闻错讹，则实在委屈了少游。然而作者于开篇突如其来这十三个字，通篇再无一处点醒，也不免有点朦胧。

三、慢词长调结构技巧的进一步发展

秦观虽然克服柳永平铺直叙的弱点，但变化仍不多，有时还有点松。周邦彦有鉴于此，既不断创新，又严于法度。如《瑞龙吟》(见中篇第五章分析)据唐代崔护《题都城南庄》诗铺展而成，内容并不可取，特以组织结撰见称。它先写章台路所见，然后进入回想，再从往事回到现实，从现实又转入设想，从设想又回到当前。迂回往复，一唱三叹。这一切又都纳入严整的布局之中。即第一片记地，第二片记人，第三片写今昔之感；三片之中，承上启下，回护照应；每节数句，有纲有目，有起有落；开篇说走马章台，结尾说“归骑晚”，首尾呼应，有开有合。又如《兰陵王·柳》：

柳阴直，烟里丝丝弄碧。隋堤上，曾见几番，拂水飘绵送行色。登临望故国，谁识京华倦客。长亭路，年去岁来，应折柔条过千尺。　闲寻旧踪迹，又酒趁哀弦，灯照离席。梨花榆火催寒食。愁一箭风快，半篙波暖，回头迢递便数驿。望人在天北。　凄恻，恨堆积。渐别浦萦回，津堠岑寂，斜阳冉冉春无极。念月榭携手，露桥闻笛，沉思前事，似梦里，泪暗滴。

词仍如柳、秦以写离别为内容，却从多侧面、多层次展开铺叙。隋堤上的柳同情人们的离别，这是一个侧面；年去岁来，不断奔波的“京华倦客”（词人自己）是第二个侧面；折尽柔条为自己送行的人是第三个侧面；眼前送去的朋友是第四个侧面。这几个侧面围绕客中送客层叠错综，互相映衬，写尽了别离的种种悲哀。从望见隋堤上的柳色到登临感怀，这是写别前；从当前的离筵到离人行船远去，这是写别时；从人去后词人凄凉地站在渡口到沉思往事，这是写别后。词通过这多个相连接的层次，将多个侧面串联成一片，将多种悲哀集中于一己，而不至于散漫无归。词中又运用过去与现在、现实与设想的交错糅杂，从时间和空间上创造浓厚的哀别愁离的气氛。从“年去岁来”的几番离别到此次送人，以至以后的送人与被送，时间是漫长的；从隋堤上的长亭路到离筵，到渡口、江面，再到月榭、露桥，空间是广阔的。词人通过这广大的舞台上演出的“长亭送别”的戏剧，给人以深沉的悲感。将朋友送别这样一种平凡的题材开掘得如此深广，将离愁别恨这样一种纤弱的感情表现得如此沉厚，有赖于这种变化莫测又自出机杼的结构功力。这种围绕中心展开多层次、多侧面交错描写的网状结构，还可举中篇第三章分析过的《瑞鹤仙》为例，词中也有客、我、女子、政界同道等几个侧面，也有白天送客、黄昏与女子饮酒解闷、晚上醉卧女子朱阁、第二天由女子扶醉赏花以及由赏花引起的对今后生活的设想等多个层次，委婉曲折，层层深入地写出了他在复杂的政治斗争中的感受。但类似这种网状结构的词，在其他词人的作品中还不太多。

下面将两词结构图示如下：

在网状结构的剖面图中层次和侧面成经纬交织状，即每个层次基本上应包含各个侧面，每个侧面也都应在各个层次的活动中有所体现。见下表：

《兰陵王》

侧面 层次	我	客	同送者	柳
别前	楼头瞭望	在楼头	在楼头	隋堤和长亭路上杨柳
别时	在筵席上和水驿上	在筵席和船上	在筵席和水驿上	席间榆柳火把和水驿杨柳
别后	在水驿上	远去	渐渐离去	水驿月榭、露桥旁杨柳

《瑞鹤仙》

侧面 层面	我	客	女子	同道
白天送客	在城郊	在郊原车上	在短亭	已陆续送走
黄昏饮酒	在短亭	在念中	在短亭	同在念中
晚上醉卧	在朱阁	在念中	照料我	同在念中
次日赏花	在西园	在念中	扶我	同在念中
今后设想	在洞天福地	在我的教训中	同乐	同在我的教训中

南宋吴文英的词结合着意象勾连与时空糅杂的特点，将慢词长调的结构技巧发展到登峰造极的地步。如《齐天乐·与冯深居登禹陵》：

> 三千年事残鸦外，无言倦凭秋树。逝水移川，高陵变谷，那识当时神禹？幽云怪雨，翠萍湿空梁，夜深飞去。雁起青天，数行书似旧藏处。　　寂寥西窗久坐，故人悭会遇，同剪灯语。积藓残碑，零圭断壁，重拂人间尘土。霜红罢舞，漫山色青青，雾朝烟暮。岸锁春船，画旗喧赛鼓。

作者与友人登会稽山禹陵，怀念三千年前大禹的事迹并感叹现实而作。上片着重写白天登览所见禹庙附近的山川景物、禹庙和相传为大禹藏书处的石匮山。下片着重抒发登临的感慨，有历史的沧桑之感，也有自身的离合之悲。上片写眼中所见，却表现为心中所感；下片抒心中所感，却又俨然是白天登临所见。上片是以今观昔，下片是以昔慨今。从时间上看，将三千年前的事融入当前的陈迹中，将白天的所见融入夜晚的回想中，将来春的喧闹融入眼下的寂寥中。从空间上看，将“逝水”“禹陵”和禹庙、石匮，置于秋树之下与残鸦之外，将“积藓残碑，零圭断壁”的禹陵旧址和“山色青青，雾朝烟暮”的会稽山以及山下祭祀赛会的江岸都置于西窗灯下。这种时空错综糅杂的结果，使三千年前荒古之事如出昨日，又使今日的遭际汇入历史的长河。这样一来，词就具有了生动的形象与丰富的意蕴。

吴文英词这种时空糅杂的结构特点显然受周邦彦词的影响。《齐天乐》词的结构就有类似《兰陵王》的地方。如《兰陵王》描写了四个侧面，《齐天乐》也描写了四个侧面：神禹、自己、故人和“画旗喧赛鼓”诸人;《兰陵王》有多层次,《齐天乐》层次也不少：白天登禹陵是一层；西窗剪灯共话历史兴亡沧桑、人生悲欢离合，这是第二层；回想白天所见“霜红罢舞，漫山色青青，雾朝烟暮”，并寄慨天地常存、生命短暂，这是第三层；预想明春祭祀禹庙的热烈情景，证明人生、历史也像白天所见山间红叶，有兴有衰，反复无常，这是第四层。《齐天乐》词如同《兰陵王》词，也正是通过这四个顺接的层次串连四个不同的侧面，使词的结构显得错综而不凌乱。

吴词不同的地方是比秦、周词具有更大的跳跃感。这主要体现在词的下片：词人本在剪灯夜话，却又仿佛到了白天所到的禹庙，在拂拭禹庙的残碑、零圭与断壁。然后又在禹庙外见到秋树上的红叶已经飘落殆尽，唯有山色青青依旧不变，雾朝烟暮周而复始。更加难于捉摸的是最后两句：词人竟从秋天跳到了春天，从西窗灯下跃到了会稽山下。这一不同特点又是接受了秦、周等以意象为过脉的影响。“积藓残碑，零圭断壁，重拂人间尘土。”本是说：在灯下，与故人回忆白天在禹庙里拂拭残碑上的积藓与零圭断壁上的尘土，沉浸于三千多年来的往事中。但不用回忆的字面，而用“拂”字勾起意象，为区别于白天的“拂”，所以加一“重”字。又因谈话中，从对历史的怀想转到了对人生的感叹，所以又添“人间”二字。这样，无论是历史的沧桑或人生的尘劳，都寄于残碑、零圭、断壁的积藓、尘土上了。既然碑有残、圭有零、壁有断，而且又有积藓、厚土覆盖，就又联想到白天凭依观景的秋树上有红叶飞舞，它也应当有落尽红艳、终止婆娑的时候了。“霜红罢舞”也是一种意象，叶既能“舞”，则是当作有生命的事物，“红”与“舞”都是生机旺盛的征验。霜红有罢舞之时，人生也由尘劳至衰竭。霜红既指代生命的变异、衰竭，与之相对应的不变的山色就是指代无生命的宇宙天体了。这样，宇宙无穷、人生有限的悲慨已全在意象之中。既已感到人生无常，那么见到鼓舞的欢欣，就愈感到衰竭的悲哀了，这就是结尾二句的微旨深慨。但词人仍以意象来表现，白天游会稽山，已见游船锁在山下岸边。船是祭祀赛会用的，古代有春、秋两次祭祀。如今秋祀已过，这船等待的必定是明年的春祀了。“画旗喧赛鼓”的春祀场面是多么热烈欢欣，然而洞察宇宙人生的多感的词人，却从它背面见出无穷的悲哀。整个词的层次结构，不是凭逻辑推理，也不是凭时间的推移、空间的变异、情节的发展来完成，而是综合发展了波状结构、网状结构而形成一种以心理流程为主要依据的深层结构。这种结构因为新巧，乍看使人目眩心惑，所以张炎讥讽为“七宝楼台，眩人眼目，碎拆下来，不成片段”(《词源》卷下)。张炎的批评指出了吴词结构的美艳、精巧，但对它的深层结构并不完全理解。虽说不完全理解，却又用“七宝楼台”的比喻恰切地说明了吴词结构精巧美艳的特点。

图释如下：

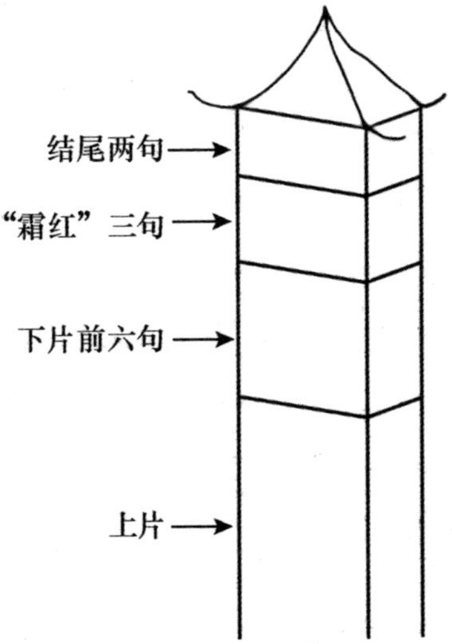

楼台的四面墙或四根柱可看作四个侧面，即词人、故人、神禹、赛会人。楼台的每一层可以看作一个层次，即白天登览禹陵、西窗剪灯夜话，回忆白天所见，设想明春祭赛。每一层均以玉石镶嵌。第一层里“无言倦凭秋树”一句本是说明观景的时间是在秋天、地点是在会稽山上一棵树下，本该放在最前面，但却安排在第二句，将三千年前的历史和三千年后的现实分开，造成一个想象的空间；然后又用左右手将它们拉在一起，组成一个片段，让读者通过想象将历史与现实连接起来。又由第五句的“神禹”，引出描写禹庙神龙传说的“幽云”三句，再由“飞去”二字从禹庙引向青天，出现“雁起”二句，结构成了作为楼台基础的第一层，完成了上片。下片写故人剪灯夜话，按顺序本应将“同剪灯语”置前，这里安排在第二句之后，也是将“久坐”叙旧与白天登览所见所感分开，造成又一个想象的空间，然后又上下挽合，让读者通过想象，将词人和故人所经历的人间沧桑和禹庙里“积藓残碑，零圭断壁”上的“人间尘土”相连接，碰撞出古今同悲的深慨。构成了楼台的第二层。“积藓残碑，零圭断壁，重拂人间尘土”三句结构最精奇，“积藓残碑”“零圭断壁”与“人间尘土”是相加的关系；加一“拂”字意味着追忆当年大禹的伟绩，思考人们是怎样将他遗忘的；再加一“重”字，又意味着晚上的追忆和思考与白天已有不同，联系到了词人和故人别后的“人间尘土”，又拂拭出朋友间理想愿望受挫与失落的悲慨。三句的意思大体相当于一个数式：

三句意思＝拂·（积藓残碑、零圭断壁＋人间尘土）＋拂·（积藓残碑、零圭断壁＋人间尘土）

用英文字母代替，则成：

$$y=x(a+b)+x(a+b)$$

重新拂拭历史与人生的尘土以后产生的是倦怠感和宇宙长存、人生短暂的悲哀，于是有“霜红罢舞，漫山色青青，雾朝烟暮”三句，仍旧回到会稽山上的秋树之下，造成了第三个想象的空间。三句所写的树、山、朝暮融为一体，结构了楼台的第三层。它呼应开篇第一层，是白天游览情景的复现，却又不同于白天所见。白天所见的是一时之景，复现于想象中的是漫长时间里的景。最后两句从山上到山下，从今年的秋祀想象到明年的春祀，就白天游览归路上的所见所想，融进更多的人生悲慨，腾挪出第四个想象的空间。“岸锁春船，画旗喧赛鼓”九字，体现了由沉寂到热烈，由热烈复归沉寂的生命历程。“岸锁春船”为实，“画旗喧赛鼓”为虚，以实写虚，虚实结合，完成了楼台的最后一层。结句像楼台的飞檐斗拱，结构最奇妙：旗和鼓是祭祀赛会的两种物品，用以代替祭赛的人物活动，旗用“画”，鼓用“赛”，渲染了热烈的气氛。于画旗和赛鼓之中着一“喧”字，似乎无理，却又极妙。它作为形容词说明旗与鼓各自本身色彩、声音的热烈喧闹；作为一个动词表现的是画旗在船头挥舞招展，激励着鼓声和桨声的竞龙舟场面。它先是将“画旗”和“赛鼓”支开，使它们各自承负千斤之重，然后又将它们连接起来，形成合力，显示楼台严密的结构和辉煌的精光。

综观词的发展，结构的发展变化伴随着词的体式的发展变化。小令短调的构结一般比较简单，慢词长调则较复杂。无论短调与长调又都有它的初创期和成熟期，成熟期又比初创期变化多些，小令短调较复杂的环状结构等在五代冯延巳等人的作品中已有，但到北宋中后期才较多见；慢词长调从线状结构到波状结构、墨线结构、网状结构，直到七宝楼台式结构，中间的发展变化更加显明。至于联章体，从白居易《忆江南》式的小型联章到欧阳修《采桑子》式的中型联章，直到联合各种宫调的曲子演唱一个曲折生动的故事，结构无疑是愈趋繁复。

词体的发展繁衍、结构的变化完善，归根到底还是决定于社会生活和文艺思潮的发展变化。慢词长调的体式在唐五代就已出现，像晚唐杜牧的《八六子》和钟辐的《卜算子慢》，还有五代李存勖的《歌头》。但晚唐五代的词人仅仅偶一染指，只是到了北宋，有了大一统的江山和百年承平带来的社会繁荣，又有柳永这样上层社会的浪子从宫廷到闾巷的丰富的生活体验，才终于能开创慢词创作的新局面。到了北宋末年，剧烈的党争，使文坛普遍感到了高寒气候的窒息，无论归属旧党的秦观或归属新党的周邦彦，都不得不运用幽隐手法表现心灵上难言的创痛，这就形成了他们崇尚朦胧隐约的美学观。而经南宋的江湖游士、骚人词客的研弄，终于造成了“七宝楼台”。

结构的变化与歌唱的关系也很紧密。结构的合理有助于内容的表达，能增加歌唱的旋律和韵味。但结构过奇则不适宜于歌唱，因为曲调再缓，也是一唱而过，听众来不及咀嚼回味。因此，五代宋初的小令短调、联章都能歌；柳永的慢词长调铺叙平直却广为读者、听众欢迎；秦观词稍做变化，不致令人目眩心惑，重意象却有限度，且一般能伴以其他结构手段，所以能雅俗共赏。周邦彦作为宫廷词人，渐有脱离民间歌坛的趋势，所以部分词过于错综、过于精巧，作为案头文学，也往往会产生歧义；用作歌词，更难为听众所理解。吴文英词，时空错综糅杂超过周邦彦词，重叠意象又超过秦观词，放在案头研读，已觉骨梗难化；交付歌唱，则恐仅存音韵而已。宋末诸人，步吴文英后尘，虽一字一句敲打，声音美听，不过结社唱和，没见他们的词在歌坛广为流传。实际上词已脱离歌唱，由歌诗体演变为诵诗体了。

第四章　发展诗歌技艺

宋代的词与唐代的诗都代表一定时代的文学特殊成就。但严格说来，宋词在反映时代生活的广度和深度上仍不及宋诗，只是在艺术表现形式的创新和艺术风格的多样化上，不仅超过了宋诗，而且某种程度上超过了唐诗。前人说："宋人作诗与唐远，作词不愧唐人。"（明·杨慎《词品》）又说："情有文不能达、诗不能道者，而独于长短句中可以委婉形容之。"（清·查理《铜鼓书堂词话》）词的表现艺术所以能高于诗，首先是因为融化了诗歌的表现艺术。诗歌从四言到五、七、九言，从齐言到杂言，从古诗、乐府、歌行到近体，艺术表现上有了丰富的积累。词的体式灵活多变，又与音乐、歌唱相配合，也便于从多方面吸取前人的成功经验。宋代的词人又往往兼诗人，如欧阳修、苏轼、秦观、李清照、辛弃疾、姜夔等名家几乎无一例外，只不过作品有多有少，诗词各有偏重而已。因此，将他们的诗文中"能达"与"不能达"、"能道"与"不能道"的情于词中"委婉形容"就是很自然的事了。宋人诗话、词话大量涌现，对诗词的创作规律作了较充分的探讨和总结，文学批评的发展对文学创作的推动作用也是不可忽视的。所以，读词不仅要了解词的体式特点，还必须从诗歌的发展上，把握词源于诗又不同诗的表现特色。

一、比兴寄托

沈祥龙说，“诗有赋、比、兴，而词则比、兴多于赋。”（《论词随笔》）词中无论写爱情、友情或爱国之情，也无论是咏物、怀古，还是慨叹身世，都离不开比兴寄托，运用极为普遍。所以周济有“词非寄托不入”的说法。虽不尽然，但诗歌的比兴手法在词里确实有了很大的发展。

首先，词中运用比兴寄意深远。往往对寄意之物作鲜明的刻画而不点明托意，让读者通过想象得到最大限度的发挥，“有寄托”而又不“专寄托”。因为刻画真切细腻，景物有如在目前之感，似乎没有寄托；又因为它的深处毕竟有一种悠远的含义，而且迷离惝恍、不止一端，可以由浅见深，由小见大，由此及彼。所以终于是有寄托的。

以苏轼《卜算子》咏鸿（见上篇第四章）为例。词描写孤鸿在深夜月下的沙洲上独来独往，时时惊跳回头，拣尽枯枝败叶，终不安栖，情态十分逼真，似乎是孤鸿的写生。但看作者称之为“幽人”，又“有恨无人省”，似有深远的含义。再看孤鸿缥缥缈缈的形影和终夜不眠的情形，惝恍迷离，似鸿似人，终于人鸿莫辨。当读者处于这种朦胧境界中，想象便有广阔的天地。可以想象为游宦羁臣，也可以想象成幽居无偶的佳人，因为这两者有共同的孤凄惶惧感。关于这首词的写作背景本来有多种传说，目前舆论渐趋一律。都认为是苏轼编管黄州，心有余悸，不敢轻易走动，择佳而居，所以借孤鸿自明。这种说法应该承认是比较符合苏轼黄州时期的生活和心情的，特别是初到黄州的阶段。但不宜拘定为苏轼的自画像，而排除其他合理的想象。我们看杜甫的《佳人》:“绝代有佳人，幽居在空谷。自云良家子，零落依草木。……天寒翠袖薄，日暮依修竹。”她的孤单凄凉，不肯苟且随人的精神品质与孤鸿也有相似之处。姜夔《齐天乐》咏蝉:“正思妇无眠，起寻机杼。曲曲屏山，夜凉独自甚情绪?……候馆迎秋，离宫吊月，别有伤心无数。”这里夜深不眠起寻机杼的思妇，在候馆迎来寒秋的旅客，甚至逃亡在外的君王，都有类似孤鸿的地方。张炎《解连环·孤雁》:“楚江空晚，怅离群万里。恍然惊散。自顾影欲下寒塘，正沙净草枯，水天平远。”这里的孤鸿也是凄凉顾影既惊恐又怅恨不已。回头我们再来看关于《卜算子》本事的传说记载。大略讲东坡居黄州或居惠州时，有一个女子，名叫超超，仰慕苏轼，不肯嫁人，经常躲在苏轼的窗下听苏轼读书咏诗，决心嫁给苏轼。苏轼得知后表示要给她介绍一个有文化的姓王的年轻人，后来苏轼继续遭贬逐，终于没办成这桩好事。听说女子已死，葬在沙洲上，怅怅然写了这首词。[①] 今人多认为是无稽之谈，或认为出于评话家的虚构，有损于词的意

① 参见颜中其编注《苏东坡轶事汇编》二百零九至二百三十面，唐圭璋编著《宋词纪事》九十四面。

义。其实这一传闻在没有弄清作者的经历与创作起因之前也不宜轻易否定。当年苏轼虽遭贬逐但人品为人所重。到黄州后与下层人民打成一片，更为士庶敬仰。年轻女子也不能排除产生终生依靠之念。自愿跟随苏轼的王朝云到黄州时就只有十八岁。在封建时代士大夫三妻四妾，夫妻相差数十岁是常事，站在现在看上千年前，自然会有些事情难于理解。倘若苏轼此词果然有超超的影子，那正说明词中运用比兴，既写己也写人，有寄托又不专寄托的特点，正需从多角度多层次去理解。因为由浅入深，由小见大，由此及彼，本是词中运用比兴的宗旨。

又以姜夔《暗香》为例：

旧时月色，算几番照我，梅边吹笛？唤起玉人，不管清寒与攀摘。何逊而今渐老，都忘却春风词笔。但怪得竹外疏花，香冷入瑶席。　　江国，正寂寂。叹寄与路遥，夜雪初积。翠尊易泣，红萼无言耿相忆。长记曾携手处，千树压西湖寒碧，又片片吹尽也，几时见得？

词前有序，说明是辛亥年的冬天，冒雪到范成大的石湖做客，住了一月，主人请他谱曲填词，就作了《暗香》和《疏影》这两个曲子。范成大很欣赏。“暗香”和“疏影”本是宋初林逋《山园小梅》咏梅名句里的两个词，显然是咏梅了。原来范家花圃，“有玉梅几树”(《玉梅令》序)。梅花性喜寒，下雪天正是梅花盛开的时候。梅花象征高人雅士，又象征志节的高尚和品德的芬芳。姜夔人品清高，自然欣赏梅花的品格了。主人范成大是以气节著称的爱国士大夫，曾出使金国，堂堂正气，不辱国体，冒着生命危险，维护了国家和民族的尊严，为朝野南北一致称道，也与梅花的品格相近。因此姜夔得到范成大作词谱曲的要求时，他就选择了咏梅这一题材。还有一个情况可能也纳入他的创作构思：汴京沦陷，徽、钦二帝被掳，这是宋朝臣民的奇耻大辱，诗词文赋无不以此为题。徽宗北行道中听到番人吹笳笛，唱《眼儿媚》词，有“春梦绕胡沙。家山何处？忍听羌笛，吹彻《梅花》”之句。当然，姜夔有与合肥女子热恋和别离相思的经历，这是不容忽视的。咏物词可以通过比兴，寄托多方面、多层次的意蕴，方法是由浅入深，以小见大，由此及彼。用鲜花比美人这是浅，以花开花落、美人来去比盛衰，这是以小见大，用香花、美人联想君臣社稷这是由此及彼。因此正好从合肥女子着笔，写自己的爱情感受，又寄托多方面的含意。为了避免“专寄托”，所以不著于实处，只泛泛写来，于人只说“玉人”“何逊”，于地只写“江国”“西湖”，于时只写“春风”“夜雪”，于交往只写“与攀摘”“寄与”“携手”，情思只写“吹笛”“词笔”“但怪得”“路遥”“易泣”“耿相忆”“几时见得”；绝不言“肥水”“小桥宅”，也不言“韦郎”“玉环”，甚至也不说“离愁”“相思”，惝恍迷离，如广角镜，可作多面观。

作为才子佳人的爱情词来看，上片前五句是回忆欢聚时于月夜唤起玉人摘梅、吹笛，感叹别后竹外疏花依然如旧，而瑶席已空、别恨无穷。下片写想寄梅见意，又路遥、夜雪，想借酒浇愁，又酒未到先成泪，面对红梅不断想起在西湖携手赏梅的情景。那千万树红艳艳的梅花覆盖着西湖寒波的景象，正映衬着爱情的热烈和美艳，想如今已随玉人的离去也片片飞尽，不知何时还能见着?

打开广角镜来看。何逊是南朝人，和当于南宋，江国指江南土地，西湖是南宋都城，当日的热烈繁华与今日的寂寥凄凉，又可以产生盛衰之感。抒情主人公何逊可以看作是词人姜夔，也可以看作是范成大，任何有此同感的人都可以想象自己是何逊。

基于对比寄托的“有”而不“专”的认识，我们认为考定作家的时代身世确有利于理解词中比兴寄托的深远意境。但若泥定一端则不合词中运用比兴寄托的旨意。前人认为姜夔的《暗香》《疏影》是运用比兴寄托的典范，如果仅认作是写词人与合肥女子的爱情悲欢，则辞止事尽，没有深远的意味，不当咏梅绝唱、比兴典则之称。

词中运用比兴忌含意刻露，不主张“即事做景”，而要求“就事叙情”，创造交融浑成的境界。读者不得望文生义、穿凿附会，而需深入词中境界，自然意会。如曹操《短歌行》“月明星稀，乌鹊南飞。绕树三匝，无枝可依”是就景叙情，苏轼《卜算子》咏鸿就取法于此。至“呦呦鹿鸣，食野之苹。我有嘉宾，鼓瑟吹笙”则是即事做景了，词中就不取法。骆宾王《在狱咏蝉》：“西陆蝉声唱，南冠客思侵。不堪玄鬓影，来对白头吟。露重飞难进，风多响易沉。”都是就景叙情，人与蝉浑融一体。至尾联“无人信高洁，谁为表余心”，虽仍带蝉的影子，但显然已脱离比兴的实体而露出即事做景的痕迹了。王沂孙《齐天乐》咏蝉（见上篇第四章）都是从蝉上做文章，从庭枝上移枝唤叶的哽咽，到阵雨过后的飞鸣，从移盘去远到病翼、枯形，再到漫想薰风，全词处处写蝉的声和影，又处处透出国家衰亡的经过以及作者、遗民和皇室的哀痛，本体和喻体浑融不可分。姜夔《齐天乐》咏蟋蟀与此比较，尚嫌“庾郎先自吟愁赋”与“写入琴丝，一声声更苦”，起结之间，留有做景的痕迹，所以谭献认为“逊其蔚跂”（《谭评词辨》卷一）。也就是说，寄托的痕迹化得越彻底，比兴的内蕴就越丰富。

要化去寄托的痕迹尚易，难在又要从中见出丰富的托意，这就要求对所托之物的描写刻画细腻、生动。“乍咽凉柯，还移暗叶，重把离愁深诉”（王沂孙《齐天乐·蝉》），即刻画了寒蝉在浓荫中飞鸣、蠕动的情形，又生动地体现了南宋流民流亡的悲苦。“西窗过雨，怪瑶珮流空，玉筝调柱。镜暗妆残，为谁娇鬓尚如许？”（同上词）既描写了阵雨过后飞鸣的蝉声的清脆悠扬，蝉翼的清晰可见，又表现了对南渡君臣歌舞逸乐的诧异不满。“病翼惊秋，枯形阅世，消得斜阳几度？”（同上词）既描绘了蝉的生命历程，也体现了国家衰亡的经过。结语“漫想春风，柳丝千万缕”，作为无知之物而有对美好岁月的怀想，乍看有嫌奇突，但细细想来，仍是描写蝉至生命终极阶段抱枝无语的情貌。

比兴寄托的明、暗、深、浅又与作者的时代、身世、性情相关。以时代论，晚唐五代乱世少忌，可明白宣泄；北宋前期，天下太平，感慨不深，比兴所寄都比较明朗，不必作幽隐深远的寄托；北宋后期至南宋党派之争日炽，内忧外患接踵，权奸当道，臣民惶惧，所寄渐多玄远。以作家论，五代冯延巳、北宋周邦彦地位尴尬，南宋辛弃疾受压最重，姜夔、吴文英、王沂孙等感慨多端，因而都比兴既多，寄意遥深。

二、情景结合

借景抒情、情景交融是评价诗歌的重要标准，一切名章秀句无一不以情景交融取胜。刘勰《文心雕龙·物色》写道："春秋代序，阴阳惨舒，物色之动，心亦摇焉。……岁有其物，物有其容；情以物迁，辞以情发。……是以诗人感物，联类不穷，流连万象之际，沉吟视听之区。写气图貌，既随物以宛转；属采附声，亦与心而徘徊。"总结了诗中情景描写的规律。随着诗歌的繁荣，情景交融的艺术手法不断总结提高，运用也越来越普遍。词篇幅短，抒情宛曲，情景描写的重要性愈益明显。李渔说："作词之料，不过情景二字，非对眼前写景，即据心上说情，说得情出，写得景明，便是好词。"（《闲情偶寄》）虽然说得绝对了些，但词大大发展了诗歌的情景交融手法则是毋庸置疑的。概括起来主要有两点差异：一是情与景浓淡的不同，一是情与景分合的不同。

诗炼字炼意，景物忌作过分渲染，要通过细细咀嚼方见其味。历来人们称颂的情景交融的诗句多属淡语含情。如"昔我往矣，杨柳依依""我来自东，零雨其濛"（《诗经·小雅·东山》），写征人离家的依恋与久戍归来对家中情况变化的疑虑惶惑；“明月照高楼，流光正徘徊”（曹植《七哀》），写妻子对久别丈夫的思念；“蝴蝶飞南园”（张协《南园》）写美好的童年回忆；“池塘生春草”（谢灵运《登池上楼》）写大病初愈的生机，等等。景物色彩都比较轻淡，情感也只微微流露，重在选择典型的情景，突出不事华彩的本色美。隋朝薛道衡《昔昔盐》“暗牖悬蛛网，空梁落燕泥”，得闻一多先生赞扬，认为是齐梁以来，数百年中数一数二的好诗。又传说隋炀帝嫉妒这两句诗超过了他，而把薛道衡杀害。[①] 这两句诗就景物来说，只写得一面结了蛛网的暗窗和一个梁上干落的燕巢，至于情感则未说一字，成功处在于抓住了典型的环境细节，自然揭示出思妇孤独、寂寞、慵懒的心境。

诗中也有浓墨重彩的，如齐梁宫体，初唐歌行、岑参部分描写塞外绮丽风光的边塞诗、李贺的仙鬼诗、李商隐的爱情诗等。但齐梁宫体与晚唐诗风向来不为人所重，初唐诗被认为带有齐梁余风，描写绮丽风光的边塞诗已随唐王朝国势的衰微而至弱宋之终不复再现。自陈子昂提倡“建安风骨”以来，有影响的诗人大都赞成“自从建安来，绮丽不足珍”（李白《古风》五十九首之一）的观点。北宋诗文革新的旗手之一梅尧臣明确提出“平淡”是诗的最高境界。[②]

唐宋词伴随酒筵歌席，出于歌词多写艳情与歌曲直达感官、撩拨感情的要求，大体以浓墨重彩的渲染为其特色。如柳永《定

---

① 见《闻一多全集》第三卷《类书与诗》《宫体诗的自赎》。

② 梅尧臣《读邵不疑学士诗卷》：“作诗无古今，唯造平淡难。”

风波》与薛道衡的《昔昔盐》同是描写女子孤独、寂寞、慵懒的心境:“自春来,惨绿愁红,芳心是事可可。日上花梢,莺穿柳带,犹压香衾卧。暖酥消,腻云亸,终日厌厌倦梳裹。无那!恨薄情一去,音书无个!”写景是红花绿柳、娇莺丽日,抒情是愁惨憔悴、终日无聊。柳恽《捣衣诗》诗写思妇念远人有名句“亭皋木叶下,陇首秋云飞”,只用叶下、云飞轻轻点逗,让读者从容体认;而张先“伤高怀远几时穷?无物似情浓。离愁正引千丝乱,更东陌飞絮蒙蒙。……沉恨细思,不如桃杏,犹解嫁东风”(《一丛花令》),他一开篇就表现出愁肠百结的样子。游丝、飞絮、桃杏、东风,无不牵愁惹恨。不仅表现纤弱的感情如此,表现豪壮的情怀也须大肆渲染。如苏轼遭乌台诗案,一怀济世之志全然落空,面对赤壁,抒人生悲慨:“大江东去,浪淘尽,千古风流人物。……乱石穿空,惊涛拍岸,卷起千堆雪。”(《念奴娇》)有远景有近景,远见数千年的文明史;近见礁石、波涛、浪花,有声有色,寒气逼人。辛弃疾报国无门,被迫退隐,面对深山庙宇却见战斗雄姿:“叠嶂西驰,万马回旋。众山欲东。正惊湍直下,跳珠倒溅;小桥横截,缺月初弓。老合投闲,天教多事,检校长身十万松。吾庐小,在龙蛇影外,风雨声中。”(《沁园春》)幽囚自己的众山化成了战马,小桥流水化成了强弓劲矢,深山老松化成了威武的战士,小小的庵庙幻出龙蛇斗争的社会风雨。

词中情与景的描写在结合上也有与诗不同的作法。诗多以上下句或上下联分情景,如“停车坐爱枫林晚,霜叶红于二月花”(杜牧《山行》)是以上下句分,上句偏重情,下句偏重景。“吴楚东南坼，乾坤日夜浮。亲朋无一字，老病有孤舟。”（杜甫《登岳阳楼》）是以上下联分，上联偏重景，下联偏重情。词或以上下片分情景（例已多见），或以数句组合，其中首句以情领起，后数句以景呼应。如贺铸《青玉案》：“锦瑟华年谁与度？月桥花院，琐窗朱户，只有春知处。……试问闲愁都几许？一川烟草，满城风絮，梅子黄时雨。”周邦彦《六丑》：“为问家何在？夜来风雨，葬楚宫倾国。……多情更谁追惜？但蜂媒蝶使，时叩窗隔。”李清照《醉花阴》：“莫道不销魂，帘卷西风，人比黄花瘦。”也有前数句写景，末一句以情绾结的，如李清照《永遇乐》：“落日镕金，暮云合璧，人在何处？染柳烟浓，吹梅笛怨，春意知几许？”无论以情领起，或以情绾结，均避免了诗歌的呆板，作倾侧荡漾之势，而且抒情的部分常常出以疑问感叹，避实就虚，耐人寻味。词中以上下句分情景的也有，不代表词的特色。词中情景分合的变化与词句的字数参差不齐，每个句组的句数奇偶相间是协调一致的。也可以说，词的体式的灵活多变，促进了情景结合的变化，也提供了变化的条件。

三、委婉含蓄

词也继承了诗歌委婉含蓄的艺术传统，并有所发展。唐圭璋先生说：“词之所以异于诗者，在于婉。诗有婉，有不婉，词则非婉不可。诗过婉嫌弱，词则不婉嫌率。”词中婉转抒情的作法经前人总结，有所谓“透过”“翻转”“递进”“一波三折”“层深浑成”等。

所谓“透过”，是就眼前的境况进一步设想，在逻辑上是一种假设条件的论证法。表现某种处境已没有改善的可能，常用“纵”“拟”“欲”“便”“待”等设想的无效，表现无可奈何的心情。如“千金纵买相如赋，脉脉此情谁诉？”（辛弃疾《摸鱼儿》）是以陈皇后比王正之，说你纵然像陈阿娇那样，花上千金买到司马相如的《长门赋》，打动了君王，终究遭到小人的毁谤中伤，还是没有得到朝廷的信任，这是假设一个条件。“纵豆蔻词工，青楼梦好，难赋深情”（姜夔《扬州慢》）是说杜牧纵然才华出众又有浪漫的生活经历，面对扬州遭屠掠留下的残破荒凉景象，也难表达此时此地的复杂心情了。这里是双重假设。“便做春江都是泪，流不尽，许多愁。”（秦观《江城子》）是说王朝残酷的政治斗争带来无边愁情，怎样设想都消除不了，这是多条件的无量假设。不管假设一个条件、多个条件或无限量的条件，都是以百般寻求解脱的方式证明无法解脱，曲折地抒发心中的无限悲感。“拟把疏狂图一醉，对酒当歌，强乐还无味”（柳永《蝶恋花》）、“欲买桂花同载酒，终不似少年游”（刘过《唐多令》）都属这一类。

所谓“翻转”，是将眼前的愁恨推开，又迎来更深的愁恨，仿佛突破面前的围城又迎面杀来了千军万马。“推”和“突”是试图用力摆脱，但“推”和“突”的结果却是更加困扰。动机是翻转，结果是翻而不转。如苏轼《水龙吟》上片本沉浸在对杨花飞坠的悲悯之中，下片换头“不恨此花飞尽，恨西园、落红难缀”把眼前的杨花扫开，却陷入“飞红万里愁如海”的境界。又如辛弃疾《贺新郎》本是借怀想陶渊明，抒发陈子昂“前不见古人，后不见来者”(《登幽州台歌》) 的千古悲慨，却于结尾猛力推开，见出更深的悲哀:“不恨古人吾不见，恨古人不见吾狂耳！”言下之意是不见古人的悲哀尚可摆脱，不被理解的悲哀又怎能忍受!

“透过”和“翻转”都是以退为进，“递进”则是直线前进，不作反弹之势。如“山映斜阳天接水，芳草无情，更在斜阳外”(范仲淹《苏幕遮》)，描写家乡芳草之远：山、水之外有天，天外有斜阳，芳草还在斜阳外。“平芜尽处是春山，行人更在春山外”(欧阳修《踏莎行》)，描写行人离家之远：眼前是满布草木的平原，平原的尽头是长满了草木的山，那一座座青山之外才是闺中思念的人。

“一波三折”也是逐层进逼，但不是直线前进，而有感情波澜。如“梦魂纵有也成虚，那堪和梦无”(晏几道《阮郎归》) 描写不能与情人相见而求于梦中相会，先假设梦魂有，这是一折。随即说梦是虚幻的，这虚幻的梦境只能增添思念之情，这是第二折。接着说如今连相逢的梦也没有了，意即没有任何安慰，处于精神崩溃的状态了，这是第三折。好像涌起一个波浪在往前冲的过程中跌荡多次。“今古柳桥多送别。见人分袂亦愁生，何况自关情？”(张先《江南柳》) 描写别苦，先设言今古柳桥送别的历史，人生的总体之悲，所谓“黯然销魂者，唯别而已矣”(江淹

《别赋》)，这是第一折；然后转入见人分袂的现实全体之悲，这是第二折；最后落到自身的离别之悲。三句从三个不同的层面发掘了深厚的别离苦情，做法和晏词相同。

以上“透过”“翻转”“递进”“一波三折”，都是从一个事物的多个运动的角度指示人生的悲哀，条件是不断变化的。“层深”则是在条件基本上没有变化相对静止的情况下从事物不同的横截面上观察，愈趋微细。如“泪眼问花花不语，乱红飞过秋千去”(欧阳修《蝶恋花》)，词人抓住花飞花落瞬间感受的层次，剖析社会底层的妇女的悲哀：“泪眼”束结上文的悲情，是第一层；无人理解、同情而只得“问花”，这是第二层；花也哽咽“不语”，这是第三层；这不语的落花又不只一朵一瓣，而是大片在风雨中辗转折腾的“乱红”，这是第四层；这乱红又从往日欢乐的秋千上飞过去，显示残酷的现实对善良女子的愚弄和青春幸福的幻灭，这是第五层。这五层悲哀，通过女子掩门的瞬间所见而集中在一起，好像一个波浪涌过来，仔细观察波中每一滴水珠都是眼泪。所以毛先舒《古今词论》作为“层深而浑成”的范例。又如张先《菩萨蛮》：“忆郎还上层楼曲，楼前芳草年年绿。绿似去时袍，回头风袖飘。郎袍应已旧，颜色非长久。惜恐镜中春，不如花草新。”词写女子忆郎上层楼眺望而对楼前芳草，展开了翩翩联想：由芳草联想到郎去时身穿的绿袍；由郎袍联想到他临别时回头在风中扬起的衣袖；由衣袖在风中飘，联想到它的颜色经风雨会褪色；由色旧联想到自己的青春不长久；由青春不长久又回到楼前花草的长新。围绕一地一物，展现了女子瞬间层出不穷的相思悲苦。“递进”和“层深”都是层层累积，所以唐圭璋先生均作层深来说是有道理的。[①]只是递进的写法时间、空间的跨度都比较大，如前引“山映斜阳天接水，芳草无情，更在斜阳外”（范仲淹《苏幕遮》）和“平芜尽处是春山，行人更在春山外”（欧阳修《踏莎行》），空间跨度大。“叹西园，已是花深无地，东风何时又恶”（周邦彦《瑞鹤仙》），“庾郎先自吟愁赋，凄凄更闻私语”（姜夔《齐天乐》），时间跨度大；“楼头画角吹酒醒。入夜重门静，那堪更被明月，隔墙送过秋千影”（张先《青门引》），空间包括深院、邻户、谯楼，时间包括傍晚、入夜再至月上，空间和时间的跨度都大，所以还是作递进确切些。层深与递进差别的细微也可见词中委婉抒情讲究的细密。其他如拟人手法的普遍运用，虚词的前后呼唤都增添了婉转曲折的情致。

诗贵含蓄，词从整体面貌来看，似乎比诗浅露，其实不然。沈祥龙说：“含蓄无穷，词之要诀。含蓄者，意不浅露，语不穷尽，句中有余味，篇中有余意，其妙不外寄言而已。”（《论词随笔》）认为词重比兴寄托，所以也更多含蓄。只是词中含蓄不完全同于诗中的含蓄，诗用含蓄不避幽隐，要通过读者想象而得方妙。词用作歌唱，要迅速打动听众，既要发露而又要能留。以看山为例，诗以“山色有无中”为美，整个朦朦胧胧，不易分辨；词以云外青山为美，半遮半露。露出来的部分要分外鲜明，另一部分则可全藏在云雾之中，供观听者想象。陈洵说：“词莫妙于留。盖能留，则不尽而有余味，离合顺逆，皆可随意指挥，而

① 见唐圭璋著《唐宋词论丛·论词之作法》。

深沉浑厚，皆由此得。虽以稼轩之纵横，而不流于悍疾，则能留故也。”(《海绡说词》) 这里不仅说到词中“留”的效果，也讲到“留”的方法，关键在于利用事物的辩证关系，取得由此见彼、以少见多的效果。离合、顺逆以及明暗、大小、点面、动静等都是辩证的关系，辩证两个方面互相联结，表现了这一方面，也就包含了另一方面。

如欧阳修“庭院深深深几许？杨柳堆烟，帘幕无重数”(《蝶恋花》)，描写女子居处院落之深，因院子满栽着杨柳，春来柳丝垂挂，仿佛无数重帘幕，给人很深很深的感觉。词人连用三个深字，又用设问语强调，使环境的特点格外鲜明，利用景物与景物、环境与人物的辩证关系，藏起了许多可由读者、听众想象而得的内容：既然杨柳堆烟，这是暮春了，应伴随着百花的凋谢，所以结语出现了泪眼问花；既然女主人公突出地感到院落的深，就反映了她内心的寂寞苦闷；既然春天快要过去了，就又令被冷落抛弃的女子想到自己的青春幸福也已经消逝。在这里，杨柳堆烟和女子的青春，院子的深空与女子内心的寂寞都似离似合，彼此牵连，由此可知彼。又如苏轼《水龙吟》咏杨花，杨花与百花，杨花与思妇，都若即若离，突出了杨花飞尽之恨，也就突出了百花凋零之悲，突出了思妇无穷的离恨。欧苏词都是由此见彼。“淮南皓月冷千山，冥冥归去无人管”(姜夔《踏莎行》)，突出了千山冷月之明，也就突出了离魂归去的暗，这是借明显暗。“小帘闲挂小银钩”(秦观《浣溪沙》)，突出了银钩的细小，却见出愁绪的深广重大，这是以小见大。“城中桃李愁风雨，春在溪头荠菜花”（辛弃疾《鹧鸪天》），展现了城中桃李的忧风愁雨，也展现了一切娇花嫩草和朝廷百官的凄惶；展现了溪头荠菜花的春光，也展现了农村广阔的春光和农家的欢乐，这是以点写面。“中庭月色正清明，无数杨花过无影”（张先《木兰花》），这是以无数杨花飞过的动，显出院落的寂静。词中含蓄不尽，余味无穷，多得于这种辩证的写法。至于顺逆、断续等，虽也与含蓄能留有关，已属结构的范畴了，不在这里论列。

词中还有所谓半面语，也是利用辩证关系，露出左脸可知他的右脸，不必两面都见。如辛弃疾写“树犹如此”（《水龙吟》），不写“人何以堪”，因为都是桓温同时说的话，写一句，见两句；写“不尽长江滚滚流”（《南乡子》），不写“无边落木萧萧下”，因为是杜甫诗里的一联，见对句，知出句；写“生子当如孙仲谋”（《南乡子》），不写“刘景升儿子若豚犬耳”，因为是《三国志》里曹操同时说了这两句一正一反的话，亮出正面，反面让你想，也省得写出骂人的话来，既太露又不雅。

又有“悬崖勒马”的做法，前文已谈到，也属含而不露的一法。辛弃疾《破阵子》描写陈亮梦里率领千军万马收复失地，统一祖国，何等壮伟；结尾“可怜白发生”，面对悬崖，勒转马头，就消失了。“马”怎样下山，不说自明。这种作法比上面所说的半面语包含的情感意蕴更多。

第五章　兼采众艺之长

陆机《文赋》云："收百世之阙文，采千载之遗韵；谢朝华于已披，启夕秀于未振。"刘勰《文心雕龙·物色》云："古来辞人，异代接武，莫不参伍以相变，因革以为功，物色尽而情有余者，晓会通也。"陆、刘二人都指出诗文异代接踵，相互继承、相互会通的关系。宋代国力虽未振，文学艺术却高度繁荣。诗文既与唐代比肩，书画、歌舞及园林、建筑、戏剧、小说等艺术则超越唐代。词人往往身兼众艺，广采博收，打通百家门径，兼具众艺之长，继诗文趋谢的朝华，启戏剧、小说未开的夕秀。

一、学习辞赋骈散

慢词长调较单纯的言情内容与较长的篇幅，宜于采取赋体的铺陈手法；词的整齐与参差相结合的句式宜于汲取辞赋骈文的藻采和楚辞香草美人的抒情方式。晚唐、五代、宋初骈文和辞赋复兴与词的兴盛同步，晏殊、周邦彦等词人以作赋得君王赏识，诗文革新旗手欧阳修，一代词宗苏轼和女词人李清照，均有赋的名篇流传，且对赋体文学的表现艺术有新的探讨和创获。慢词长调的体制也宜于借鉴散文的章法，词的平易流畅的语言和苏、辛等大词家自由挥洒的作风与宋代散文相一致，便于互相汲取，宋代大词人欧阳修、苏轼也都是大散文家。

以上种种都说明词与各类散文的声息相通。词作为一种新兴的富于生命力的诗体，自当汲取辞赋骈散的优长。沈祥龙在《论词随笔》里对词与古文、诗、赋的继承关系说得更加具体："词于古文、诗、赋体制各异，然不明古文法度，体格不大；不具诗人旨趣，吐属不雅；不备赋家才华，文采不富。"这里不但提到词要有诗人旨趣，而且还要有古文法度和赋家才华。

自从柳永创制慢词以来，铺陈手法就成为作词的一大法门了，词人争相化小令的浓缩抒情为长调的铺陈展衍。柳永之功固不可没，散文发展的影响也不可忽视。唐代韩、柳的诗歌已有散文化的倾向，以宋代古文辞赋之盛，而敢将文笔法用于词的创作，应属必然。观词中叙写方式，有纵叙与横叙、顺序与倒叙、回环叙与交错叙，变化愈来愈多，与散文的作法渐趋一致。

纵叙以时间起讫和情节端末为序。如柳永的《夜半乐》：

冻云黯淡天气，扁舟一叶，乘兴离江渚。渡万壑千岩，越溪深处。怒涛渐息，樵风乍起，更闻商旅相呼。片帆高举，泛画鹢、翩翩过南浦。　望中酒旆闪闪，一簇烟村，数行霜树。残日下，渔人鸣榔归去。败荷零落，衰杨掩映，岸边两两三三，浣纱游女，避行客、含羞笑相语。　　到此因念，绣阁轻抛，浪萍难驻。叹后约丁宁竟何据？惨离怀、空恨岁晚归期阻。凝泪眼、杳杳神京路，断鸿声远长天暮。

开篇是“冻云黯淡天气”，意味着是冬天的早晨，太阳还没有出来，寒气尚未驱散。词人驾起一叶扁舟，兴致勃勃地离开钱塘江的某个码头。小船穿行于两山峡谷之中，渡过了千岩万壑，进入了钱塘江河床较深的开阔处。汹涌的波涛逐渐平息，风也平顺了，正如杜甫出三峡的感受：“潮平两岸阔，风正一帆悬。”原来到了一个港口，商船比较多，听见商人们呼唤喧哗。自己乘坐的船，趁顺风轻飘飘地从港口经过。以上写一路经行历览，是词的上片。中片集中写经过港口时目睹的景象：这时已经是“残日”余晖了，岸上有酒楼、酒旗，在斜阳下忽闪，民户簇拥的村镇上炊烟缭绕，村镇边有几行经霜落叶的林荫树；水面上，打鱼人敲起了榔板收网回家；败荷零落、衰杨掩映的岸上，三三两两到河边洗衣的女子，回避陌生的同龄男子，又含羞嬉笑对语。第三片是写暮色苍茫中的思绪：因望中所见的静谧、安宁，特别是浣纱女的动人情态，懊悔自己轻易抛撇了绣阁佳人，直到岁末，仍然萍踪浪迹，不得返回京师家园，不禁热泪盈眶。这时随着夜幕的降临，一只孤雁从头顶飞鸣而过，哀声愈来愈远。全词很像一篇游记，记叙了从早到晚在船上的见闻感受。有点有面，散而有归。情感由“乘兴”大起，到“惨离怀”大落。在中篇第一章里讲到的姜夔的《扬州慢》，描写了游览扬州街道、园林、河桥的经过，从白天到黄昏，再到月上。李纲《六幺令》描写站在江面楼头观景的感受，从白天到黄昏，从月出到半夜。李清照《声声慢》描写女词人喝酒、观雁、望菊、守窗的过程，从傍晚（一说早晨）到黄昏。这三首词都是依时间和行为过程的顺序组织的，类似散文的纵叙结构。只是叙述的过程没有散文那样明晰，而使人不觉。

横叙有情景人物、内外古今、正反虚实、上下左右、男女彼此、爱憎忧喜、春夏秋冬、晨昏晴雨、和战敌我、生死梦醒，等等，从事物的横截面上铺叙，不在乎时间的变化和情节的发展。如柳永《望海潮》（见上篇第五章）描写杭州的繁华，分别从历史之久、市容之盛、市民之富、湖山之美、人民之乐、长官之雅等不同方面铺写，有人说像一篇小赋。确切些说，像一篇杭州的游记。

纵叙和横叙大体上都属顺叙，上述纵叙例固然依时间和人物活动的顺序组织，横叙也有由远至近、由大到小等一定的顺次，倒叙的情形很少见。有些表现一时的感受，时间是同一瞬间，情节没有变化，顺叙倒叙之分比较明显。如苏轼《永遇乐》（见中篇第二章）写月夜怀人，在观月的同一瞬间想到别时之月、别后之月、今夜之月，这是顺叙。秦观《水龙吟》“小楼连苑横空”也是写一时的想象，从今日的思念写起，转入对“玉佩丁东别后”的怅惘，再追溯到当年相聚的深情回顾，则明显是倒叙了。

长篇多运用散文回环交错的叙写法。如柳永《戚氏》（参见下篇第三章分析），一片由眼前回想近日，二片由近日追溯从前，三片由从前回至目前，造成一个时间和情感的回环。词的结构有两条线：从事件来看，由今日到近日，由近日到从前，这本是倒叙；但从时间来看，一片傍晚，二片长夜，三片清晨，又是按顺叙展开，事件和时间两线交错。词中包含作者一生遭遇，假使将事件理顺，俨然是一篇简要的自传，颠倒过来，纳入回想的时间顺序之中，就形成了情感的波澜和回环，体现了“古文法度”和“诗人旨趣”的结合。

散文铺叙展衍难在开合承转之间，若有一处松懈，则难收大开大合之功。词中小令短章，反映一个生活小侧面，本来幅度不大，容许较大的跳跃。长篇叙事的词，内容丰富，涉及生活面广，开合承转之间也不能稍松。即令构筑七宝楼台的吴文英，于长篇的开合承转也是脉络清晰的。以词中篇幅最长的《莺啼序》为例：

残寒正欺酒病，掩沈香绣户。燕来晚、飞入西城，似说春事迟暮。画船载、清明过却，晴烟冉冉吴宫树。念羁情、游荡随风，化为轻絮。　　十载西湖，傍柳系马，趁娇尘软雾。溯红渐、招入仙溪，锦儿偷寄幽素。倚银屏、春宽梦窄，断红湿、歌纨金缕。暝堤空，轻把斜阳，总还鸥鹭。　　幽兰旋老，杜若还生，水乡尚寄旅。别后访六桥无信，事往花委，瘗玉埋香，几番风雨？长波妒盼，遥山羞黛，渔灯分影春江宿，记当时、短楫桃根渡。青楼仿佛，临分败壁题诗，泪墨惨淡尘土。　　危亭望极，草色天涯，叹鬓侵半苎。暗点检、离痕欢唾，尚染鲛绡，亸凤迷归，破鸾慵舞。殷勤待写，书中长恨，蓝霞辽海沉过雁，漫相思、弹入哀筝柱。伤心千里江南，怨曲重招，断魂在否？

词以四片二百四十字写一个爱情悲剧，运用的是回环交错的叙写法。空间是从室内到室外，再回到室内；时间是从现在到过去，再回到现在，形成一个时空的回环。二片写到“仙溪”，三片写到“六桥”，春来春去，桥上桥下，都是约会的仙境；二片写到“轻把斜阳，总还鸥鹭”，三片再写到“渔灯分影春江宿”，黄昏夜晚，湖上江面，都是深情留恋的幸福欢会；二片写了“断红湿、歌纨金缕”，三片又写“泪墨惨淡尘土”，都是写对幸福爱情行将幻灭的前景的预感。二、三两片，回忆往事，交错叙写，互相补充。首片和末片都是写今日的悲苦，首片有“吴宫”，末片有“危亭”，一宫一亭，都是当日登临观赏的名胜；首片“春事迟暮”，末片“草色天涯”，都是写春去；首片酒病畏寒，末片“鬓侵半苎”，内心与外表，都是伤心难过、衰老憔悴；首片“羁情游荡”是写画船游湖时怀念旧欢，心神不定，末片“暗点检离痕欢唾，尚染鲛绡，亸凤迷归，破鸾慵舞”，是写回家后翻检旧物，悲从中来，都是对往日欢聚的忆念；首片末句“随风化为轻絮”，词的结尾哀曲招魂，飞絮与游魂，虚虚实实，都是表现美好事物幻灭的悲哀。首尾两片也是交错叙写，前后呼应。一、四片结合起来，就见出作者清明一日的活动：画船游湖，傍吴宫、上危亭，观晴烟、柳絮，见草色、孤雁，然后回到居室喝酒、掩门、听燕，寻觅旧物，哀悼亡魂。头尾写眼前今日，中间回忆过去，写法和柳永《戚氏》相类，只是柳词从“夕阳”到“蛩响”，到“更阑”，到“向晓”，交代清晰。而吴文英嫌这种写法“太露”，撤去了时间过程的交代，靠情感意识的潜流串通，所谓“潜气内转”了。一片末“随风化为轻絮”引渡出二片“十载西湖”如风絮一般缥缈幻化的往事；二片末“暝堤空，轻把斜阳，总还鸥鹭”描写两人游乐至晚不舍得离去而又必须离去的空虚怅惘之情，引逗出三片对爱妾不幸逝去的悲痛回忆；三片末写当日分别“泪墨惨淡尘土”，垫起今日的至哀至痛。因为当日“临分败壁题诗”，虽然掺和着泪水，但爱妾能够看到，如今却只有怨曲招魂了。末片除近承三片，遥应首片外，又绾结二、三片，用“暗点检离痕欢唾”一语，将过去的一切都锁结在“离痕欢唾”四字之中了。四片之间过渡、接续、开合、呼应，井然有序。前面讲到吴文英部分词类似欧美意识流文学的写法，然而我们解剖这一首长词仍见出他运用了散文的叙述方法和结构手段，这就足见一斑了。下篇第二章和第三章讲到词的起、结，过片和结构体式，某些地方已涉及与散文结构的类似与一致处。至此可以联系起来，看出词是怎样学习“古文法度”，铺叙展衍，逐渐克服“体格不大”的缺陷的。

下篇第一章讲到，词的句式虽然长短参差，但因作对的方式灵活，常可作成三字到多字不等的对偶。有些词调多用四字六字句，又便于吸取骈文的四六句法。如下几首：

东南形胜，三吴都会，钱塘自古繁华。烟柳画桥，风帘翠幕，参差十万人家。…………羌管弄晴，菱歌泛夜，嬉嬉钓叟莲娃。

——柳永《望海潮》

纤云弄巧，飞星传恨，银汉迢迢暗度。…………柔情似水，佳期如梦，忍顾鹊桥归路。

——秦观《鹊桥仙》

水浴清蟾，叶喧凉吹，巷陌马声初断。闲依露井，笑扑流萤，惹破画罗轻扇。…………鬓怯琼梳，容销金镜，渐懒趁时匀染。梅风地溽，虹雨苔滋，一架舞红都变。

——周邦彦《过秦楼》

词中类似骈文的两个四字对句带一个六字句的四六句式增强了词的音乐节奏和文句的气势。

词又从辞赋吸取了语言技巧，如用代词和华美的修饰语。《乐府指迷》云："说桃不可直说破桃，须用'红雨''刘郎'等字；说柳不可直说破柳，须用'章台''灞岸'等字。又用事，如曰'银钩空满'，便是书字了，不必更说书字；'玉箸双垂'，便是泪了，不必更说泪。如'绿云缭绕'，隐然发髻；'困便湘竹'，分明是簟。正不必分晓如教初学小儿说破这是甚物事，方见妙处。"其实词用代字的作用不仅是含蓄不浅露，更主要的是增强形象性和感受性。如用"翠葆"代竹，在读者脑子里反映出像翠绿时伞盖一样的竹丛，还仿佛感到它在摇动，并散发出一股凉意，甚至还仿佛听到它的飒飒声。用“髻鬟”代山，在读者脑中出现的是像女子往上盘绕的发髻那样美丽的山峰。用“桂花”代月，令读者联想到月中桂树的传说，想象到碧空无云，皎洁的明月清晰地呈露出它的桂树影，还仿佛闻到了夜空中飘散的桂花清香。用“凉吹”代风，使人感到一股凉意，它不是冬天刺骨的寒风，它吹动帘幕、衣袖和秀发。上篇第五章已讲到周邦彦《解语花·上元》中“桂华流瓦，纤云散，耿耿素娥欲下”，用“桂华”代月色，又以“素娥”代月，使嫦娥带香带色来到人间与凡间的淡雅楚女在意象中结合，意境美妙。又如他的《过秦楼》回忆夏夜的幽欢，用“水浴清蟾，叶喧凉吹”开篇，“清蟾”代月，“凉吹”代风，传说月中有蟾蜍，蟾属蛙类，性喜水，浴于水中，说明月色既明又给人舒适清凉的感受。“叶喧凉吹”本是风吹叶响之意，若说风吹叶响，只是客观描写；叶喧凉吹，既包含了客观情况，又写了人的主观感受。“水浴清蟾，叶喧凉吹”两句写出了夏夜男女幽会的美好环境和愉悦的心情，用简练生动的笔墨，为全词的叙写作了铺垫。

辞采华美是词的语言的普遍特色，这与词多写艳情有关。但对他种题材内容来说，也有增强形象性和感受性的功能。如“风帘翠幕”“琐窗朱户”，帘幕和窗户有形态有颜色；“兰桡画舸”“梅风虹雨”，桡舸、风雨有香馥和美艳。如柳永《望海潮》“烟柳画桥，风帘翠幕”，连用四个华美的修饰语，恰到好处地渲染了杭州的繁华。周邦彦《过秦楼》“梅风地溽，虹雨苔滋”，既包含了抒情主人公对女子环境住地的美好印象，又表现了女子的烦怨寂寞。

词在语言的运用上，一方面学习辞赋骈文的严整工丽，另一方面又学习唐宋古文的自由挥洒。如辛弃疾《沁园春·将止酒》（见中篇第四章）写酒杯与“吾”的对话，生动逼真，融化格律；两首《哨遍》长词俨然是议论文。文言虚词的运用也是从古文中得来，化诗句的板滞为流畅。《词源》云：“词与诗不同。词之句有二字、三字、四字至六字、七八字者，若堆叠实字，读且不通，况付之雪儿乎？合用虚字呼唤，单字如‘正’‘但’‘甚’‘任’之类，两字如‘莫是’‘还又’‘那堪’之类，三字如‘更能消’‘最无端’‘又却是’之类。此等虚字，却要用之得其所。若能尽用虚字，句语自活，必不质实。”如辛弃疾《摸鱼儿》“更能消几番风雨，匆匆春又归去。惜春长恨花开早，何况落红无数”，“更”“又”“何况”，层层逼进，一气贯串，语意完足。姜夔《疏影》：“莫似春风，不管盈盈，早与安排金屋。还教一片随波去，又却怨玉龙哀曲。等恁时重觅幽香，已入小窗横幅。”每句前都用虚字领起，层层转折，愈转愈深。诗中齐的句式和排偶显然难以办到。

二、借鉴书、画、建筑艺术

唐宋词人多兼长书画，唐五代张志和、李煜书画独具一格，颇有影响。北宋苏轼、黄庭坚居“苏、黄、米、蔡”四大书法家之首，苏轼还是有影响的画家。晁补之的画被誉为“今代王摩诘”，宋徽宗赵佶书创“瘦金体”，画有“妙体众形，兼备各法”之誉。南宋朱敦儒、范成大、姜夔是书法名家，朱敦儒又兼画家。这些作家，在各个艺术领域表现的风格趣尚大体上都是一致的。如苏词豪放超迈，于书则称扬颜鲁公的“清雄”“清远”，赞美欧阳修“清眸丰颊，进趋晔如”，称蔡襄“心手相应，变态无穷”，飞白“有翔龙舞凤之势”。[①] 姜夔词独树清刚之帜，于书法则主“风神萧散”，称赏钟元常、王逸少“潇洒纵横”，批评唐人“无复魏晋飘逸之气”。[②] 苏轼咏杨花“似花还似非花”（《水龙吟》），不仅求形似，更重神似；批评“论画以形似，见与儿童邻”。[③] 写字俗重握笔，有一则故事讲到王献之少时学书，王羲之从背后抽他的笔没有抽动，便知道他长大后一定能成名。苏轼却认为不在于握笔之牢，而在于全神贯注，不然天下的大力士就都会写字了。说明字的好坏也在神。[④] 姜夔作词转折处格外用力，全词“浑灏流转”“刀挥不断”（梁令娴《艺蘅馆词选》丙卷），作书也重转折和呼应，自言“真多用折，草多用转。折欲少驻，驻则有力；转不欲滞，滞则不遒。然而真以转而后遒，草以折而后劲，不可不知也”。又讲究笔画之间要相互“顾盼、指画、相揖、相背。发于左者应于右，起于上者伏于下”。整幅字

① 见《苏轼文集》中《题颜公书画赞》与《评杨氏所藏欧蔡书》二文。

② 见姜夔《续书谱》。

③ 苏轼《书鄢陵王主簿所画折枝二首》之一：“论画以形似，见与儿童邻。赋诗必此诗，定知非诗人。”

④ 见《苏轼文集》：《书所作字后》。

则要“首尾相应，上下相接”。[1]这些都说明书画与诗词的会通。古人论词用形神、离合、疏密、浓淡、点染、烘托、勾勒、涂抹等是借用绘画的技法。逆入平出，空际出力，一波三折，无垂不缩等，是借用书法的技法。如略通画理、书理，则能加深对词艺的理解。以下试择要举例。

形似与神似的两种画理早已运用到诗文评述之中了。在上篇第四章里我们已讲到苏轼与章楶的杨花词《水龙吟》，章重形似，苏重神似。离合的概念则是与形神相联结的，画一物像一物是合，不尽像是离。绘画与诗词都讲究不即不离，处离合之间。如写杨花首先要似杨花，但纤毫毕似就成了真杨花，而排除了词外义，所以又须有不纯似杨花的地方，导引读者从杨花的形象过渡到思妇或荡子的形象。这就须运用离合手法。像杨花是合，不尽像杨花是离。只合不离是形似，合而能离是神似。章楶词全篇“曲尽杨花妙处”，令读者沉浸在杨花的实体之中，只知有杨花的美质灵巧，不知有荡子的轻浮狂荡，所以是只合不离的形似；词中荡子的形象出不来，批判荡子的意旨也就出不来。苏词上片也逼近杨花形象，以合为主，但“抛家傍路”“寻郎去处”等，已安排一个影子形象，至下片则从杨花而至百花，由花落而至春尽，由春尽而至洒泪，一步一步由杨花形象引出思妇形象。终于既得杨花形象，又得思妇形象，且通过思妇的命运透发了深刻的社会人生的悲感。这就是“离”的功夫。离合之间分寸要掌握好，太合则黏而不脱，太离则变成比附说教，没有意味。要合而

① 见姜夔《续书谱》。

不黏，离而得神，方为上品。好比放风筝，风筝要做得像，又要放得高，妙在一线牵引，始终不断。苏轼《文与可画筼筜谷偃竹记》记载了和他表弟文与可的一段故事。文与可寄给他的诗里有这样两句："拟将一段鹅溪绢，扫取寒梢万尺长。"苏轼故意戏他说："竹长万尺，当用绢二百五十匹。知公倦于笔砚，愿得此绢而已。"与可无话可答，承认写"万尺长"是错了。苏轼原是以戏言赞美他，听他认错反过来为他的诗辩护道："世间亦有千寻竹，月落庭空影许长。"这个故事对我们理解形与神、离与合的关系，正确分析有托意的咏物词是大有帮助的。

疏密浓淡也是绘画用语。疏密是指画家用笔的细密与疏朗，如"工笔画"与"写意画"；浓淡是指色彩的浓艳与素淡，如"金碧山水"和"水墨画"。

先说疏密：用笔细密，要求精巧，一笔不懈；用笔疏者，要求简练概括地描写物象的意态神韵。绘画疏密的技法运用到诗词中，疏是景物少，典实少，色彩淡，情感意蕴比较突出；密则相反，景物多，典实多，色彩浓，情感意蕴不很明显。如韦庄的词清疏，温庭筠的词密丽，韦庄《女冠子》"昨夜夜半"和温庭筠《菩萨蛮》"水精帘里"都是写梦境，前者是男子思念女子，后者是女子思念男子，前者悲，后者喜。韦词叙述多，描写少，点明是梦，而且是"不胜悲"，情感意蕴通畅，所谓"疏可跑马"。温词从女子的室内到室外，从装饰到容貌，都细加描绘，虽点了梦字，却没有交代梦境，也没有地方交代了，所谓"密不容针"。龙榆生说"温丽密而韦清疏"（《唐宋名家词选·温庭筠传》）很有道理。用疏用密固然主要决定于作者的风格，也与所写的内容有关。韦词写男子思念离去而不归的爱妾，又极悲，宜明白抒发，以期感人肺腑；温词写女子思念离去而必归的男子，夜梦呈祥，晨起艳妆，宜含而不露，寻味无穷。疏与密是相对的，虽说“疏可跑马，密不容针”，同一篇作品里还是有疏密的不同。如韦词“依旧桃花面，频低柳叶眉。半羞还半喜，欲去又依依”就相对地密。温词大部分文字集中在女子的室内和身上，“江上柳如烟，雁飞残月天”，转向室外广阔的天地，也相对显得疏。疏中之密，密中之疏，都是词中着力处。其他如欧阳修《踏莎行》“候馆梅残，溪桥柳细，草薰风暖摇征辔”，景密典多，是密；“离愁渐远渐无穷，迢迢不断如春水”，离愁与春水融合为一，并无曲折，却形容入妙，是疏。柳永《雨霖铃》：“寒蝉凄切，对长亭晚，骤雨初歇。都门帐饮无绪，留恋处、兰舟催发。执手相看泪眼，竟无语凝噎。”写的景物、场面、人物、情节多，是密；“念去去、千里烟波，暮霭沉沉楚天阔”，渺茫一片，烟波、暮霭、离愁融成一片，是疏。冯煦说，柳词“密处能疏”（《宋六十一家词选例言》），即指这类安排。

浓淡往往与疏密相连，景物疏朗，色必淡；景物密集，色必浓，所以常称浓密、疏淡。如温庭筠：“柳丝长，春雨细，花外漏声迢递。惊塞雁，起城乌，画屏金鹧鸪”（《更漏子》），景物密致，色彩浓丽，相思之情藏于其间，一丝不透，这是浓密。苏轼：“去年相送，余杭门外，飞雪似杨花。今年春尽，杨花似雪，犹不见还家。”（《少年游》）景物只杨花和飞雪，且都是白的，一而二、二而一，疏朗雅淡；从去年到今年，一意等人回家，情意单纯，又穿插交代，这是疏淡。

点染烘托在诗词中常连用，说明对某一事物从正侧两面进行描绘。先说点染，它在绘画中本是“点簇”（或“点垛”）与“渲染”两种手法的结合。点簇或点垛是以笔端沾墨或颜色，垂直落纸，表现鲜花、红日等画面中心、主体。渲染是用水墨或颜色在中心、主体的外廓烘染，分出阴阳向背，增添质感和立体感，加强艺术效果。如画红日用点簇，然后用颜色在画面各种物体上借阳光的强弱有无分出阴阳向背和质地，则是渲染了。理解了绘画的这一作法方好理解词中的点染手法。刘熙载说：“词有点、有染。柳耆卿（永）《雨霖铃》云：‘多情自古伤离别，更那堪冷落清秋节。今宵酒醒何处？杨柳岸晓风残月。’上二句点出离别冷落，‘今宵’二句，乃就上二句意染之。点染之间，不得有他语相隔，隔则警句亦成死灰矣。”（《艺概》）意谓点出离别冷落后即需将冷落凄凉的色调涂染在杨柳、残月之上，渗透在拂拂的晓风之中。点和染是主体和客体、作用与影响的关系，所以中间不能隔断。又如“庭院深深深几许？杨柳堆烟，帘幕无重数。”（欧阳修《蝶恋花》）前一句点明庭院之深，后二句即用柳丝和烟烘染庭院的立体层面。“若问闲愁都几许？一川烟草，满城风絮，梅子黄时雨。”（贺铸《青玉案》）前一句点出浓愁，后三句就将愁绪渗透到无边的烟草、风絮和梅雨之中。

烘托与渲染都是描写物象外廓用以突出中心、主体的方法，不同的是渲染是正衬，是主体对客体的渗透、辐射；而烘托则多用反衬，是客体对主体的反射，如所谓烘云托月，即以云彩之暗反衬月亮之明。也有对主体不着一笔而仅以客体来反射主体的，也是烘托的一种。如中篇第二章讲到周邦彦《浣溪沙》上片写雨湿残红、疏篱斜晖、游蜂酿蜜，下片写风竹零乱、衣篝水沉，总不写人，其实句句是用景物烘托抒情主人公。原来他在床上观察这一切，引动了他的忆人之情。是借被观察的客体反射观察的主体。中间虽点明“金屋无人”，只是说除我之外没有其他人，并不否定抒情主人公的存在。

勾勒与涂抹在绘画上是两种相对应的不同的画法。勾勒是用线条勾描物象轮廓，要求运用书法的功底，用笔有力度。涂抹是“没骨画”的画法，不用墨线勾勒，只用彩色涂抹。周济说：“勾勒之妙，无如清真。”（《介存斋论词杂著》）如“风约帘衣归燕急，水摇扇影戏鱼惊，柳梢残日弄微晴”（《浣溪沙》）描写风雨乍来时之景，绣帘卷起与归燕急入，扇影摇动与戏鱼忽惊，流云遮日与柳梢弄晴，互相呼应。左钩右勒，笔力千钧。而这一切又通过风来勾连，笔墨没有一丝断痕。“叶上初阳干宿雨，水面清圆，一一风荷举。”（《苏幕遮》）描写雨后初晴的荷塘秀色，将初阳、宿雨、水面、荷叶等一气勾连，又写出荷叶积水弯腰与经风摇日晒脱水后的挺举情态，被认为“得荷之神理”。秦观的写景则多用涂抹，不着边际，不用线条勾勒轮廓。如“那堪片片飞花弄晚，濛濛残雨弄晴”（《八六子》），“伤情处，高城望断，灯火已黄昏”（《满庭芳》），“春去也，飞红万点愁如海”（《千秋岁》），“雾失楼台，月迷津渡”（《踏莎行》），等等。无论蒙蒙细雨还是万点飞花，无论城头灯火还是水上雾露，都作弥漫之势，好似“没骨画”。《满庭芳》“山抹微云”，用一“抹”字并非偶然。

以上讲了绘画技法在词中的应用，下面再看书法技法与词艺的会通。

逆入平出是笔画起落笔和出锋收笔的一种用笔技法。逆入，指起笔时，笔锋朝书写笔画的反方向入纸，随即转锋行笔，万毫齐力。平出，指笔画至末不收，势尽出锋，回腕空收。如写一横，本应笔锋由左向右，但这就露了锋。为了藏锋，起笔时笔锋由右向左，运至一横之端，然后转锋向右，这样就看不见起笔的笔锋了。当写至末端时本应回锋一顿将笔锋藏起，却将笔顺势提起，不作收煞然后从空中回腕，再写下一笔。逆入平出在词中运用，增加曲折变化和力度。如谭献评周邦彦《花犯“咏梅”》云：“‘依然”句逆入，‘去年胜赏’句平出。”（《谭评词辨》卷一）意思是周邦彦词本来是说今年赏梅和去年赏梅的心情大不相同，却反过来先说梅花“依然旧风味”，用的是逆笔。吞吐之间，益增惆怅之感。“去年胜赏曾孤倚，冰盘同燕喜。更可惜、雪中高士，香篝熏素被。”是上片结尾，写去年的胜赏本意不是激赏，而是反衬今年的“愁悴”，但不作收煞之势，只一味渲染去年的“胜赏”。这种平出法又叫空际出力，或空际转身。因为书写平出结笔后腕上仍带着力，在空中回转，比作词结尾不点明情意而以某种富有力度的鲜明的情景结尾，即让读者通过想象获取结论、沟通情感。周济评周邦彦《浪淘沙慢》云：“空际出力，梦窗最得其诀。”（《宋四家词选》）周词结句“弄夜色，空余满地梨花雪”写离别相思不着于实处，只以“梨”谐“离”，以明月照梨花的美景反激内心的离情，用的是欧阳修《蝶恋花》结句语意：“寂寞起来褰绣幌，月明正在梨花上。”用月照梨花的情景作结，不言离恨之深而任读者开掘，这叫“空际出力”或“空际转身”。吴文英《八声甘州》上片末“时靸双鸳响，廊叶秋声”似昔似今，似双鸳似廊叶；结尾“连呼酒，上琴台去，秋与云平”似台高似愁高，似秋平似云平。如周济所言：“天光云影，摇荡绿波，抚玩无极，追寻已远……寄情闲散，使人不能测其中之所有。”（《介存斋论词杂著》）这种境界比作书法的空际出力，也贴切生动，可以互相参照。其余如“一波三折”以一笔之中有多处顿挫，比喻一句之中有多重曲折；“无垂不缩”以写一垂笔结笔往上回收比喻留有余不尽之意，等等，也都是运用书法的技法来解释词的作法，足见相互影响之深。

晚唐五代上层社会侈靡成风，著名词人大都有公私园林庭院景观。宋太祖提倡官僚阶层多置田产，多买歌儿舞女，也刺激了园林庭院建筑艺术的发展，词人兼艺术家，在建造或欣赏园林庭院时必然也将这种建筑美反映出来，并加以融化。

词人多生活于江南，江南园林和庭院内室建筑布置的艺术美多体现为寓大于小，曲折变化，轻巧淡雅，幽静深邃等方面。以温庭筠、冯延巳、晁补之三家词为例，可以看出这些共同特色：室内都有帘幕、屏风、香烛，物尽小巧；庭院都有梧桐、杨柳、杏、桂、楼阁、栏干，雅淡、幽静、曲折；外景则有园林、江河、湖池、亭桥，开阔深远。至于以小见大，寓大于小，可从两方面看：由内室到庭院，由庭院到外景，形成一个逐渐放大的透视角度，这是一个方面；以帘钩之小而能见远，以屏风之窄而能藏万水千山，以香烟之轻而能散入四野，这是又一方面。列表如下：

作家作品 景观	温庭筠《菩萨蛮》《更漏子》	冯延巳《鹊踏枝》	晁补之《摸鱼儿》《黄莺儿》《梁州令叠韵》《洞仙歌》
内室	“玉钩褰翠幕” “枕上屏山掩” “香烛销成泪”	“珠帘锦帐” “屏上罗衣” “香印成灰”	“水晶帘” “云母屏” “香蒙炷”
庭院	“梧桐树” “柳丝袅娜” “杏花零落香” “玉楼明月”	“庭际高梧” “杨柳风轻” “红杏开时” “六曲栏干”	“细洒梧桐雨” “多情杨柳” “闲阶卧桂影” “上南楼”“凭栏送目”
外景	“南园满地堆轻絮” “江上柳如烟” “驿桥春雨时”	“平林新月” “河畔青芜堤上柳” “独立小桥风满袖”	“南园佳致” “买陂塘、旋栽杨柳” “蓝桥路近” （想象中景）

晁补之是个画家，自己设计楼观堂亭，作词记叙，更能体现这一传统美学趣味。“买陂塘、旋栽杨柳，依稀淮岸江浦”（《摸鱼儿》），以陂塘之小于中依稀见淮岸江浦之大，这是寓大于小了。“南园佳致偏宜暑，两两三三修篁，新笋出初齐，猗猗过檐侵户。听乱飐芰荷风，细洒梧桐雨。午余帘影参差，远林蝉声，幽梦残处。”（《黄莺儿》）由竹径到荷塘、桐阴、帘影，再到远林蝉声，然后回到梦中，充分显出庭院及外景的曲折变化和幽静深远。下片又由梦化为“数点茗浮花，一缕香蒙炷”，又见出轻巧淡雅。特别是“樵青走挂小帘钩，南园昨夜，细雨红芳遍”，将

庭院的各种美色趣味通过樵青走挂帘钩的动作，集中体现出来了：窗户之小可见南园之大，这是寓大于小；四面八方的窗户都把帘幕挂起了，可看到园中各个不同的角落，这是曲折变化；帘钩要走挂，楼阁之幽深可知。其余如所挂“帘钩”的轻巧，所见“平芜一带烟光浅”的淡稚，均在“走挂”之中。

庭院建筑中常常运用“借景”，即调整建筑的方位与角度，将庭院外的远山、飞瀑、丛林、高塔等物纳入庭院楼阁的窗门之中。词中常能看到这种借景的表现技法，如张先词“苕水天摇影”(《虞美人》)以苕水为窗户，将天光云影借入苕水中；“湖水动鲜衣，竞拾翠，湖边路”(《山亭怨慢》)，将拾翠女子借入湖水中；“花影滟金尊”(《庆春泽》)将美女借入酒杯中；“帘押残花影”(《归朝欢》)，将园中鲜花借入珠帘中，等等。可以看出，借景在词中运用可以静中见动、小中见大，虚中见实，而且可以表现一个较大的空间，增加立体感。如“帘押残花影”将红日东升，园中鲜花、窗上珠帘、床上人物，这一广阔空间里的事物都生动美艳地反映出来了。

三、旁涉小说、戏剧

词和小说、戏剧也有一些姻缘。唐宋戏剧和说唱文学已得到发展，在瓦子、勾栏的娱乐场所，常与唱曲的同台献艺，并有一定的组织。艺人们常将词中语句串入戏剧、小说中。词人如柳永、秦观、周邦彦等人又与艺妓交往密切，必然也受到戏剧、小说表现手法的一定影响。柳词中的人物描写、环境描写、细节描写，我们在前面已经提到，和当时流行的话本小说声息相通。至于戏剧虽仍处在萌生阶段，但早在五代前蜀韦庄的《天仙子》五首和《菩萨蛮》五首两组组词中就已包含有戏剧的情节和人物。（《菩萨蛮》见上篇第二章）后世也确有将刘、阮入天台和韦庄入蜀的情节编入戏剧者。至于张生与莺莺的爱情故事，从元稹《莺莺传》传奇到秦观、毛滂的《调笑令》，赵令畤的《蝶恋花》，再到董解元的《西厢记诸宫调》，最后形成王实甫《西厢记杂剧》，词与小说戏剧的交互影响是显而易见的事。词的代言体本来就提供了一种人物独白的方式，加以喜怒哀乐之情与环境、对象同时展现，就具有戏剧要素了。如孙光宪《浣溪沙》“半踏长裙宛约行”描写多情少年透过帘幕望见少女轻盈的步履、烛边的身影，听着她品弦的声音，无限销魂。对照《王西厢》中张生在佛殿逢莺莺一段描写，何其相似！如果说《浣溪沙》中的抒情主人公是个“生角”，那么《谒金门》中的就是个旦角了：“留不得，留得也应无益。白纻春衫如雪色，扬州初去日。”描写发了横财抛弃糟糠妻的商人。弃妇从他离去时穿着雪白的白纻春衫的快活心情，就可看出他对她一点也不留恋。若将词中情节人物搬上舞台，是一段很生动的独白。欧阳修《玉楼春》“杯深不觉琉璃滑，贪看六幺花十八”描写因贪看《六幺》和《花十八》的歌舞曲，加以酒满杯滑竟将杯打碎了。这个戏剧性的动作在杂剧中应是净角所为。柳永《传花枝》里的抒情主人公是那样的滑稽幽默，他自言能编能演能说能唱，总是那样快活，不知忧愁为何物，“阎罗大伯曾教来，道人生，但不须烦恼。遇良辰，当美景，追欢买笑。剩活取百十年，只恁厮好。若限满，鬼使来追，待倩个、掩通著到。”世人最怕的阎罗王追魂，他却不当一回事，限满了请掩通到阎罗那里先签个到，等玩够了再亲赴阎罗殿不迟。这个角色又多么像戏曲里的丑角（三花脸）形象！唐宋词中可以找到许多类似戏曲里生、旦、净、丑的角色语言。后世戏曲常借用或融化词中语句，也证明歌词与戏曲的会通。至于词与音乐的关系则更加直接，前面已经说过，不再赘言。总之，宋词在艺术表现上能成为一代绝技，最根本的原因是能汇百川而成海，又潮涨潮落与江河波涛相激。年深日久，海藏有了变化，文坛早已非词之天地，但翻开宋词仍有曹操碣石观海之感，难以尽意。录以终篇：

> 东临碣石，以观沧海。水何澹澹，山岛竦峙。树木丛生，百草丰茂。秋风萧瑟，洪波涌起。日月之行，若出其中；星汉灿烂，若出其里。幸甚至哉！歌以咏志！
>
> ——《步出夏门行·观沧海》